法藏知津

中國佛教研究集成

初 編

杜潔祥 主編

第 27 冊

六朝僧侶詩研究（上）

羅文玲 著

花木蘭文化出版社

國家圖書館出版品預行編目資料

六朝僧侶詩研究（上）／羅文玲 著 — 初版 — 台北縣永和市：
花木蘭文化出版社，2010〔民99〕
目 4+214 面；19×26 公分
（法藏知津——中國佛教研究集成 初編：第27冊）
ISBN 978-986-6528-54-5（精裝）
1. 詩歌 2. 詩評 3. 六朝文學
820.9103   98000857

ISBN - 978-986-6528-54-5

9 789866 528545

法藏知津——中國佛教研究集成
初 編 第二七冊   ISBN：978-986-6528-54-5

六朝僧侶詩研究（上）

作 者 羅文玲
主 編 杜潔祥
總 編 輯 杜潔祥
印 刷 普羅文化出版廣告事業
出 版 花木蘭文化出版社
發 行 所 花木蘭文化出版社
發 行 人 高小娟
聯絡地址 台北縣永和市中正路五九五號七樓之三
電話：02-2923-1455／傳眞：02-2923-1452
電子信箱 sut81518@ms59.hinet.net
初 版 2009 年 3 月（一刷） 2010 年 8 月（二刷）
定 價 初編 36 冊（精裝）新台幣 55,000 元

作者簡介

羅文玲，東海大學中國文學文學博士，目前執教於明道大學中國文學系，主要研究領域為佛教與文學之關係，著有《六朝僧侶詩研究》，晚近則專注唐代文學與宗教關係之研究，曾發表〈宗教與詩歌——李商隱詩歌中的佛教色彩〉、〈王維詩歌中的佛教色彩〉等論文多篇。

提　要

　　本論文題目為「六朝僧侶詩研究」，一共分為八章來討論，筆者試著從中國與印度文化交流史的層面，以及就中國傳統詩歌發展的過程來觀察僧侶詩的特色；再者就東晉以後出現僧侶詩這種現象，從僧侶詩本身的結構與語言特色，並結合文化與藝術層面的探討，藉以忠實的呈現佛教僧侶詩的原始風貌。

　　自兩晉以後一直到南北朝時期，是佛教流傳中國且逐漸中國化的時期，此時在文壇上，佛教的教義與信仰漸漸被文士所接受，文人與僧侶往來的情況非常普遍。論文中討論的是六朝僧侶與文士往來的情況，以及僧侶作詩的情況，同時談到六朝僧侶作家的情形，筆者分成四個斷代－東晉、南朝、北朝以及隋代，以表格方式將各斷代的詩僧及其作品作呈現出來，藉以勾勒出僧詩的全貌。

　　論文中從文學史以及文化交流史的角度，來看兩種異質的文化交流的情況與結果。佛教源自印度，東漢時期自西域傳入中國，隨著外來的僧侶將佛經傳譯的過程，對中國的傳統思想以及文學造成很大的影響。就六朝僧詩而言，其作品中有幾點影響——

　　1、外來譯語運用

　　2、詩歌形式上的創新

　　3、詩歌內容的拓展

　　4、修辭技巧及表現手法上的創新

　　這些特色與過去傳統詩歌迥然不同，最主要的原因是受到佛典傳譯的影響，當然也和六朝時期佛教的弘傳很普遍有關。

目

次

第一章 緒 論

第一節 寫作緣起

本篇論文題目爲「六朝僧侶詩研究」，重點在探討六朝僧侶的詩歌創作其內容以及作品的思想特色，以及這些僧侶詩作在文學史上的定位。

宗白華在《美學散步》一書中提到：[註1]

漢末魏晉南北朝是中國政治上最混亂，社會上最痛苦的時期，然而

卻是精神上極自由、極解放，最富有智慧，最濃於熱情的一個時代。

在六朝這個時代，人的生活，人的感情及其文學表現都受到重視。而受到佛教傳入中國的影響，中國文學在六朝出現僧侶作詩的現象，這是在魏晉才出現的情形，亦是文學史上值得關注的現象。

僧侶以方外人的身份來從事詩歌的創作，因此檢視僧侶的詩歌，可以察覺到其思想及內容與傳統文士的作品是有極大的不同。詩歌是結合心靈、文化以及藝術爲一的創作，所以當僧侶以其佛學的修養及其生命思想傾注於作品之中時，就展現出特殊的風貌。僧詩的特色及思想爲何，何以僧詩濫觴於東晉呢？與當時的社會狀況以及思想環境有何關連呢？是引發筆者研究此主題的動機之一。

從東漢末年以來，政權的更迭相當頻繁，戰禍亦不斷，據《晉書》〈地理志〉的記載：「至桓帝永壽三年，戶千六十七萬七千九百六十，口五千六百四十八萬六千八百五十六。」但是到了晉武帝太康元年平吳之後情況是「平吳，大凡戶

〔註1〕宗白華《美學散步》，頁117，上海人民出版社，1981年。

－1－

二百四十五萬九千八百四十，口一千六百一十六萬三千八百六十三」。也就是從東漢桓帝永壽三年至晉武帝太康元年，約一百二十年的時間，人口少了五分之四。〔註2〕推求人口急遽減少的主因是「干戈未曾平息」，而在如此動盪的時代裡，佛教亦廣泛的弘傳，其弘傳的情形如何？以及佛教對當時文壇的影響如何？都是觸發筆者研究的動機。

僧侶詩歌在中國佛教文學中佔有相當重要的地位。所謂「佛教文學」，歷來似乎沒有一個非常明確的界定，據日本佛教學者小野玄妙《佛教文學概論》〔註3〕一書中提到，他將佛教經典中具有文學意味的經典視作佛教文學的範疇。日人加定哲定在《中國佛教文學》〔註4〕一書中提到：

> 只有將自己對教理的心得、體驗及信仰化爲文學的作品而諷詠、讚嘆，方可說是眞正的佛教俗文學。

加定先生同時認爲佛典中的譬喻以及故事，非純粹的佛教文學，因爲經典中的文學，只是闡明教理的手段，並非從文學創作的意識去寫，這些只能說是爲了使佛教的教理平易可讀，而衍生的補充說明，不屬於文學的世界。所以加定先生對「佛教文學」的定義不包括佛典文學在內，他認爲眞正的佛教文學應當是將自己對教理的心得、體驗及信仰，有意識地從事文學創作，化爲文學作品來表達。

所以加定先生認爲雖然可以將佛教的某些經典視爲經典文學而納入佛教文學的範圍；但這不是佛教文學的核心部份。嚴格而言，眞正的佛教文學，應該是作者把自身對於佛教的體驗或理解，運用文學的技巧、形式等表達出來的作品，這是作者有意識地從事文學創作。作品所反映的是作者的宗教境界，而非爲了傳教或解釋教理等目的，而寫一些具有文學趣味的輔助教材。由此可知，加定先生所強調的是佛教文學重在創作心態的要求。因此在中國佛教文學作品中，他最推崇以詩偈呈現自己佛法體驗境界的禪門詩偈，他認爲這個部份才眞正是中國佛教文學的核心。

另外胡適之的《中國白話文學史》〔註5〕中，其中第九章與第十章將佛經的翻譯視爲「翻譯文學」來討論，認爲由梵文與巴利文譯成中文的經典，漢譯佛

〔註2〕據唐・房玄齡等撰：《晉書》〈地理志〉，頁414〜415，台灣中華書局。
〔註3〕小野玄妙《佛教文學概論》，甲子社書房，大正十四年九月。
〔註4〕日人加定哲定著，劉衛星譯《中國佛教文學》，佛光出版社，民國82年7月。
〔註5〕胡適：《白話文學史》，北京：東方出版社，1996年3月。

典本身在中國文學史上可說是一種新創的文體。而且這種新創的文體也在中國文學史上產生極大的影響。可見漢譯佛經從語法、修辭、譯筆、文體各方面來研究，都可以列入「中國佛教文學」研究的範疇。胡適同時指出佛教經典中有許多可視爲優美的文學作品，尤其讚賞《維摩詰經》、《思益梵天所問經》是一部半小說、半戲劇的作品；而《妙法蓮華經》中的幾則寓言，胡適認爲是世界文學中最美的寓言。

　　至於蔣述卓先生則從廣義的層面來作定義，蔣先生認爲：

　　　　佛教文學可以是佛經文學與崇佛文學的總和。

蔣先生所謂的崇佛文學，是指文人學士以及僧人表現宣揚佛教，以及頌揚佛德所創作的作品。所以蔣先生對佛教文學的定義是廣義的。

　　孫昌武在《佛教與中國文學》一書中提到：

　　　　學術界有「佛典文學」的概念，在中國也叫「佛典翻譯文學」；還有
　　　　更廣義的「佛教文學」，一般是指那些佛教徒創作的、宣揚佛教思想
　　　　的文學作品。

孫氏對「佛教文學」的定位，基本上也是從廣義的角度來看的，與蔣述卓的看法是相當很接近，但孫氏的說法顯得更寬廣，因爲他認爲只要是「佛教徒創作的」與「宣揚佛教思想的」都可算是佛教文學。

　　綜合上述學者的意見，「佛教文學」一詞，可以從較寬廣的角度來界定，約可以分成兩大部份：一是佛教經典文學的部份。在佛經中有許多都是富含文學色彩的，如十二分教的本生、本緣、本事、譬喻等。二是佛教文學創作的部份。亦即以文學的表現手法來表現佛理，或帶有佛教色彩的文學創作。包括歷來文士與僧侶表現在詩歌、散文、小說、戲曲及俗文學中的佛教文學創作。

　　至於「中國佛教文學」的範圍，則大略分爲漢譯佛典中佛典文學的部份，以及中國文學作品中不論是詩歌、小說、戲曲與俗文學等，帶有佛教色彩的部份。

　　六朝的僧侶詩歌其作品所論述的內容中，有許多作品是以宣揚佛教的教理以及表達作者對佛教的欣羨之情者，這可以算是佛教文學的範疇。筆者依據上述的看法，將六朝僧侶詩歌作品定義爲「中國佛教文學」的範疇，並對這些作品的內容與思想特色作深入的探討，試圖呈現出僧詩最原始的風貌，同時補足文學史不足之處。

佛教最初以一種外來宗教的姿態進入中國，與中國固有的道家與儒家文化相接觸，經歷一個由依附、衝突到相互融合的過程。事實上這樣的過程也就是佛教中國化的過程。

季羨林先生在〈關於天人合一思想的再思考〉一文，其中有一段文字：

> 佛教所以能夠被傳統的中國文化所接納，不但因為中華民族具有對外來文化兼容並包的涵養與氣度，最主要的原因是佛教文化本身的內涵豐富，具有中國文化所缺乏的內容，可以對中國傳統文化發揮補充的作用。

佛教在東漢時代傳入中國，原來是依附中國的傳統文化，方能流傳於中土。起初人們只是把佛教認為是道家的一個支派，如牟子云：「道有九十六種，至於尊道，莫尚佛道也。」，〔註6〕之所以會造成如此的印象，與最初自西域來的外國僧人有關，他們運用種種的「神通變化」來吸引信眾。所以當時人稱佛教為「佛道」或「道術」。甚至在翻譯佛經時攀附道家的思想學說。如安世高所譯的《佛說大安般守意經》，把細數出入氣習，防止心意散亂的「安般守意」釋為「安為清，般為淨，守為無，意名為，是清淨無為也。」。〔註7〕支謙把後漢支婁迦讖所譯《道行般若經》〔註8〕譯為《大明度無極經》。〔註9〕「大明」與「無極」則是取自於《老子》的「知常曰明」〔註10〕以及「復歸於無極」。〔註11〕這樣的作法是為了便於自身的流傳，也因此造成當時的人多以黃老之道去理解佛教的義理。

在魏晉時代，出現一種所謂「格義佛教」。〔註12〕亦即用中國傳統的儒家思想，以及當時流行的老莊玄學來說明佛教的教義。如以「五常」——仁、

〔註6〕《弘明集》卷一〈理惑論〉，梁僧佑編，新文豐出版，民國75年3月再版。
〔註7〕《大正藏》，第十五卷，經集部第二，No.602。
〔註8〕《大正藏》，第八卷，般若部四，No.224。
〔註9〕《大正藏》，第八卷，般若部四，No.225。
〔註10〕《老子》五十五章：「知和曰常，知常曰明。益生曰祥，心使氣曰強。物壯則老，是為不道，不道早已。」
〔註11〕《老子》二十八章：「知其雄，守其雌，為天下谿。為天下谿，常德不離，復歸於嬰兒。知其白，守其黑，為天下式。為天下式，常德不忒，復歸於無極。知其榮，守其辱，為天下谷。為天下谷，常德乃足，復歸於樸。」
〔註12〕《高僧傳》卷四〈竺法雅傳〉：「時依雅門徒，并世典有功，未善佛理。雅乃與康法朗等以經中事數，擬配外書，為生解之例，謂之格義。」「事數」指佛教的名相。這是佛教初傳時的翻譯、表述、解說佛典的方式，也是當時人理解外來佛教義理的途徑與方式。

義、禮、智、信，類比「五戒」——不殺生、不偷盜、不妄語、不邪淫與不飲酒。南朝僧人竺法雅與康僧朗等人都是用「格義」來理解佛教的，這是當時社會上普遍流行理解佛教的方式。

佛教傳入中國之初，弘傳佛法的情況，主要是佛教依附本土文化，但是佛教初傳入時，正是中國社會由「治」到「亂」的時期，階級、民族的問題，統治集團之間的紛爭空前的激烈，戰亂烽起，世事無常，人們的生命朝不保夕。生活的苦難很容易讓人們對人生價值重新作一番省思。

但是儒家對於生死問題避而不答，孔子只是提到：「未知生，焉知死。」佛家針對生死問題提出前世、現世以及來世，亦即三世輪迴的人生觀，以及因果輪迴的觀念，還有提出西方極樂世界的希望。佛教的教理相當有系統，同時想像豐富，正好可以慰藉苦難之中的人心，所以佛教也就廣泛的弘傳開來。

范曄《後漢書》卷一一八〈西域傳論〉提到佛教在中國初傳的情況：

> 其清心釋累之訓，空有兼遣之宗，道書之流也。……又精靈起滅，
> 因報相尋，若曉而昧者，故通人多惑焉。

這裡所謂「清心釋累之訓，空有兼遣之宗」指的是大乘般若之學，而「精靈起滅，因報相尋」則是指小乘禪數之學。關於這點湯用彤先生曾說：〔註13〕

> 在此時期中（指漢末到晉代中思想史的過渡時期），可以說佛學有兩
> 大系統：一爲「禪學」，一爲「般若」。禪學系根據印度的佛教的「禪
> 法」之理論，附會於中國陰陽五行以及道家養生之說。而般若則用
> 印度佛學之法身說，參以中國漢代以來對於老子之學說，就是認老
> 子就是道體。前者由漢之安世高傳到吳之康僧會，後者由漢之支讖
> 傳到吳之支謙，當時兩說都很流行。

佛教初傳之時，大乘般若學被等同於老莊，小乘禪數則被視若神仙方術。佛教只能依附於中土固有意識而開始在中土傳播。

中土民眾和士大夫廣泛接受佛教，主要是在東晉時，一般認爲佛教是在兩漢之際傳入中國的，從東漢到東晉已經有三百年左右的時間，在這段時間內，佛教即是沿著「般若」之學與「小乘禪數」之學兩個方向發展的，這兩個方向對於文學發展的影響都很深遠。魯迅曾說：〔註14〕

〔註13〕湯用彤：《理學、佛學、玄學》，〈漢魏佛學的兩大系統〉北京大學出版社，1991年。

〔註14〕魯迅：《中國小說史略》，《魯迅全集》，第九卷，人民文學出版社，1981年。

> 中國本信巫，秦漢以來，神仙之說盛行，漢末又大暢巫風，而鬼道
> 愈熾；會小乘佛教亦入中土，漸見流傳。凡此，皆張皇鬼神，稱道
> 靈異，故自晉迄隋，特多神仙志怪之書。

至於在知識階層中，則流行附會於老莊的般若學，尤其是魏晉時代流行玄學，般若空觀被當作辨析本末、有無，追求至道的妙理來理解，玄學與佛教因此而合流。般若與玄學在追求精神的超越和人生的解脫上都有共同的趨向，是以般若依附玄學發展，玄學則借助般若充實內容。這是引發筆者想深入研究的一個契機，所以在選題時以六朝為主，希望能對佛教初傳之際的時代背景深入的認識。

再者，自東晉開始出現僧侶的詩作，這在文學史上算是特殊的現象。自東漢佛教傳入中國，因此也有修佛的僧侶，然而自漢至魏以及西晉，這一漫長的時期都未出現僧侶作詩的現象，何以在東晉才有僧侶作詩的情形呢？這是值得深入去探討的問題。

僧侶這樣的出世修行人的身份，當他們在作詩時，其作品應該和俗家的文人墨客有很大的不同，其作品的思想與內容，以及表現手法有何特色？這些都是筆者試圖想要探討的問題。

第二節　題目的定義──關於「六朝」以及「僧侶詩」的定義

本論文所討論的範疇，為「六朝」時期，但是對於此一時期的界定向來都是相當分歧的，「六朝」一詞，首見於唐朝許嵩的《建康實錄》序：〔註15〕

> 今質正傳，旁採遺文，始自吳，起自漢興平元年（AD194年），終于
> 陳末禎明三年（AD589年），……總四百年間，著東夏之事，勒成二
> 十卷，名曰建康實錄，具六朝君臣行事。

此即是史地上的六朝，以六個歷史時間相近，且都建都在建康的朝代稱之，即建都於建康之吳、東晉、宋、齊、梁、陳而言。〔註16〕又《宋史》卷375〈張守傳〉：〔註17〕

〔註15〕見唐·許嵩《建康實錄》序文，《四庫全書》，冊三七〇，頁237。
〔註16〕《宋史》卷三七五〈張守傳〉：「建康自六朝為帝王都」，這裡所說的「六朝」是指建都於建康的吳、東晉、宋、齊、梁、陳六個朝代。
〔註17〕《宋史》卷三七五，〈張守傳〉，台北：鼎文書局，頁11611。

建康自六朝為帝王都，江流險闊，氣象雄偉。且據都會以經理中原，
依險阻以捍禦強敵，可為別都以圖恢復。

依張守的說法，歷史上的六朝，始自吳大帝黃武元年（AD222 年），至陳後主
禎明三年（AD589 年）。

但是就文學史的角度而言之，就不能完全以建都於建康來作考量，還必
須兼顧文學的發展狀況，以及整個時期的文學內容完整性，以形式、內容、
風格等藝術特色為前提，不能因歷史時間及地理空間的阻隔而強作割捨，所
以關於文學史上對「六朝」的界定，大部份的學者並不局限在政治上的六朝。
關於文學史上所稱的六朝，大致有下列幾種說法：

1. 晉、宋、齊、梁、陳、北朝、隋：主此說法的學者有胡仔《苕溪漁隱
   叢話》，其中卷一、卷二〈國風漢魏南北朝〉，以及張溥所編的《漢魏
   六朝百三家集》，嚴可均所編《全上古三代秦漢三國六朝文》，都是主
   此說法。近人蕭滌非在《漢魏六朝樂府文學史》中也是主張此說，現
   代學者洪順隆《六朝詩論》亦以晉、宋、齊、梁、陳、北朝、隋為六
   朝。

2. 宋、齊、梁、陳、北朝、隋：主張此一說法的為孫德謙在《六朝麗旨》
   這本書中提出的說法。

3. 魏、晉、宋、齊、梁、陳：此一說法見於章太炎《太炎文錄》，其中卷
   一〈五朝學〉，提到「六朝」的觀念，不包括隋代。

4. 魏、晉、宋、齊、梁、陳、北朝：這一說法把魏晉南北朝全部包括進
   去，這種分類是張仁青在《六朝唯美文學》書中所提出的說法。

本論文參考上述的說法，認為張仁青先生的論點已將魏晉南北朝全部包
括進去，算是最為完整的說法，筆者參考張先生的說法，再依據研究的需要，
把「六朝」定義為魏、晉、宋、齊、梁、陳、北朝以及隋代。

至於「僧侶詩」的界定，指的是以僧侶的身份從事創作詩歌的事，而這
些有僧侶身份的詩人所創作出來的作品即是僧侶詩。至於六朝的僧侶有詩作
傳世者，是否可以用「詩僧」來稱呼呢？

徐庭筠先生曾經提到過：〔註18〕

詩僧，詩歌創作在這些僧人的生活中必然占有重要地位，而不是一

〔註18〕徐庭筠〈唐五代詩僧及其詩歌〉，《唐代文學研究》，第一輯，山西人民出版社，
1988 年 3 月一版。

時動興，偶一為之。為了寫出好詩句，這些詩僧也像世俗詩人一樣，

終日尋詩覓句，苦心孤詣，飽嘗創作的艱辛。

徐先生是從僧侶創作詩歌的動機來定義的，事實上只注意到詩僧為藝術而創作的這層面，進而推論他們創作的態度與一般世俗詩人是一樣的。六朝時期的僧侶似乎並未明顯的表現出「終日尋詩覓句，苦心孤詣」的情況，至少在目前的史料中未曾見到。所以從這方面來看無法對六朝的僧侶創作詩歌來作定義。

孫昌武先生提到所謂詩僧就是披著袈裟的文人，他描述這些文人多半是因為生活落魄或是仕途不順心才轉而為僧侶的。〔註19〕但是後來在《禪思與詩情》一書中卻提到：〔註20〕

詩僧這個稱呼是有特定含義的。他們不是一般的佛教著作家，也不是普通能詩的僧人，而專指唐宋時期在禪宗思想影響下出現的一批僧形的詩人。他們與藝僧（琴、書、畫）等一樣，自中唐時期出現，兩棲於文壇與叢林，是禪宗大興所造成的獨特社會環境的產物。

若從這定義來看，他把六朝時期的支遁、慧遠、惠休排除在外，也排除中唐之前的王梵志、寒山、豐干以及拾得等人。孫昌武在過去所提出的定義上，又加上時間及信仰兩個條件，認為詩僧是「專指唐宋時期在禪宗影響下出現的一批僧形的詩人」，但是仔細推敲這樣的定義，以詩僧是禪宗的產物，似乎沒有一個強而有力的證明，而且單就這個角度來看，六朝的僧侶雖然從事詩歌創作，但是卻不能稱作「詩僧」。

周勛初先生在他所主編的《唐詩大辭典》的附錄中提到：「會作詩的和尚很多，稱為詩僧。」〔註21〕若從這樣的定義來看，則六朝的僧侶有詩傳世者，都可以稱為詩僧了。周先生的說法是以相當寬廣的角度來定義的，持這樣看法的學者還有覃召文，他在《禪月詩魂——中國詩僧縱橫談》第二章中提到：「詩僧濫觴於東晉」〔註22〕他認為在東晉時期，因為玄學把儒道佛融合在一起，於是促使僧侶與文士之間往來頻繁，造就詩僧形成的溫床。亦即覃先生認為詩僧是詩禪文化的重要成員，他以為所謂的「詩僧」就是有詩作傳世的

〔註19〕孫昌武《唐代文學與佛教》，陝西人民出版社，1985年8月一版。

〔註20〕孫昌武《禪思與詩情》，第十一章「唐五代詩僧」，北京中華書局，1997年8月一版。

〔註21〕周勛初主編《唐詩大辭典》，江蘇古籍出版社，1990年11月一版。

〔註22〕覃召文《禪月詩魂——中國詩僧縱橫談》，北京三聯書店，1994年11月一版。

僧人，因此六朝的僧侶有詩作者皆可以稱作「詩僧」。

　　上述學者對於「詩僧」一詞的定義，不盡相同，而且差異也頗大，有的認為詩僧是特指唐代以來受禪宗影響的僧侶，也有以只要有詩作傳世就可以稱作詩僧的。遑論其他，「詩僧」一詞最早出現是在何時？是一亟需釐清的問題。

　　在當前學界所提出的論題中，幾乎一致認為最早使用「詩僧」一詞的人，是活動於大曆至貞元間的僧侶皎然（AD720～793），在他所寫的詩作〈酬別襄陽詩僧少微〉。最早指出這條資料的是日本學者市原亨吉，在他的文章〈中唐初期江左的詩僧〉有提到，〔註23〕另外大陸學者孫昌武〔註24〕、徐庭筠〔註25〕、程裕禎〔註26〕以及覃召文〔註27〕等諸位先生也抱持相同的看法，認為「詩僧」一詞是皎然所提出的。其詩云：〔註28〕

> 證心何有夢，示說夢歸頻。文字齊秦本，詩騷學楚人。蘭開衣上色，
>
> 柳向牛中春。別後須相見，浮雲是我身。

此詩的詩題下引「詩中答上人歸夢之意」，指詩人在夢見僧友之後，將此詩贈與在襄陽的僧人少微，並且稱讚少微的能書秦代的文字，同時作詩能學習楚騷風韻。

　　檢視《全唐詩》所收錄的資料中，我們發現自皎然以後「詩僧」一詞不斷出現在詩人的作品中，同時有許多的詩題中有「詩僧」一詞的出現，如無可的〈贈詩僧〉，〔註29〕齊已的〈勉詩僧〉〔註30〕以及〈逢詩僧〉，〔註31〕劉禹錫在〈澈上人文集紀〉中有一段文字是敘述詩僧的發展源流：〔註32〕

> 世之言詩僧者，多出江左。靈一導其源，護國襲之；清江揚其波，

〔註23〕此文見於《東方學報》，第二十八冊，1958 年 4 月，頁 219。

〔註24〕見孫昌武《禪思與詩情》，第十一章〈唐五代詩僧〉，頁 333，北京中華書局，1997 年 8 月一版。

〔註25〕徐庭筠：〈唐代的詩僧與僧詩〉，《唐代文學研究》，第一輯，山西人民出版社，1988 年 3 月一版，頁 177。

〔註26〕程裕禎：〈唐代的詩僧與僧詩〉，《南京大學學報》，1984 年 1 月，頁 34。

〔註27〕覃召文：《禪月詩魂——中國詩僧縱橫談》，北京三聯書店，1994 年 11 月一版。

〔註28〕見《全唐詩》卷八一八，十二冊，文史哲出版，頁 9217。

〔註29〕見《全唐詩》十二冊，卷八一三，頁 9154。

〔註30〕見《全唐詩》十二冊，卷八百四十，頁 9478。

〔註31〕見《全唐詩》十二冊，卷八百四十，頁 9507。

〔註32〕《劉禹錫全集》卷十九，北京中華書局，1990 年 3 月，頁 240。

　　　　法振沿之⋯⋯

白居易在〈愛詠詩〉中,「坐倚繩床閑自念,前生應是一詩僧。」〔註33〕白居易信佛非常虔誠,他甚至以為自己前生是一詩僧。

　　由這些文獻資料中,據彭雅玲的論文《唐代詩僧創作論》〔註34〕所作的考察,確定「詩僧」一詞是出現在中唐,更明確說是在中唐的大曆年間。

　　所以本論文的題目是「六朝僧侶詩研究」,重點在探討僧侶的作品,而不以「詩僧」來稱當時的僧侶,主要因素是在「詩僧」的出現在中唐的大曆年間,不適合用在六朝僧侶的身上。

　　本論文所謂的「僧侶詩」是指以出家僧侶的身份來從事詩歌的創作者,其作品中包含與佛教有關的作品,如表現出對於佛教的崇仰的佛理詩,也包括與佛教無關的作品,如對豔情描寫的宮體詩;再者以佛理、佛法,直接入詩所寫成的偈、頌、贊、銘,在佛教的弘傳過程中流布很廣,這也列入討論的範疇中。換言之,僧侶詩的內容包括崇佛的文學,也包括非佛教的部份,因此就六朝僧詩作品而言,大約有 304 首作品,這是研究六朝僧侶詩作很重要的素材。

第三節　本論文主要參考資料

　　佛學研究是目前相當受到關注的領域,這一方面的論著也是相當的豐富,而學界在跨越佛教與文學二領域的專著也是不勝枚舉,其中有關詩歌與佛教的專著亦不少,這些論著對於研究「六朝僧侶的詩歌」,多少有些許的助益。

　　關於佛教文學的研究,在台灣以及大陸已有許多學者對這方面有深入的研究,就目前所搜集的資料中,可分為幾類:

一、註解與賞析僧侶的作品

　　專門針對僧侶的詩作做賞析的選本,在臺灣出版方面並不多,計有:
1. 《禪詩三百首》,杜松柏,台北黎明文化,1981 年 11 月。
2. 《詩與禪》,杜松柏,台北黎明文化,1971 年。

〔註33〕見《全唐詩》,卷四四六,頁 5010。
〔註34〕見彭雅玲:《唐代詩僧的創作論研究》,政大中文所博士論文,1999 年。

3. 《中國禪學 —— 中國禪詩欣賞法》，杜松柏，全林文化，1984 年。

4. 《歷代名僧詩詞選》，陳香，台北國家出版社，1986 年 8 月。

這些選本所收錄的作品很有限，對於作品的出處與原始資料交待的不夠清楚，這是一大缺失。同時所選錄的作品不完整，在文學發展的過程中，僧侶的詩歌不算少數，但這些選本所輯錄的作品只是選擇性的，對僧侶作品未全面的收錄。同時這些選本距今都已經有十餘年的時間，這樣的情況相對於大陸的成果而言似乎顯得較薄弱。對於僧侶作品的重視也較少。

大陸方面，近年來針對僧侶的詩作編選與賞析的著作有：

1. 《中國歷代僧詩選》，周先民，江蘇南京出版社，1991 年 6 月。

2. 《禪詩一百首》，李淼，香港中華書局，1992 年 5 月。

3. 《中國禪詩鑑賞辭典》，王洪、方廣錩，北京中國人民出版社，1992 年 6 月。

4. 《禪詩百說》，洪丕謨，北京中國友誼出版社，1993 年 7 月。

5. 《佛詩三百首》，洪丕謨，江蘇文藝出版社，1993 年 8 月。

6. 《禪詩三百首譯析》，李淼，吉林文史出版社，1995 年 1 月。

7. 《禪詩鑑賞辭典》，高文、曾廣開，河南人民出版社，1995 年 7 月。

8. 《明月藏鷺 —— 千首禪詩品析》，馮學成，四川文藝出版社，1996 年 10 月。

9. 《歷代高僧詩選》，陳耳東，天津人民出版社，1996 年 11 月。

10. 《中國歷代僧詩全集》，北京當代中國出版社，1997 年 1 月。

11. 《禪月詩魂 —— 中國僧詩縱橫談》，覃召文，北京三聯書局。

上述這些選集中，大部份的書籍都是依編者的喜好來選編詩作，並非全部的僧詩都蒐羅到集子中，因此在詩歌作品的賞析部份，也只是就所選的詩作賞析而已。

其中《中國歷代僧詩全集》（北京：當代出版社，1997 年，1 月一刷）這套書，所收編的原則是就僧侶所作的詩予以收錄，再者是凡詩歌總集、別集、選本中已作為詩歌收錄的偈、頌、贊、銘亦予收錄。此書所收錄的年代自東晉始，到辛亥革命為止，所有僧侶的詩歌作品，而居士和曾出家的而又還俗的詩人作品不收。此書依照時代分卷，共分五卷 —— 晉唐五代卷、宋代卷、元代卷、明代卷以及清代卷。每一位僧侶皆附小傳，簡要介紹生卒年以及籍貫、師承、所住寺院及重要事跡及著作。書中所引錄的詩篇，皆注明底

本以及卷次。因此之故，這套書在論文寫作時，列爲主要參考資料。

二、今人研究六朝僧詩的概況

1. 關於僧侶的生平

關於六朝僧詩的研究，多半是就個別僧侶的生平與思想作品研究，屬於綜合論述的單篇論文如黃新亮的〈漢唐僧詩發展述略〉，〔註35〕此篇文章對佛教傳入中國以後直到晚唐五代九百多年的期間，僧詩發展概況作概略評述，並揭示其發展軌跡。文章分成三大段落——「三百年沉寂原因究竟何在」、「三百年徘徊緣自法門拘束」以及「三百年放開引來一代繁榮」。由於涵蓋的時代有九百年，所以文章的論述偏於泛論性，未能深入的討論各朝代的僧詩風貌。但是對僧詩發展的概況已有初步的勾勒。

孫昌武的〈佛教的中國化與東晉名士名僧〉，〔註36〕將晉室南渡之後，名士習佛、名僧談玄的風氣，從思想史與文化史上來作考察，同時還提出名士與名僧的往來與其言行中，促進佛教中國化發展的過程。

以傅大士而言，目前學界有四川大學的張勇《傅大士研究》一書，其以筆名張子開發表過〈《浮漚歌》考〉，〔註37〕以及〈傅大士《法身頌》考〉，〔註38〕這兩篇文章都發表於《宗教學研究》中，文章中以大量材料爲依據，並對材料的內容作討論，詳細的分析詩作的寓意和作品的影響，同時也糾正了一些錯誤的說法，對研究〈浮漚歌〉以及〈法身頌〉的詩作助益很大，對學術研究意義很大。另外是國內藍日昌的〈傅翕宗教形像的歷史變遷〉，〔註39〕其文章比對傳記資料發現另一種形象的傅翕，傅翕其實是一位六朝時期江南一地彌勒信仰的傳播者，同時在其晚年時，曾鼓勵弟子進行激烈的燒身鉤燈、燃指、刺心灑血以及割耳等宗教行爲，這些奇特的舉動在後世的傳記資料中大多加以淡化或略過不談。同時在論文中也討論傅翕在江南傳教的過程及其形象轉化的原因。但文章中未針對傅大士的詩偈作品作深入的討論，純粹就其生平事蹟來論述，從其對傅大士宗教形象的討論，可以有助於認識傅翕。

〔註35〕見《廣西師院學報》，1995 年第 1 期。
〔註36〕見《傳統文化與現代化》，1993 年第 4 期。
〔註37〕見《宗教學研究》，1997 年第 4 期。
〔註38〕見《宗教學研究》，1996 年第 3 期。
〔註39〕見《弘光學報》33 期，1999 年 4 月。

　　關於六朝重要僧侶的事蹟，以支遁而言，有《佛教人物史話》〔註40〕
一書中收錄有劉果宗先生的〈支道林在玄學盛興時代的地位〉，這篇文章側
重在支遁的生平以及其玄學的修養與佛學造詣的介紹，資料的引用相當豐
富，對其在玄學興盛時代的地位予以適當的評價，但是對支遁的詩歌則未談
論，劉先生認爲支遁以其極深之世學造詣，會通佛法，接引當時的名士研究
佛學，其所交往的人物，多爲當時朝貴名士，對佛教普遍性的傳播貢獻很大，
在中國佛教史上，實有其不朽之一頁。

　　孫昌武先生的〈支遁——袈裟下的文人〉，〔註41〕這篇文章舉出許多支
遁的作品，來彰顯其文學的造詣，並且列舉一些唐宋時代受到支遁之風影響
的例子，以說明支遁的影響廣遠，孫先生提到支遁與文士往來的風氣，對於
後代文人思想與生活以及創作影響的巨大。文章的寫作扣緊〈支遁——袈裟
下的文人〉題目來論述支遁的文學成就，對於支遁在文學史上的地位有宏觀
的論述。賈占新〈論支遁〉〔註42〕其中列舉相當多的史料，並予以考證重新
探討支遁的即色義、逍遙論以及關於名士風度的問題，作者從這些層面找到
審視魏晉佛玄文化的入手處。作者並且提出即色義的理論基礎是因緣起色，
支遁的逍遙義也超越向秀與郭象，在於其增加玄學理論的內部張力。賈先生
也認爲支遁的名士風度，實爲大乘教理實踐的必然結果，這篇文章雖舉出許
多相關史料，但對於支遁的文學作品則咸少涉及。

　　田博元的〈廬山慧遠學風之研究〉，〔註43〕孫昌武〈慧遠與蓮社傳說〉，
〔註44〕周伯勘〈廬山慧遠〉，〔註45〕劉貴傑先生的《廬山慧遠大師思想析論
——初期中國佛教思想之轉折》，〔註46〕這些文章都從不同的角度來討論慧
遠的生平事蹟，其中劉貴傑的書則較全面的討論慧遠的思想以及他對於初期
中國佛教的意義。

〔註40〕《佛教人物史話》，收錄在張曼濤《現代佛教學術叢刊》，台北市：大乘文化
　　　　出版社，1978 年初版。
〔註41〕見《中國文化》十二期。
〔註42〕見《河北大學學報》，1999 年 9 月，卷二十四，第 3 期。
〔註43〕《佛教人物史話》，收錄在張曼濤《現代佛教學術叢刊》，台北市：大乘文化
　　　　出版社，1978 年初版。
〔註44〕見《五台山研究》，2000 年第 3 期。
〔註45〕見《歷史月刊》，第九期。
〔註46〕《廬山慧遠大師思想析論——初期中國佛教思想之轉折》，劉貴傑著，台北
　　　　縣：圓明出版，1996。

　　文智〈達摩祖師之研究〉，[註47] 在目前所見關於寶誌大師的研究有三篇文章，日人牧田諦亮的〈寶誌和尚傳考〉[註48] 是現今研究寶誌生平思想非常重要的文章，牧田先生是就六朝時代在齊梁間的神異僧人寶誌和尚，成為十一面觀音的應化，受到朝野的尊信，將其受封為神的過程作一探討，並就史料中抽絲剝繭釐清寶誌的原始風貌。同時牧田先生就寶誌和尚的流傳以及在日本所傳的寶誌故事都一概加以說明，對於研究寶誌大師幫助很大，這也是目前所見到最完整的研究。另外是洪修平〈從寶誌、傅大士看中土禪風之形成〉[註49] 與蔡日新〈從寶誌與善會看中國禪宗思想的源起〉，[註50] 對研究寶誌的禪學思想亦有助益。

　　以上這些文章分別討論了六朝時期的重要僧侶，大部份都重在僧侶的生平與思想來談，能針對僧侶的詩作來討論的咸少見到。

2. 與僧詩有關的論文與論著

　　目前所見以詩僧為主要研究的專著是覃召文的《禪月詩魂——中國詩僧縱橫談》，[註51] 作者由歷史的縱線及社會的橫切面，來分析詩僧所展現的生命意涵。從「詩禪文化」這一個角度來觀察詩僧，在書中也展現了僧侶詩以及詩僧在詩禪文化上的創作梗概與風貌，作者同時認為僧侶的詩歌擅長於表現禪的意境，而這些往往是文人的筆力所無法觸及的，但可惜未把詩僧放在整個僧史或文學史上予以評價定位。

　　張錫坤、吳作橋、王樹海與張石等著《禪與中國文學》[註52] 一書，其中第四章「中國詩僧藝術」，從歷史時代與文化的脈絡中，探討詩僧興起的原因，並且以宏觀的角度探討詩僧創作的基本主題，如表達對「空」的體悟，表達對社會的關懷等，也探討詩僧創作的基本藝術特徵。此外書中也針對僧侶與文士往來，以及詩歌內容與創作技巧所受的影響來論述，敘述精簡扼要。

〔註47〕《佛教人物史話》，收錄在張曼濤《現代佛教學術叢刊》，台北市：大乘文化出版社，1978 年初版。

〔註48〕見《中國佛教史學史論文集》，頁 58，台北市：大乘文化出版社，1978 年初版。

〔註49〕見《中國文化月刊》，卷一七二，民國 83 年 2 月。

〔註50〕見《內明》卷二九八，民國 86 年 1 月。

〔註51〕覃召文《禪月詩魂——中國詩僧縱橫談》，北京：三聯書店，1994 年初版。

〔註52〕張錫坤等著《禪與中國文學》，吉林文史出版社，1992 年初版。

　　就詩僧現象作論述的單篇論文有儀平策〈中國詩僧現象的文化解讀〉，〔註53〕及丁敏〈論唐代詩僧產生的原因〉。對於六朝僧侶詩作的實際論述，最常見到的是屬於描述型的文章，如徐庭筠的〈唐代的詩僧與僧詩〉〔註54〕、程裕禎的〈唐代的詩僧和僧詩〉，〔註55〕這兩篇文章雖然是以唐代為題，但都有大略的論及六朝的情況。

　　另外是在談到六朝的詩體時，附帶提及六朝僧詩的情形，如陳道貴的〈從佛教影響看晉宋之際山水審美意識──以廬山慧遠及其周圍為中心〉，〔註56〕以及〈東晉玄言詩與佛教關係略說〉，〔註57〕王力堅的〈山水以形媚道──論東晉詩中的山水描寫〉，〈性靈、佛教、山水──南朝文學的新考察〉，以及普慧〈齊梁崇佛文人游寫佛寺之詩歌〉〔註58〕這些論文都是泛論性的提過六朝僧詩。

　　蔣述卓〈玄佛並用與山水詩的興起〉〔註59〕一文，作者提到玄學與佛學思辨性的理論及方法，為山水詩的產生提供了深厚的理論基礎；以及玄佛二家理想人格的討論，推動山水審美觀的發展與山水詩的產生。其論點可以補充中國文學史上忽略佛經傳譯對中古文學創作與理論的影響。

　　以上是就目前學術界研究六朝僧侶詩的成果概述，除了介紹學人的研究成果之外，也檢討他們研究的情形。大致而言，學界對於六朝僧侶詩研究的情況，仍是相當少數，屬於專論的論著，目前並未見到。就上述所舉的文章，對於六朝僧詩的研究是有一定的幫助。

三、記載六朝僧詩的原始資料

1. 《大正新修大藏經》，（日）高楠順次郎等編集，東京：大藏出版株式會社，1965年再刊版，台北：新文豐出版社，1983年影印本。
2. 《高僧傳》，梁僧佑撰，《大正藏》第五十冊。
3. 《續高僧傳》，唐道宣撰，《大正藏》第五十冊。

〔註53〕見《山東大學學報》（哲學社會科學版），1994年第二期。
〔註54〕見《唐代文學研究》，第一輯，山西人民出版社，1988年3月，頁177～193。
〔註55〕見《南京大學學報》，1984年第1期。
〔註56〕見《安徽大學學報》（哲學社會科學版），2000年。
〔註57〕見《湘潭師範學院學報》，2000年9月。
〔註58〕見《人文雜誌》2000年第五期。
〔註59〕見蔣述卓：《佛經傳譯與中古文學思潮》，江西：江西人民出版社，1990年。

4.《弘明集》，梁僧佑著，新文豐出版公司，75 年 3 月再版。

5.《廣弘明集》，唐道宣編，臺灣中華書局，59 年 4 月二版。

6.《先秦漢魏晉南北朝詩》，逯欽立輯校，木鐸出版社。

7.《中國歷代僧詩全集》，當代中國出版社，1997 年 1 月 1 版。

第四節　研究方法與目的

本論文題目爲「六朝僧侶詩研究」，一共分爲八章來討論，筆者試著從中國與印度文化交流史的層面，以及就中國傳統詩歌發展的過程來觀察僧侶詩的特色；再者就東晉以後出現僧侶詩這種現象，從僧侶詩本身的結構與語言特色，並結合文化與藝術層面的探討，藉以忠實的呈現佛教僧侶詩的原始風貌。

第一章　緒　論

主要在介紹寫作緣起，以及寫作的方法，還有題目的釐清。說明題目中「六朝」的範圍及意旨，以及何謂「僧侶詩」？僧詩的定義爲何以及它的界定等，都是在緒論中會討論到的問題。

第二章　六朝的社會與佛教的弘傳

這一章是從六朝的政治與社會背景的層面，從歷史學的方式來綜觀在六朝的歷史變遷過程中，動盪不安的時局與佛教的傳播其關係如何？在此章中也要探討佛教從東漢傳入中國之後，在動盪不安的亂世之中，弘傳的情況如何？筆者試圖從幾個方面來討論，一是從動盪不安的社會，二者由佛教與玄學交融的層面；三是由般若思想的流行以及格義佛教的運用。從上述三個方面來明確掌握六朝時代佛教弘傳的情況。

第三章及第四章　六朝僧侶與詩歌的結緣

自兩晉以後一直到南北朝時期，是佛教流傳中國且逐漸中國化的時期，此時在文壇上，佛教的教義與信仰漸漸被文士所接受，文人與僧侶往來的情況非常普遍。此章所討論的是六朝僧侶與文士往來的情況，以及僧侶作詩的情況，第四章特別是針對傅大士、寶誌以及達摩祖師的作品，做深入的解析，因爲這些詩人作品數量多體裁亦特殊，作深入的解析，可以幫助我們了解六朝僧侶詩的風貌如何。

第五章　六朝僧侶詩的內容分析

六朝僧侶的詩作，所包含的內容相當豐富，包括玄言詩、山水詠懷詩、佛理詩、宮體詩以及讖詩等類。在此章試著釐清各類題材的定義，並舉出詩作來討論，藉以呈現出僧侶詩豐富多樣化的內容。此章分別探討幾個主題——

1.「玄言詩與微言盡意」

玄言詩是魏晉詩歌中的重要流派，它的特點是以詩歌的形式來談玄，最初是以老莊玄學為主要的內容，到東晉時期則加入佛理在其中，我們稱之為「佛教玄言詩」。在此章要探討的是佛理玄言詩的特點為何？以及這類的詩作產生的背景如何？在文學史上有何特殊意義？這都是此節中所要分析的主題。

2.「靜觀萬物皆自得——論六朝僧侶與山水詩」

玄言詩興盛百年之後，在南朝劉宋時山水詩代之而起，劉勰曾云：「宋初文詠，體有因革。莊老告退，而山水方滋」，〔註60〕其意為以老莊思想為表現內容的「玄言詩」告退，而山水詩在其內容和風格上嬗變。此章中討論的是僧侶創作山水詩的因緣為何？以及僧侶的詠山水的作品有何特色？筆者就僧侶的詩作來作實際的分析，如支遁〈詠懷詩〉、慧遠的〈五言遊廬山〉、〈奉和劉隱士遺民〉、〈奉和王臨賀喬之〉〈奉和張常侍野〉等作品，詩人常常運用自然的景色來反映人的心理，詩人筆下的山光水色都蘊含特殊的意義在其中。另外是關於佛教與謝靈運的山水詩也必須一併討論，因為謝靈運與佛教有著深厚的因緣，而且他也是山水詩的集大成者，所以對於謝氏的山水詩亦須探討之。

3.「僧侶與宮體豔詩的創作」

南朝齊與梁時，文壇上興起一類專門吟詠豔情為主的詩風，此類作品文學史上稱之為「宮體詩」。〔註61〕鍾嶸在《詩品》的「下品」有針對惠休、道猷以及釋寶月三位僧侶的詩作加以批評，這三位的作品可說是六朝僧侶豔情詩的代表。他們的豔情詩作的主要特色是「淫靡」、「綺豔」。〔註62〕以僧侶出家人的身份來從事豔情詩的創作，而且作品的表現手法直接且大膽，這是值得深入探討的問題，應該與當時的社會風氣有關，且與佛經本身的傳譯也有關，這都是此

〔註60〕劉勰著，周振甫注《文心雕龍注釋》〈明詩篇〉。
〔註61〕一般文學史上所謂的「宮體詩」，指的是梁簡文帝蕭綱為太子時，在宮中所提倡的一種詩風，其描寫對象是女性，基本特色是「輕豔」。
〔註62〕《南史》〈顏延之傳〉：「延之每薄湯惠休詩。謂人曰：『惠休製作，委巷中歌謠耳，方當誤後事。』」
《宋書》〈徐湛之傳〉：「時有沙門釋惠休，善屬文，辭采綺豔。」
《詩品》卷下：「惠休淫靡，情過其才，世遂匹之鮑照。」

節中必須釐清的問題。

　　4.「吟詠佛理的詩作」

　　在六朝僧侶詩作中，有一類是以闡述佛教的義理爲主的作品。有純粹闡述佛理的作品，也有讚揚佛德之作，還有藉著詠物來抒情達理的。這類作品稱之爲「佛理詩」，其特點是以說理爲主要的目的，所以在詩句中常常見到援引佛教名相的情況。此節將佛理詩分爲——「純粹闡述佛理」以及「藉詠物以抒情達理」兩類的作品，對於佛理詩何以會在六朝時代興起，亦在此節中作討論。

　　第六章　僧侶詩歌的意象及其語言特色

　　此章是以意象的理論作詩歌的分析。詩歌是一種以語言爲媒介來表現美感經驗的藝術。對詩歌來說，塑造意象的語言是詩歌語言的主體。此章中所要討論的問題，分別是「玄」字釋義以及以「玄」字爲首的詞彙，及其在整首詩中有何作用及其象徵意義；另外在第二節是對於僧詩中自然界意象語彙所隱含的意義爲何？作一番論述。再者是關於佛教語彙的運用，當這些詞彙用在詩歌中是否具有特殊的意義？這些都是研究僧詩的所要呈現的意境與風格，必須考量的。

　　第七章　六朝僧詩的價值與影響

　　此章是從文學史以及文化交流史的角度，來看兩種異質的文化交流的情況與結果。佛教源自印度，東漢時期自西域傳入中國，隨著外來的僧侶將佛經傳譯的過程，對中國的傳統思想以及文學造成很大的影響。就六朝僧詩而言，其作品中有幾點影響——

　　1. 外來譯語運用

　　2. 詩歌形式上的創新

　　3. 詩歌內容的拓展

　　4. 修辭技巧及表現手法上的創新

這些特色與過去傳統詩歌迥然不同，最主要的原因是受到佛典傳譯的影響，當然也和六朝時期佛教的弘傳很普遍有關。

　　第八章　結　論

　　此章是就前面七章所討論的問題，作一綜合論述，並且對六朝僧侶詩在文學史上略過的部份，給予適當的定位。

第二章　六朝的社會與佛教的弘傳

「昔漢哀帝元壽元年，博士弟子景盧，受大月氏王使伊存口授浮屠經。」
〔註1〕這是佛教傳入漢地的最早歷史記載。《後漢書‧楚王英傳》，記載東漢明帝時楚王劉英遣郎中令奉黃縑白紈三十匹，「以贖愆皋」，詔服曰：

> 楚王誦黃老之微言，尚浮屠之仁祠，潔齋三月，與神爲誓，何嫌
>
> 何疑，當有悔吝其還贖，以助伊蒲塞、桑門之盛饌。〔註2〕

這是一段十分值得重視的資料。楚王爲「浮屠」（即佛）齋戒祭祀，這件事發生在漢明帝永平八年（AD65 年），這說明至晚在公元一世紀中期，佛教已經得到比較廣泛的傳播，佛教必定在永平前已經傳入中國。

約在楚王英崇信佛教之後的一百年左右，漢桓帝亦祭祀佛陀與老子。桓帝延熹九年（AD166 年），襄楷上書說：〔註3〕

> 又聞宮中立黃老浮屠之祠。此道清虛，貴尚無爲，好生惡殺，省欲
>
> 去奢。今陛下嗜欲不去，殺罰過理，既乖其道，豈獲其祚哉！

前面「楚王劉英」，以及後面的「桓帝」，都相信佛教，可見佛教在後漢時在高層人士中已有了基礎。但是他們都不是專誠只信佛，而是佛老兼信，可見佛教的基礎仍不牢固。

〔註1〕依晉陳壽撰，宋裴松之注之《三國志》卷三十〈東夷傳〉，裴松之注引《魏略‧西戎傳》，台北鼎文書局，民國八十二年，頁859。

〔註2〕南朝宋范曄《後漢書》卷四十二〈楚王英傳〉，台北鼎文書局，民國八十三年，頁1428。

〔註3〕《後漢書》，卷七，〈桓帝紀〉。

在漢靈帝中平五年（AD188 年）至獻帝初平四年（AD193 年）笮融大興浮屠祠。《三國志·吳志·劉繇傳》：

> 笮融者，丹陽人。初聚眾數百，往依徐州牧陶謙。謙督廣陵丹陽運漕。遂放縱擅殺，坐斷三郡委輸以自入，乃大起浮圖祠，以銅為人，黃金塗身，衣以錦采，垂銅槃九重，下為重樓，閣道可容三千餘人，悉讀佛經。令界內及旁郡人有好佛者聽受道，復其他役，以招致之。
>
> 由此遠近前後至者，五千餘人戶。每浴佛，多設酒飯，布席於路，經數十里，民人來觀及就食，且萬人，費以具億計。

這裡值得注意的是中國造像立寺，這是首次見於歷史記載，同時佛教已經從宮廷走向下層的老百姓。

加上桓靈之際，自西域來的僧人安世高與支婁迦讖來華翻譯佛經，自此佛教逐漸的進入中土。

這裡出現一個問題，也就是佛教源自於天竺，它是外來的宗教，要如何能在漢地生根與弘傳，有一點很重要的因素，就是在初傳入中國時，必須與中國原有的思想結合，方能適應封建社會的狀況。所以翻閱佛教史或是思想史，發現佛教在漢代剛傳入時，幾乎是與傳統的神仙方術以及黃老思想結合，佛教思想與黃老神仙學說是混為一談的。因此楚王劉英「誦黃老之微言」，〔註4〕而且又「尚浮屠之仁祠」；〔註5〕桓帝則是「設華蓋以祠浮圖、老子」，〔註6〕他們都是把佛陀與老子並列在一起膜拜的。

梁朝僧祐在《弘明集》〈後序〉中提到：「漢魏法微，晉代始盛。」兩晉時期佛教的興盛，除了與當時玄學興盛有關之外，以及格義佛教的發展，也和當時的政治動亂，苦難的眾生渴望解脫等的因素有關係。

第一節　世亂時微的社會

六朝時期，是一個極度動盪不安的時代，承接著東漢末年黃巾之亂以及董卓之亂所造成的社會動亂，再加上連年的烽火連天，百姓生活真是民不聊生，苦不堪言，從王粲的〈七哀詩〉可見一斑。

〔註4〕《後漢書》〈楚王英傳〉。
〔註5〕《後漢書》〈楚王英傳〉。
〔註6〕《後漢書》，卷七，〈桓帝紀〉，頁320。

　　西京亂無象，豺虎方遘患。

　　復棄中國去，委身適荊蠻。

　　親戚對我悲，朋友相追擊。

　　出門無所見，白骨蔽平原。

　　路有飢婦人，抱子棄草間。

　　顧聞號泣聲，揮涕獨不還。

　　未知身死處，何能兩相完？

　　驅馬棄之去，不忍聽此言。

　　南登灞凌岸，回首望長安。

　　悟彼下泉人，喟然傷心肝。（王粲〈七哀詩〉）

這是建安七子中王粲所寫的〈七哀詩〉，深刻的反映出魏晉社會的亂象，以及人民生活的痛苦。

　　六朝時代可以說是政治社會極度動蕩不安的時期，自漢末黃巾之亂，一直到隋統一天下這前後四百多年的時間，戰亂和災難始終和天下蒼生共存，而對於生存的恐懼亦伴隨著老百姓。

一、三國的哀歌

　　據唐房玄齡等撰《晉書‧地理志》的記載：

　　「至桓帝永壽三年，戶千六十七萬七千九百六十，口五千六百四十八萬六千八百五十六。」〔註7〕但是到了晉武帝太康元年平吳之後情形是「平吳，大凡戶二百四十五萬九千八百四十，口一千六百一十六萬三千八百六十三」。〔註8〕從東漢桓帝永壽三年（AD157），到晉武帝太康元年（AD280），大約一百二十年的時間，人口居然減少了五分之四！

　　推求人口銳減的主要原因，「干戈未曾停息」應該是很重要的因素。筆者試著檢閱歷史記載的片段，如漢獻帝時，「興平、建安之際，海內凶荒，天子奔流，白骨盈野！……遂有寇戎，雄雌未定，割剝庶民，三十餘年。……」〔註9〕到魏文帝曹丕即位，《後漢書》記載：「文帝受禪，人眾之損，萬有一

〔註7〕　（宋）范曄，《後漢書‧郡國志一》，劉昭注引〈帝王世紀〉「至于……永壽二年，戶千六百七萬九百六，口五千六百八十五十六人」與《晉書‧地理志》記載不同。

〔註8〕　（唐）房玄齡，《晉書》，頁414～415，台灣中華書局。

〔註9〕　據《後漢書‧郡國志》劉昭注引《帝王世紀》。

存。」〔註10〕至魏文帝黃初四年（AD223），曹丕曾說：「喪亂以來，兵革未戢，天下之人，互相殘殺。」〔註11〕這是三國時魏的情況。

至於蜀漢的情形又如何？蜀漢在諸葛亮為丞相時，曾維持一段清明之治，但為時不長。當劉禪主政時「自是以來，干戈不戢，元元之民，不得保安其性，幾將五紀。」〔註12〕東吳到孫皓時，是「昔漢室失統，九州分裂」，「……三國鼎立已來，更相侵伐，無歲寧居。」〔註13〕以上這些歷史記載，把三國時代連年動亂之景具體的呈現出來。

毛玠曾說：「今天下分崩，國主遷移，生民廢業，飢饉流亡，公家無經歲之儲，百姓無安固之志，難以持久。」〔註14〕這段文字所描述的不只是三國天下的紛亂，更深刻的將百姓無以安身的苦境側面的描繪出來。

二、兩晉的板蕩

兩晉時期，政治與社會比起三國的紛亂是有過之而無不及。西晉約五十年光景（AD265～316），歷四位皇帝。〔註15〕短短五十年間，人民仍然脫離不了戰禍！如《晉書·愍帝紀》所載：「永嘉之亂，天下崩離，長安城中戶不盈百。牆宇頹毀，蒿棘成林。」〔註16〕這是描述愍帝時長安城中極為悽慘的景象，首都之長安尚且如此，更遑論其它廣大邊遠之地區。

根據《晉書·食貨志》記載：「至於永嘉，喪亂彌甚。雍州以東，人多飢乏，更相鬻賣，奔併流移，不可勝數。幽、并、司、冀、秦、雍六州大蝗，草木及牛馬毛皆盡。又大疾疫，兼以飢饉，百姓又為寇賊所殺，流尸滿河，白骨蔽野……人多相食，飢疫總至。」〔註17〕人為的戰禍已是悲慘之至，再加上蝗蟲肆虐，把糧食穀物一掃而空，造成飢荒，還有疾病瘟疫的流行，也難怪會出現「流尸滿河，白骨蔽野」的恐怖景象。

東晉一百零三年（AD317～420 年）。雖然比西晉多出五十年，但是東晉

〔註10〕同上，頁3388。
〔註11〕（晉）陳壽，《三國志》魏書二、〈文帝丕〉，頁82，台灣中華書局。
〔註12〕《三國志》，《蜀書》，〈後主禪〉，卷三十三，頁901。
〔註13〕《三國志》，《吳書》，〈孫皓傳〉，卷四十八，頁1176，1165。
〔註14〕《三國志》，《魏書》，〈毛玠〉，卷十二，頁374。
〔註15〕西晉的朝代更迭情形：武帝司馬炎──惠帝司馬衷──懷帝司馬熾──愍帝司馬勤。
〔註16〕《晉書》〈愍帝紀〉，卷五，頁132。
〔註17〕（唐）房玄齡，《晉書》〈食貨志〉，卷二十六，頁791，台灣中華書局。

始終是處於危難之際。開基皇帝元帝，當時的景況是「自京畿隕喪，九服崩離，天下囂然，無所歸懷。」，〔註18〕偏安於江南的東晉一開始的國運就相當危急，內有豪族干政，外又有外族胡人的威脅，百姓之苦是難以筆墨形容的。《晉書・食貨志》記載：「晉末，天下大亂，生民道盡，或死於干戈，或斃於飢饉，其幸而自存者蓋十有五焉。」〔註19〕這樣的筆觸，從三國至兩晉一直都未曾離開史家的手，一次次的烙印在歷史中。

永嘉之亂，〔註20〕加速晉朝在南方的衰亡，同時也促使「五胡」在北方的崛起。除去南方東晉統治之地，在大江以北、黃河兩岸，一直到隴蜀之地，這些為外族諸胡所統治的地區，情況更是悲慘。所謂「五胡亂華」，〔註21〕雖然是包含大漢族主義的詞彙，但平心而論，北方胡人在經濟文化等等各方面的發展都比漢族落後，胡人崛起於北方，確實帶給北方更多的動亂，加深北方人民的苦難。

關於五胡所統治的北朝，前趙的劉曜與石勒一戰，即「枕尸二百餘里」。〔註22〕而劉聰主政時「北地飢甚，人相食啖」，「平陽大飢，流叛死亡者十有五六」。〔註23〕

後趙石勒時，連年的戰役復以天災不斷，以《晉書》上的記載，如「雹起西河介山，大如雞子，平地三尺，洿下丈餘，行人禽獸死者萬數；歷太原、樂平、武鄉、趙郡、廣平、鉅鹿千餘里，樹木摧折，禾稼蕩然」〔註24〕「勒境內大疫，死者十二三。」「……劉石禍結，兵戈日交，河東、弘農間百姓無聊矣。」〔註25〕

〔註18〕《晉書》〈元帝紀〉。
〔註19〕（北齊）魏收，《魏書》〈食貨志〉，卷一百一十，頁2849。
〔註20〕永嘉是晉懷帝的年號，永嘉五年（AD307），劉淵稱帝，石勒陷洛陽，懷帝被擄，史稱永嘉之亂。
〔註21〕「五胡」是指匈奴（劉氏）、羯（石氏）、鮮卑（慕容氏）、氐（符氏）、羌（姚氏）。「十六國」1、前趙（劉淵）2、後趙（石勒）3、前秦（符氏）4、後秦（姚氏）5、蜀（李特）6、前涼（張軌）7、西涼（李）8、南涼9、北涼（沮渠蒙遜）10、後涼（呂光）11、前燕（慕容12、後燕（慕容垂）13、南燕（慕容德）14、北燕（馮跋）15、西秦（乞伏氏）16、夏（赫連勃勃）。
〔註22〕《晉書》〈劉曜載記〉，卷一百三十，頁2700。
〔註23〕《晉書》〈載記二・劉聰〉，卷一百二十，頁2673。
〔註24〕《晉書》〈載記五・石勒〉，卷一百五，頁2749。
〔註25〕《晉書》〈載紀五・石勒〉，卷一百五十，頁2740，2471。

石勒死後，由石虎繼位，石虎嗜殺成性，〔註26〕他攻擊石勒的他子在潼關一戰「枕尸三百餘里」。〔註27〕在頻繁的征戰中，「至於降城陷壘，不復斷別善惡，坑斬士女，鮮有遺類」〔註28〕石虎還要脅百姓「征士五人車一乘，牛二頭，米各十五斛，絹十匹。調不辦者以斬論。……於是百姓窮窘，鬻子以充軍制，猶不能赴，自經於道路，死者相望而求發無已。」〔註29〕石虎甚至盜發古帝王與先賢之墓，季龍「既王有十州之地，金帛珠玉及外國珍奇異貨不可勝記，而猶以為不足，曩代帝王及先賢陵墓靡不發掘，而取其寶貨焉。……又使掘秦始皇家，取銅柱鑄以為器。」〔註30〕如此之貪殘，迫害當代之百姓尚嫌不足，還殃及古代亡魂，人性之黑暗面顯露無遺。

石虎死後，情況更悽慘，「鄴中飢，人相食，季龍時宮被食略」〔註31〕從這些文字中稍作聯想，可以想見生活在當時的眾生命運是何等的悲慘！

前秦符堅時，如《晉書》所載：「幽州蝗，廣袤千里」「時長安大飢，人相食，諸將歸而吐肉以飴妻子。」〔註32〕不僅天災不斷，人禍亦不息。

蜀之諸李，趁著戰亂時割據。李特第三子李雄於「南土頻歲飢疫，死者十萬計」的艱困之際，攻打一城，竟「殺壯士三千餘人」。〔註33〕當時是貧富差異懸殊至「貴者廣佔荒田，貧者種植無地」〔註34〕人為之禍害如此，同時天災也非常嚴重，「淫雨汎潰，垂向百日，禾稼損傷加之飢疫，百姓愁望，……境內蕭條。」甚至造成「沃野無半菽之資，華陽有析骸之釁」。〔註35〕

後涼呂隆這一段記載更是讓人讀之而毛骨悚然，「姑臧〔註36〕穀價湧貴，斗值錢五千文，人相食，餓死者十萬餘口。城門晝閉，樵采路絕，百姓請出城乞

〔註26〕石虎的長子亦極凶暴，如長子石邃「荒酒淫色，驕恣無道。……妝飾宮人美淑者，斬首洗血，置於盤上，傳共視之。又納諸比丘尼有姿色者，與其交褻而殺之，合牛羊肉煮而食之……」兄弟相殘如同野獸。(《晉書》〈石季龍載記〉頁2766)。
〔註27〕《晉書》〈載記石勒〉，卷一百零五，頁2755。
〔註28〕《晉書》〈石季龍載記〉，卷一百六十，頁2761。
〔註29〕《晉書》〈石季龍載記〉，卷一百六十，頁2773。
〔註30〕《晉書》〈石季龍載紀〉，卷一百六十，頁2781～2782。
〔註31〕《晉書》〈石季龍載紀〉，卷一百六十，頁2797。
〔註32〕《晉書》〈符堅載記〉，卷一百十四，頁2910，2925。
〔註33〕《晉書》〈李雄載記〉，卷一百二十一，頁3037。
〔註34〕《晉書》〈李班載記〉，卷一百二十一，頁3041。
〔註35〕《晉書》〈載記二一‧史臣曰〉，卷一百二十一，頁3049。
〔註36〕姑臧即今甘肅武威。

爲夷虜奴婢者日有數百。隆懼沮動人情，盡坑之，於是積尸盈於衢路。」〔註37〕
如此悲慘的情況，人類的路似乎已到絕處了。

　　從這些片段的資料中，大約可以勾勒出北朝人民的苦難生活，猶如人間
煉獄般。

三、南朝的動亂

　　南朝宋、齊、梁、陳四個朝代，歷時 169 年（AD420～589），這是繼兩
晉之後另一動盪不安的時期。由於長期的南北對峙以及改朝換代的頻仍，〔註
38〕四個朝代國祚都不長，以致於社會一直處於動盪的局勢中，戰爭不斷，百
姓自是苦不堪言。從下面的歷史記載，可以略窺管豹一斑。

　　劉宋從建立到覆亡只有五十九年，始終脫離不了王室之爭、北方民族侵
擾、人民造反等問題，唯一被史家所稱道的文帝，號稱「永嘉之治」，但實
際上，是「……軍役殷興，國用增廣，資儲不給，百度尚繁。」〔註39〕、「所
在貧罄，家無宿積」，而且天災亦不斷，「水潦爲患，百姓積儉，易致乏匱」。
〔註40〕永嘉盛世情況尚如此，遑論其他皇帝的情況了。根據《南齊書》記載
宋代的政治是「內難邊虞，兵革世動」，「宋末頻年戎寇，兼災疾凋損，或骨
骸不收，毀櫬莫掩」〔註41〕宋朝的情況和兩晉時其實並沒有太大的差異。

　　南齊據《南齊書》的記載「師旅歲興，飢饉代有……民咨塗炭，蹇此之由。」
以至於造成「工商罕兼金之儲，匹夫多飢寒之患」〔註42〕類似這種記載在南齊
一代真是史不絕書。

　　梁武帝繼位，曾經思及「宋氏以來，并恣淫侈，傾宮之富，逐瑩四千……
愁窮四海，并嬰罹冤橫……弊國傷和，莫斯爲甚。」，〔註43〕所以武帝想要勵
精圖治。《梁書》曾經稱讚梁武帝之世，「濟濟焉，洋洋焉，魏晉已來未有若
斯之盛。」〔註44〕王夫之《讀通鑑論》中也提到：「武帝之始，崇學校，定雅

〔註37〕　《晉書》〈呂隆載記〉，卷一百二十二，頁 3071。
〔註38〕　劉宋（AD420～479）、蕭齊（AD479～502）、蕭梁（AD502～557）、陳（AD557
　　　　　～589）。
〔註39〕　（梁）沈約，《宋書》，卷五，〈文帝本紀〉，頁 80，90，台灣中華書局。
〔註40〕　《宋書》，卷五，〈文帝本記〉，頁 92。
〔註41〕　（梁）蕭子顯，《南齊書》，卷二，〈高帝本紀〉，頁 39、34，台灣中華書局。
〔註42〕　《南齊書》，卷三，〈武帝本紀〉，頁 54。
〔註43〕　（唐）姚思廉，《梁書》，卷二，〈武帝本紀〉，頁 35，台灣中華書局。
〔註44〕　《梁書》，卷六，〈敬帝本紀〉，頁 150。

樂，斥封禪，修五禮，六經之教，蔚然興焉；雖疵而未醇，華而未實，固東漢以下未有之盛也。」〔註45〕

但是梁武帝時，北伐的戰爭仍是連年不斷，造成民眾疲乏，甚至於「攝諸寺藏錢皆入聚德陽堂，以充軍實。」〔註46〕連年的戰火，造成「衣冠斃鋒鏑之下，老幼粉戎馬之足。」〔註47〕最後武帝也橫死於「侯景之亂」。〔註48〕

「侯景之亂」不只將梁朝帶上覆亡之路，同時造成彷若人間煉獄的慘象，誠如《讀通鑑論》所記：「自景作亂，道路斷絕，數月之間人至相食，猶不免餓死；存者百無一二。貴戚豪族，皆自出采耜，填委溝壑，不可勝紀。」〔註49〕描寫當時的哀鴻遍野之景。

最苦難的時代，也是宗教最容易滋長的環境，當現實世界中，天災與人禍不斷降臨在周圍環境時，當基本的溫飽已遙不可及時，人的生存與生命的延續已受到威脅，或許佛教講求因果輪迴的教理，以及慈悲為懷的宗教精神，可以為當時苦難的眾生指出一條希望之途。猶如千年暗室中，一盞明燈。又如久旱逢甘霖，給枯萎的心靈，重現生機。長期處於動亂的政治社會，也應該是佛教迅速弘傳的重要因素之一。

第二節　佛教與玄學的融合

由印度河流域至恆河流域的廣大範圍孕育的印度文明，以及由黃河流域發展至長江以南所孕育的中國文化，這是東方文化的兩大主流。從孕育這兩大文明的地勢、氣候、風土乃至民族來說，都是完全不同的。在這兩大文明之間，由於喜馬拉雅山的阻隔，人們無法輕易的往來，所以在很長的時間裡，幾乎沒有接觸和交流的機會。

直到西漢末年，佛教自天竺傳入中國。關於佛教何時傳入中國說法不一，但撇開無稽之談以及附會之說，大體可以認為，佛教的傳入當在兩漢之際。

〔註45〕王夫之，《讀通鑑論》，卷十七，〈梁武帝〉，頁567。
〔註46〕《梁書》，卷九十八，〈蕭衍傳〉，頁2185。
〔註47〕《梁書》，卷六，〈敬帝本紀〉，頁151。
〔註48〕侯景，南北朝朔方人。後魏時從爾朱榮，榮以為定州刺史。高歡討爾朱氏，景復以眾降歡。歡以景為司徒，擁眾十萬專治河南。歡疾篤，召景，景慮被禍遂降梁，武帝封為河南王。旋舉兵反，為建康，陷臺城，武帝被逼餓死，立簡文帝，復弒之自立，封漢王。王僧辯等討平之。
〔註49〕王夫之，《讀通鑑論》，卷一六二。

據《魏書》所載：「昔漢哀帝元壽元年（BC2 年），博士弟子景盧受大月氏王使伊存口授浮屠經」。〔註50〕「浮屠」是佛陀的音譯，「浮屠經」指的就是佛經。《魏書·釋老志》亦提到「哀帝元壽元年，博士弟子秦景憲受大月氏王使伊存口授符屠經，中土聞之，未之信了也。」這一段文字陳述景盧從大月氏王使伊存處領受佛經，但並未受到人們的相信，所以佛教尚未弘傳。但可以肯定的是西漢哀帝時，佛教已開始傳入中國了。

佛教來自天竺，和中國的文化相比，可說是完全不同的文化，是故佛教剛傳入中土，它和黃老神仙之術一道被誤認作祭祀的方術。漢代的楚王劉英就是典型的範例，他的行誼是「誦黃老之微言，尚浮屠之仁祠」，〔註51〕把佛與老子相提並論。

牟子《理惑論》中，亦將佛教看作九十六種道術之一，「道者九十六種，至於尊大，莫尚佛道也」，〔註52〕牟子認爲釋迦牟尼佛「恍惚變化，分身散體，或存或亡，能小能大，能圓能方，能老能少，能隱能彰。蹈火不燒，履刃不傷，在污不染，在禍無殃，欲行則飛，坐則揚光。」〔註53〕這儼然是道家神仙的姿態。

當時許多來自天竺的外國僧侶，爲了能在中土立足以宣揚佛理，常用占卜吉凶，看病等方術來吸引教徒。有時在講經時也會援引道家學說，以致當時許多人曲解佛教思想，以爲佛教是「此道清虛，貴尚無爲，好生惡殺，消欲去奢」的宗教。〔註54〕這種情形到了魏晉時代卻有極大的轉變，當然玄學的興起和佛經的大量翻譯，都是很重要的契機。

從佛教傳入至三國時代，佛教的傳播速度是相當緩慢的，影響甚微。由於黃老之學的盛行，東漢三國時代往往視佛教與黃老之學爲同類，佛教被看作學道成仙的方式之一，所以這一時期的佛教是在與道士道術結合的過程中發展起來的。直到東漢後期，仍多是統治階級上層人士信奉佛教，此時政府還明令禁止中土百姓信奉佛教及出家。又佛教初傳入時，翻譯艱澀難懂，不易被下層民眾所接受，經過一段時期的適應與調合，到西晉時，洛陽和長安有佛寺180所，僧尼3700餘人，這表示佛教在中國的政治中心已經有一定的

〔註50〕　裴松之在《魏書》〈烏丸鮮卑東夷傳〉中篇末的注，引魚象《魏略·西戎傳》。
〔註51〕　（宋）范曄，《後漢書》，〈楚王英傳〉，台灣中華書局。
〔註52〕　（梁）僧祐，《弘明集》，卷一，〈理惑論〉，新文豐出版公司，1986年。
〔註53〕　同上。
〔註54〕　《後漢書》，卷三十。

影響力。

佛教進一步發展的契機是在西晉以後。永嘉之亂後，社會急劇的動蕩，戰亂四起，社會各種矛盾複雜。在這樣的背景下，漢魏之際已衰弱的儒學元氣仍未恢復，逢此亂世之際，社會上迫切需要的是一種能滿足各階層的思想。

佛教的學說，一則可以與統治階級原有的思想溝通，並滿足他們精神上的慰藉。加上當時的玄學名士對佛學尚無全面深刻的認識與研究，對佛經的義理望文生義，將佛教視為玄學的同義詞，故名士與名僧的往來日益頻繁。再者東晉時局動蕩，門閥大族輪流執政，處於此環境中的名士憂慮恐懼，渴望解脫。

在此情形之下，佛教的因果報應之說，以及彼岸之說便乘機而入，受到這些極需獲得心理安慰的名士們接納。再者佛教還發揮化導民俗，維護統治階級利益與統治秩序的作用。對於瀕臨死亡的廣大下層民眾來說，此時他們最迫切希望的是能夠擺脫與解除痛苦，儒家學說對於此無能為力，道教的「羽化登仙」說亦無法使人信服。而佛教所宣揚的人人皆具佛性，眾生皆可以成佛的說法，使下層的廣大群眾而言，如見到一絲希望的幻景。如此佛教在上層統治者的提倡，以及下層老百姓的需求下，佛教獲得發展的契機。

一、玄風的暢行

自漢末始，政治動亂，時局動蕩不安，百姓一直處於苦難之中，在漢代居於支配地位的儒家今文經學以及讖緯神學，內容空虛荒誕，絲毫無助於解決當時現實的政治與社會問題。於是許多儒者開始質疑，據干寶《晉紀總論》所載：「學者以莊老為宗而黜六經，談者以虛薄為辯而賤名檢。行身者以放濁為通而狹節信，進仕者以苟得為貴而鄙居正，當官者以望空為高而笑勤恪。」〔註55〕文士們想徹底擺脫外在的標準與規範，找尋所謂真正的自我，這成為魏晉時期的一種「自覺意識」。「自覺意識」是魏晉玄學流行很重要的因素之一。

另外魏晉玄談的發生和發展，與當時社會歷史條件也是息息相關。劉勰《文心雕龍》提及兩晉玄言清談的情況時記載：「文變染乎世情，興廢繫乎時序。」〔註56〕這裡提到的「世情」和「時序」指的是社會狀況，它決定精神思想之趨向。

魏晉玄談又稱清談。清談與玄學有密切關係，主要是因為玄談之品題多

〔註55〕 《文選》，卷四十九，干寶，〈晉記總論〉。
〔註56〕 《文心雕龍》，〈時序篇〉。

半是玄學的內容。嚴格說來，玄談是自魏正始年間的王弼、何晏提出玄學開始的，而事實上在何晏王弼之前，玄學已有一段醞釀的過程，但是玄學會產生在正始年間絕非偶然，他有一些歷史因素。漢末自黃巾之亂，東漢政權崩潰，儒家經術也隨之衰弱，老莊思想興盛，再加上曹操崇尚法術與刑名，經學受到郡棄，於是給予玄學發展的空間。《晉書》上記載：「魏武好法術，而天下貴刑名；魏文慕通達，而天下賤守節。」〔註57〕

事實上，正始玄學的產生，是源起於曹魏集團和司馬氏集團的對峙，司馬氏長期握重權，軍政大權逐漸由司馬氏掌握，自魏明帝死後，〔註58〕司馬懿和曹爽同受顧命，但曹爽遠非司馬懿對手，加上司馬懿手段殘酷，老謀深算。何晏、王弼雖屬曹魏集團，極力反對司馬氏，但是他們倡玄學，想用老子的思想，以清淨無爲的治術，來鞏固曹魏政權，並消弭士族之間的對峙。雖然司馬懿發動兵變，殺曹爽、何晏，也奪取了政權，但是玄學仍然在士族間普及，成爲士人安身立命的支柱。

司馬氏誅殺士族的手段非常殘酷，這在知識份子與士族中籠罩著恐怖的氣氛，使得老莊玄言無爲思想更加盛行，藉此以逃避禍患，遠離黑暗的政治。如嵇康、阮籍等竹林名士，就是典型的例子。士大夫知識份子中較有遠見，爲避免殺身之禍者，思想上傾向老莊無爲。

玄談由魏正始年經竹林時期，自西晉一直到東晉，發展達到全盛，尤其是兩晉時期，幾乎全被清談籠罩。《文心雕龍·時序》：「自中朝貴玄，江左稱盛，因談餘氣，流成文體。是以世極迍邅，而詞意夷泰，詩必柱下之旨歸，賦乃漆園之義疏。」由此可見，由西晉到東晉江左清談流行的狀況。另外在《宋書》上也記載：「有晉中興，玄風獨振，爲學窮於柱下，博物止乎七篇，馳騁文辭，義殫乎此。」〔註59〕這都是描述東晉以後玄風熾盛的情形。

二、佛玄思想的交融

正始時期，何晏、王弼倡玄學，使「聃周當路與尼父爭途」；〔註60〕至西晉之世，向秀、郭象的《莊子注》問世，使「儒墨之跡見鄙，道家之言遂盛。」

〔註57〕引自（唐）房畜齡，《晉書》，〈傅玄傳〉。
〔註58〕曹魏世系：武帝操—— 文帝丕（220～226）—— 明帝叡（227～239）—— 齊王芳—— 東海王霖—— 高貴鄉公髦—— 燕王宇—— 陳留王奐（260～265）
〔註59〕沈約，《宋書》，〈謝靈運傳論〉。
〔註60〕《文心雕龍》，〈論說〉。

〔註61〕由何、王之學到向秀、郭象，由開始到玄風大暢，終於蔚爲魏晉風度。到東晉名士和名僧相往來，佛理和玄學相結合，使時代風氣別開生面。

儒家自佛教傳入中土之後，即對其採取排斥的態度。在《弘明集》中對這一論爭有較爲詳細的記載。〔註62〕儒家對佛教攻擊的主要是綱常倫理。儒家指斥佛教危害國政，無益於民；其次是儒家攻擊佛教徒削髮損膚，不娶妻生子，不敬王者等行爲有違忠孝，悖離名教。再者儒家以佛法西來，非中土固有的文化，認爲夷夏有別，不可效法。

佛教徒則針對儒家的指責，爲佛教教義辯護，極力調和倫理綱常與佛教教義的矛盾，認爲佛教並不傷治害政，反而是敷導民俗，輔助名教。「因果報應」的思想可以引導人民去惡從善，與儒家的仁義道德並不矛盾。沙門雖不敬王，但不違反忠孝之理，而有助王化。佛教與儒家，如來與周孔「發致雖殊，潛相影響，出處成異，終期必同，故雖曰道殊，所歸一也。」〔註63〕正是由於佛教對中國國情和儒家理論的適應與附會，以及它比儒、道、玄更完整的闡述魏晉南北朝時期各階層人士所面臨的生死和命運的問題，有助於維護門閥士族的統治，故統治者樂於倡導佛教。當時不少儒者也轉而用佛學來補充儒學。佛教在與儒家的論爭中獲得進一步的發展。

兩晉之際盛行的佛學是大乘般若學，其重要典籍有《放光般若經》和《道行般若經》等，依《世說新語》〈文學〉記載：

> 有北來道人，好才理，與林公（支道林）相遇於瓦官寺，講《小品》。
> 於時竺法深、孫興公悉共聽。此道人語，屢設疑難，林公辯答清晰，
> 辭氣俱爽。此道人每輒摧屈。孫問深公：「上人當是逆風家，向來何
> 以都不言？」深公笑而不答。林公曰：「白㫋檀非不馥，焉能逆風？」
> 深公得此義，夷然不屑。

由這一段故事，說明佛學已被引入清談。《小品》亦即是《道行般若經》的異譯。支道林和竺法深均精研《小品》，故孫綽稱竺法深爲「逆風家」。據余嘉錫《世說新語箋疏》：「言法深學義不在道林之下，當不至從風而靡，故謂之逆風家。」而支道林說「白㫋檀非不馥，焉能逆風？」這是引佛經上故事，依劉孝標的注：

〔註61〕《晉書》，〈向秀傳〉。
〔註62〕《弘明集》中關於儒佛之辯的文章，如宗炳〈明佛論〉（一名〈神不滅論〉），晉孫綽〈喻道論〉，晉慧遠〈沙門不敬王者論〉、〈沙門袒服論〉、〈明報應論〉、〈三報論〉等文章，皆是針對儒家提出的問難而發的。
〔註63〕《高僧傳》，卷六，〈釋慧遠傳〉。

「《成實論》曰：『波利質多天樹，其香則逆風而聞。』」支道林如是譬喻是說自己義理深奧，雖逆風家竺法深亦不得不折服。而竺法深聽支道林此說，夷然不屑。這些生動地描述著支道林和竺法深對《小品》都有精深造詣。

般若倡「性空」，與玄學倡「貴無」，在哲理上是相契合的，所以大乘佛教中與玄學相近的般若性空思想便盛行起來。道安在《毗奈耶序》中說：「經流秦地，有自來矣。隋天竺沙門所持來經，遇而便出。于十二部毗目羅部最多，以斯邦人老莊行教，與方等經兼忘相似，故因風易行。」〔註64〕

方等部是十二部經之一，指大乘經典，乃廣說佛學中「空有不二」，「悲智雙運」等廣大深遠之義，而道安序中所指乃是魏晉譯出的大量般若經典。當時講「有無玄同，物我泯一」之玄學盛行，此提「兼忘」，見《莊子‧天運》：「兼忘天下易，使天下兼忘我難。」道安認為「能兼忘天下與我」是莊子的理想，與般若經典所言「去除我法二執，悟一切皆空」頗為類似。

尚玄學、重思辨的般若學在一定程度上可以滿足士大夫談玄說空的需要，所以在包羅萬象、意涵豐富的佛教思想中，得到中國士大夫的青睞。同時，佛教徒為了宣傳教義，也儘量以般若學說迎合玄學思想，使佛教能為士大夫所接受。

魏晉時期出現的「格義佛教」就是用中國的傳統儒家思想，以及當時流行的老莊玄學來闡明佛教義理，幾乎使當時的佛教成為玄學化的佛教，這個問題留待下一節中討論。

玄學的興盛，對於來自天竺的佛教文化，實有推波助瀾的功效，讓異質的佛教文化順利地進入傳統中國社會。而老莊思想和般若思想的類似援引與會通，也間接促進「佛教玄言詩」的創作，這對中國文學的發展而言，亦是值得深入討論的課題之一，本論文下篇會再詳加討論。

第三節　般若思想的流行與格義佛教

一、般若思想的流行

魏晉清談發展到東晉，特點是佛教大乘般若學和老莊玄學融合。清談因有佛理引入，使玄學義理愈加完備，而佛學藉由玄學得以發展。而般若思想

〔註64〕見《出三藏記集》收於《大正藏》，卷五十五。

的風貌是如何呢？

（一）般若經典的譯出

般若系統的經典在漢末已有支婁迦讖譯出的《道行般若經》、〔註65〕支謙譯出的《大明度經》，〔註66〕但當時並未引起注意。道安曾說支讖的譯文「譯爲漢文，因本順旨，轉音如已，敬順聖言，了不加飾」，〔註67〕亦即指支讖的譯文有過於質樸的缺失。

慧皎也曾指出《道行般若經》「文句簡略，意義未周」。〔註68〕漢末雖已有般若經典的翻譯，但是對般若教義難以契入。誠如慧皎所言：「初經出已久，而舊譯時謬，致使深藏隱沒不通，每至講說，唯敘大意轉讀而已。」〔註69〕當時未能了解「般若」的理論，有部份原因是由於初期的典籍在翻譯文句上太過質樸，且有許多梵言，致使人難以了解。

後來支謙重譯《道行般若經》，他所翻譯的經典「曲得聖義，辭旨文雅」。〔註70〕他爲了讓佛典淺顯易懂，採取當時流行的語言風格。呂徵曾說：「看他所改譯的《大明度無極經》對般若冥未解懸的宗旨，是比支讖《道行經》更能闡發的。他用得法意而爲證等語，雖借用道家得意忘言的說法，但般若不壞假名而說實相的基本精神他已經掌握到了。」〔註71〕僧傳說支謙譯經「皆行於世」，〔註72〕佛典經過支謙改譯後，使佛學有更寬廣的空間，也讓更多人得以認識佛教。

魏甘露五年，漢人朱士行所以西行求法，因爲有感於《道行般若經》太過簡略，意義亦不周全。《高僧傳》將朱士行的傳記放在〈義解篇〉第一位，據《高僧傳》的記載：〔註73〕

> 士行曾於洛陽講道行經，覺文章隱質諸未盡善。每歎曰：『此經大乘
> 之要，而譯經不盡』誓志捐身遠求大本。遂以魏甘露五年發跡雍州，

〔註65〕（後漢）支婁迦讖譯：《道行般若經》，《大正藏》第八卷，No.224。
〔註66〕（吳）支謙譯：《大明度經》，《大正藏》，第八卷，No.225。
〔註67〕《出三藏記集》，卷七，〈道行經序〉。
〔註68〕（梁）慧皎，《高僧傳》，〈朱士行傳〉。
〔註69〕（梁）慧皎，《高僧傳》，〈釋道安傳〉。
〔註70〕（梁）慧皎，《高僧傳》，〈支謙傳〉。
〔註71〕呂徵，《中國佛教人物與制度》。
〔註72〕（梁）慧皎，《高僧傳》，〈支謙傳〉。
〔註73〕《高僧傳》，第四卷義解一，〈朱士行傳〉。

西渡流沙既至于闐，果得梵書正本凡九十章。

朱士行不僅是一位早期的《般若》學者，同時也是中國佛教史上第一位西行求法的人。

在《高僧傳》中，有一段記載是關於朱士行得到《放光般若經》時所發生的神異事蹟。：〔註74〕

> 于闐諸小乘學眾遂以白王云：『漢地沙門欲以婆羅門書惑亂正典，王
> 為地主，若不禁之將斷大法。若不禁之，聾盲漢地王之咎也。』……
> 乃求燒經為證……士行臨火大誓曰：『若大法應流漢地經當不然，如
> 其無護命也如何？』言已投經入火中，火即為滅不損一字。

這一段所記載的雖然是神異事蹟，但也透露出求取經典實非易事！所以《放光般若經》一譯出立刻產生很大的影響力，當時許多人如支孝龍、竺法蘊、康僧淵、竺法汰、于法開等人，或者加以注疏，或是從事講說，都是藉著《放光般若經》來弘揚般若學說，所以《放光般若經》一時成了顯學。〔註75〕

道安法師曾言：「中山支和上遣人於倉垣斷絹寫之。持還中山，中山王及眾僧城南四十里幢幡迎經，其行世如是。」〔註76〕當時《放光般若經》譯本曾經風行京華，凡是有心講習佛法的人，皆奉此經為圭臬。

（二）兩晉時《般若經》的翻譯

兩晉之世，譯出許多《般若》的典籍，除了唐朝玄奘大師譯出《大般若經》六百卷外，在晉朝所譯出的經典算是最多的，茲將兩晉所譯出的般若典籍列出：

經　　　名	卷　　　數	譯　　　者
1　《放光般若經》	二十卷九十品	西晉無羅叉譯
2　《光讚般若經》	十卷二十七品	西晉竺法護譯
3　《摩訶般若波羅蜜經》（即大品）	二十七卷九十品	姚秦鳩摩羅什譯
4　《摩訶般若經抄》	五卷十三品	符秦曇摩蜱、竺佛念共譯
5　《小品般若波羅蜜經》	十卷二十九品	姚秦鳩摩羅什譯
6　《金剛般若波羅蜜經》	一卷	姚秦鳩摩羅什譯

〔註74〕《高僧傳》，第四卷義解一，〈朱士行傳〉。
〔註75〕參考呂澂，《中國佛學源流略講》附篇〈朱士行〉。
〔註76〕《出三藏記集》，卷七，〈合放光光讚略解〉。

兩晉時期《般若》經典的大量翻譯，和當時「天下多故，名士少有全者」的時代有關。《般若》宣揚「諸法皆空」〔註77〕和玄學所提倡「天地萬物皆以無爲本」，是一拍即合，二者有許多相似之處，所以般若典籍受到文人名士的歡迎，而國人眞正接受佛教大乘教義也是從般若契入。

般若之義理，在許多意義上來說，是超過玄學的，但由於般若與玄學的交融，玄學幫助佛教容易在中土傳播，這點在佛教發展過程中是非常重要的，同時也間接促使許多佛教玄言詩作品的創作。

二、格義佛教的發展

魏晉時清談風氣盛行，《般若》經典的大量翻譯，許多高僧皆善於般若義理，而般若與老莊思想又有許多相契合之處，當時許多高僧以他們的丰采和高論，與當時著名的名士相往來。這是玄學與佛學交流的一大契機。孫綽著《道賢論》，他以七位高僧匹配竹林七賢，〔註78〕如：

> 護公德居物宗，巨源位登論道，二公風德高遠，足爲流輩矣。（以竺法護比附山濤）

> 支遁、向秀，雅尚莊老，二子異時風，好玄同矣。〔註79〕（以支遁比附向秀）

由此可以窺見當時高僧所受到敬重的情形。

高僧與名士交往，玄學與佛教的義理也在此時有密切的接觸。兩晉時《易》、《老》、《莊》是玄學重要的思想典籍，僧侶們爲達到傳播佛教的目的，常會援引當時流行的老莊學說加以比附，使得聽講者可以了解佛理。如《高僧傳》中記載慧遠引《莊子》來解釋佛理：〔註80〕

> 年二十四便就講說，嘗有客聽講難實相義，往復移時彌增疑味，遠乃引莊子義爲連類，於是惑者曉然，是後安公特聽慧遠不廢俗書。

這段文字是記慧遠大師援引《莊子》的義理予以說明，可知透過老莊契入佛理是很好的途徑。當時這種方式稱作「格義」。

〔註77〕諸法皆空是指一切法爲因緣所生，故無有實性，無實性謂之空，是般若經典之所明也。

〔註78〕《道賢論》今已散佚，但《高僧傳》多載其文。

〔註79〕《高僧傳》，卷四，義解篇〈支遁傳〉。

〔註80〕《高僧傳》，卷六，義解三〈慧遠傳〉。

　　「格義」是由竺法雅所倡導。據《高僧傳》〈竺法雅〉的記載〔註81〕

　　　竺法雅，河間人。凝正有器度，少善於學，長通佛義，衣冠士子，
　　　咸附咨稟。時依雅門徒，並世典有功，未善佛理。雅乃與康法朗等，
　　　以經中事數，擬配外書，爲生解之例，謂之格義。

「格義」的方法是以「以經中事數，擬配外書，爲生解之例」，即是對於佛經
的名相，與中國書籍內的概念比對爲證。將佛學的概念比附於傳統中國固有
的類似概念，目的在於溝通文義。如把佛教的「空」與老莊的「無」來作說
明，也就是將佛典中所說的名相，以合於中國古書中已經具有的詞語概念；
又有以《周易》中的「元亨利貞」，類比佛教「常樂我淨」此「四德」；以「仁
義禮智信」儒家的「五常」類比佛家的「五戒」（不殺生、不偷盜、不邪淫、
不飲酒、不妄語）。

　　顏之推在《顏氏家訓》中提到：〔註82〕

　　　內外兩教本爲一體，漸極爲異，深淺不同。內典初門設五種之禁，
　　　與外書仁義五常符同。仁者不殺之禁也，義者不盜之禁也，禮者不
　　　邪之禁也，智者不酒之禁也，信者不妄之禁也。

這裡顏之推以佛教的五戒等同於儒家的「五常」，一方面溝通儒佛二家的義
理，另一則顯示出一個問題，亦即比附的好壞完全在於個人學識修養的程度。
這樣的比附僅僅只是爲了讓佛教教義深入中土社會，所用的不得已手段而已。

　　若是僧侶對於外來佛教文化與本土文化未全盤了解掌握，欲將彼此義理
相比附，往往會形成畫虎不成反類犬的情況，所以用「格義」解釋佛法自然
會遭受到批評。

　　《高僧傳》卷五記載：〔註83〕

　　　……值石氏之亂，隱於飛龍山，遊想巖壑，得志禪慧。道安後復從
　　　之，相會欣喜，謂昔誓始成，因共披文屬思，新悟尤多。安曰：「先
　　　舊格義於理違。」先曰：「且當分析逍遙，何容是非先達？」安曰：
　　　「弘贊理教，宜令允愜，法鼓競鳴，何先何後？」

道安反對「格義」，最主要的原因，乃是因爲格義「於理多違」，也就是曲解
違背佛教的義理。但在前面曾經討論慧遠曾引《莊子》義說明，使民眾對佛

〔註81〕　《高僧傳》，卷四，義解一〈竺法雅〉。
〔註82〕　（唐）道宣，《廣弘明集》，卷三，〈歸心篇〉，台灣中華書局。
〔註83〕　（梁）慧皎，《高僧傳》，卷五義解〈釋僧先傳〉。

教的疑慮盡消，而後道安還特別聽慧遠不廢俗書的講經。事實上，道安所反
對的格義，是指那些比附不當、說理謬誤的格義。而為了弘法，使佛理能讓
更多人接受，格義是一種權宜之法。

　　僧叡曾著〈喻疑論〉申言格義迂而乖本，違反佛教義理，文中曾云：〔註84〕

> 漢末魏初，廣陵彭城二相出家，並能任持大照，尋味之賢，始有講
> 次。而恢之以格義，迂之以配說，下至法祖、孟詳、法行、康會之
> 徒，撰集諸經，宣揚幽旨，粗得充允視聽。暨今附文求旨，義不遠
> 宗，言不乖實，起之於亡師。

僧叡認為「格義」以迂迴曲折的方式將佛經配以外典，這僅是一個過渡時期
的講述方式，必須要直接從佛經的經文探尋義理，才可以彰顯出佛教的真實
義理。

　　「格義」雖然無法完全正確真實的呈現出佛教的真義，但是無庸置疑，
佛教以外來文化的姿態快速的融入中土文化，並且傳播開來，「格義」扮演了
非常重要的角色。

〔註84〕《出三藏記集》，卷五。

第三章　六朝僧侶與詩歌的結緣

第一節　僧詩創作的濫觴

　　隨著佛教文化與中國文化的交融，僧侶詩歌的現象在東晉時期開始出現在當時的文壇，僧侶作詩是中國文學史上非常特殊的現象，它大致與佛教在中國的弘傳與變遷同步前進。從魏晉南北朝開始，僧詩的創作已經在進行著，而到唐代達到顛峰。

　　僧侶作詩，有一個非常重要的因素是與佛教的弘傳有關。湯用彤先生曾說：〔註1〕「自魏晉中華文化與佛學結合以來，重要之事有二端，一為玄理之契合，一為文字之表現。」玄理之契合，即以玄理解釋佛學，這是佛學授引入中國時的特點；文學之表現，就是用文學語言來宣揚佛教的義理，主要的形式之一就是以詩來闡述佛理。

　　檢視古今的文集，包含梁·慧皎的《高僧傳》〔註2〕唐·釋道宣的《廣弘明集》，〔註3〕以及今人丁福保所編《全漢三國晉南北朝詩》，〔註4〕逯欽立輯校的《先秦漢魏晉南北朝詩》，〔註5〕另外有一本是1996年大陸當代中國出版社所出版的《中國歷代僧詩全集》，〔註6〕從這些文集與史料中歸結從東晉康

〔註1〕　湯用彤，《漢魏兩晉南北朝佛教史》，台灣商務印書館。
〔註2〕　《高僧傳》，《佛教大藏經》，第七十四冊史傳部一，佛教出版社，民國67年3月。
〔註3〕　（唐）道宣編撰，《廣弘明集》，台灣中華書局。
〔註4〕　丁福保編，《全漢三國晉南北朝詩》，藝文印書館。
〔註5〕　逯欽立輯校，《先秦漢魏晉南北朝詩》，台灣木鐸出版社。
〔註6〕　《中國歷代僧詩全集》，當代中國出版社，1997年。

僧淵，到隋代法宣，包含傅翕（雙林大士）在內，一共有 44 位僧侶作詩，包括 252 首的作品。〔註7〕

其中由趙樸初先生任名譽主編，周艾若與林凡二位教授組織編輯的《中國歷代僧詩全集》揭開僧詩整理與研究的工作。中國佛研所吳立民提到：「是書之成，不特爲海內外研究者提供豐富可行之文獻，使治詩學者有以觀詩海之汪洋，亦且使學人明了僧詩之爲中國詩歌之大端，佛教文化融於中國文化之甚深也。」〔註8〕

在六朝時期的僧侶詩作的數量雖然不多，但是在僧詩創作的歷史中，它卻是如日初升，是僧詩創作的濫觴，值得深入分析與探討。

一、僧侶作詩現象的開端

目前所能見到的僧侶詩歌始自於東晉，王夫之曾說：「衲子詩原自東晉來」。〔註9〕但是佛教自東漢已傳入中國，何以到東晉才有僧詩的創作呢？推究原因應該有幾個層面的。

首先就當時的社會來看，自漢代佛教傳入中國一直到西晉，此時期的僧侶以西域與天竺的胡僧較多，由於他們對漢語並不精通，再加上風俗習慣與中國差異頗大，東漢的文人學士是瞧不起佛教徒，他們視佛教爲黃老道術，神仙方術。牟子的〈理惑論〉中有兩則問語反映出這樣的情況。一則曰：〔註10〕

> 子云佛至尊至快，無爲澹泊，世人學士多譏之。吾昔在京師，入東
> 觀、游太學，視俊士之所規，聽儒林之所論，未聞修佛道以爲貴，
> 自損容以爲上也。

疑惑者所提的這兩則問語，牟子不以爲誣，說明惑者我言是符合實際。文人與僧侶交游的密切，對於僧詩的產生與繁榮是至關緊要的。因爲僧侶只有與詩人的密切交往中，識趣又趨於一致的情況之下，受到詩人的影響方可激起吟詠以及以詩贈答的興味。所以僧侶和文士的往來並不密切，如是佛教與詩歌交流的機會就不多。西晉時期由於佛學與玄學的相融，文人與僧侶漸相接近，爲僧詩的產生提供某種條件，創造某種氛圍，到了東晉時期，文人與僧

〔註7〕陳香編，《歷代名僧詩詞選》，台北市：國家出版社，1986 年。
〔註8〕見《法音》1994 年一期。
〔註9〕王夫之《薑齋詩話》。衲子，是指僧侶，僧衣曰衲，稱僧亦曰衲。
〔註10〕見（梁）僧祐，《弘明集》，台北市：新文豐出版，1986 年 3 月再版。

侶的密切往來導致僧詩創作的開始。

再者，與佛教正處於初傳階段的客觀情形有關。漢代到西晉是佛教傳入中國的初期，對於僧侶而言譯經、講經與造寺等是最要緊的任務，漢晉的僧侶在這一方面可謂是不遺餘力，如西晉的竺法護即是最佳例証。〔註 11〕其有感於《方等》經典蘊藏西域，不以萬里爲遠，隨師遠涉西域，遍學 36 種語言，自西域帶回大量佛經，僅他一人所傳譯的佛經，據道安的著錄總數達 150 部以上。此外他還在長安建造寺院，晚年更往來於洛陽、倉垣等地率眾梵修，講經說法。他在弘傳佛法上，可說是在時間與精力上作了最大的投入。

將佛教經典傳譯成漢文是很重要的工作，因此許多僧侶將重心放在譯經上。以《高僧傳》〈譯經篇〉中看來，幾乎都是外來的僧侶。〔註 12〕當時譯經著名的人物，後漢時有安世高、安玄、支婁迦讖、竺佛朔、支曜、康巨、嚴弗調、康孟詳等。三國時有支謙、康僧會、朱士行等。這些譯經的僧侶，不是姓安，就是姓支，還有姓康。「安」代表「安息」，英文 Parthia「帕提亞國」，「支」是「月支」，「康」是「康居」。這都是古代中亞的民族。漢人僅有幾個人，嚴弗調、朱士行等。關於這一點，季羨林先生在《中印文化交流史》〔註 13〕書中，他認爲印度佛教傳入中國，是經過中亞一帶的民族的媒介。

這些外來僧侶都把重點放在傳譯佛經，希望可以把天竺的佛典介紹到中國來，所以僧詩的創作因緣自然也就不具足。是故僧侶與詩歌在東漢以至西晉時期，幾乎是各據一方毫不相干的。

到了東晉時代，由於譯經的事業逐漸開展，佛教逐漸普及，中土文士學佛蔚爲風氣，僧侶們除了加強譯經之外，還重視佛經義理的解釋與研究。以梁慧皎《高僧傳》爲例，〈譯經〉篇中以東晉之前的外來僧侶居多數，〈義解篇〉則多是東晉之後的中土僧侶，這樣的現象反映出東晉時佛教已經轉移成對解義的重視。

南朝劉尚之〈答宋文帝贊揚佛教事〉，〔註 14〕說到東晉時士大夫禮佛的盛況：

> 渡江以來，則王導、周顗，宰輔之冠蓋；王濛、謝尚，人倫之羽儀；

〔註 11〕參考（梁）僧佑，《高僧傳》，〈竺法護傳〉。

〔註 12〕《高僧傳》〈譯經〉上與中篇一共是二十五人，全部都是胡僧。

〔註 13〕見季羨林，《中印文化交流史》，《季羨林文集》，第四卷，江西教育出版社，1996 年。

〔註 14〕何尚之，《弘明集》，卷十一，〈答宋文帝讚揚佛教事〉。

郗超、王坦、王恭、王謐，或號絕倫，或號獨步，韶氣貞情，又爲物表，郭文、謝敷、戴逵等，皆置心天人之際，抗身煙霞之間；亡高祖兄弟，以清識軌世；王元琳昆季，以才華冠朝；其餘范汪、孫綽、張玄、殷覬，略數十人靡非時俊。

上述所列諸人崇佛之事均可見於史傳或文獻中，而要形成文人崇信佛教的局勢，在佛教方面就必須達到一定的水準。東晉時期，經過眾多譯師的努力，特別是竺法護譯經，譯文水準較高，其主要原因就是得到中國文人聶承遠、聶道真父子、孫伯虎、虞世雅等人的幫助，[註15] 譯經事業達到相當高的水準。同時也培養出通曉佛教思想，又具備傳統文化素養的中土僧侶，他們有能力也有資格打入士大夫的文壇，並且能夠與之對話，這就是所謂的名僧。《世說新語》中所記載的支遁就是典型的代表人物。

《世說新語》中寫到僧人的部份有二十三位，[註16] 除了個別僧人如佛圖澄之外，絕大多數的僧侶是在江東活動的。他們雖達不到支遁的境界，但如法度與他的同學交好，竺法琛、于法開與文人往來，都與支遁屬於同一類型的人物。這些人不僅是當時佛教與士大夫之間的橋樑，亦是推動佛教中國化的主力。

《世說新語》上記載一則關於支遁講說《維摩詰經》的事蹟：[註17]

支道林、許掾諸人共在會稽王齋頭，[註18] 支爲法師，許爲都講，支通一義，四座莫不厭心；許送一難，眾人莫不抃舞。但共嗟詠二家之美，不辨其理之所在。

據劉孝標注引《高逸沙門傳》曰：「道林時講《維摩詰經》」，[註19]《高僧傳》卷四亦記載：「遁晚出山陰，講維摩經，遁爲法師，許爲都講。」[註20] 按當時講經的儀式，主講人是法師，另有一位輔助問難的人爲都講。許詢能夠擔任都講，可見他對《維摩經》乃至一般的佛理的了解已經達到相當的水準。不過對許多聽眾來說，被二人的言辭論辯所吸引，對理之所在仍不能深辨。從這一段文字敘述中可以清楚的看到，當時的名士熱衷於佛理的情形。

〔註15〕《高僧傳》，卷一〈譯經〉上〈竺法護傳〉。
〔註16〕詳見附錄二。
〔註17〕《世說新語》〈文學篇〉。
〔註18〕齋頭，指齋戒之靜室。靜室可以齋心，故因名爲齋。當與「精舍」意同。
〔註19〕《世說新語箋疏》，〈文學〉篇四十，上海古籍出版社，1993 年 12 月一版。
〔註20〕《高僧傳》，卷四，義解一〈支遁傳〉。

　　名士熱衷於佛教義理，事實上與當時的時代背景以及思想界的形勢都是息息相關。陳寅恪先生曾說：「東漢末年黨錮名士具體指斥政治表示天下是非之言論，一變而完全抽象玄理之研究，遂開西晉以降清談之風派。然則世之所謂清談，實始於郭林宗，而成於阮嗣宗也。」〔註21〕這成於阮嗣宗的清談，一旦蛻去政治的色彩，就成為名士生活的點綴。正是在這種思想沉浸於老莊玄理的時代，佛教的大乘般若思想，給予當時的知識份子振動與啟發，開闢了思想的新境界。這使得名士學佛蔚為風氣，而文士與研習和宣揚大乘般若學的僧侶也就有了共同的語言，文士與僧侶的交流也為傳統中國的思想與佛教思想相融合創造很好的條件。

　　再者從文學發展的背景來談，漢代是以賦為文學創作的主體，文人不喜作詩，文人五言詩首見於班固的〈詠史〉，至於〈古詩十九首〉則標示文人五言抒情詩的正式成熟，因此在漢代一般文人作詩尚未形成普遍的風氣。所以在這樣的文學環境下，沒有僧侶詩歌的產生是正常的現象。到了魏晉時期文壇上五言詩已經相當的盛行，但仍未見到僧詩的產生，則與前面所論述的情況有關。到了東晉時期，僧詩才開始出現於文壇上。

　　東晉時由於對佛教義理的研究風氣暢行，再加上老莊玄學談風的盛行，文人與僧侶往來日益密切，於是佛教與中國文化交流的機會也相對增加，這就造就僧詩創作的溫床。

二、僧侶詩作的原始風貌

　　僧人寫詩的風氣，應自東晉開始，但若要追溯究竟是誰人寫出第一首僧詩，恐非易事。《廣弘明集·統歸篇序》：〔註22〕

　　　　……然晉以來，諸集數百餘家，信重佛門，俱陳聲略，〔註23〕至於捃

　　　　拾，百無一在，且列數條，用麈博觀。〔註24〕

這段資料透露出即使今天考證出所謂的第一首，也未必真的是第一，因為散佚的作品不算少數。

　　依今人逯欽立先生所編《先秦漢魏晉南北朝詩》，這是在明人馮維納所輯《詩

〔註21〕　〈陶淵明之思想與清談之關係〉，《金明館叢稿初編》，上海古籍出版社。
〔註22〕　（唐）道宣，《廣弘明集》，〈統歸篇序〉，卷二十九，台灣中華書局。
〔註23〕　聲略，略通律，此指僧侶所作的韻文。
〔註24〕　用麈博觀，是以少見多，借一斑以窺全豹之意。

紀》，以及今人丁福保先生所輯《全漢三國晉南北朝詩》的基礎上重新考訂，可說在古籍中收集詳實的，有一定的權威性，此書共收晉代的僧詩 15 家 33 首。另外依大陸當代出版社《中國歷代僧詩全集》所蒐集的晉代僧詩，從上面所呈現的作品中，佛圖澄是橫跨西晉與東晉的僧人，可說是最早的，但是他所流下的作品只有三句，內容是：

　　　　殿乎殿乎，棘子成林，將壞人衣。〔註25〕

這首詩事實上是一首預言詩，據《晉書》上所載：「石季龍〔註26〕大享群臣於太武殿前。澄吟曰：『殿乎殿乎，棘子成林，將壞人衣』。季龍令發殿石下視之，有棘生焉。冉閔，〔註27〕小字棘奴。」這是意指冉閔將滅石氏政權，所以這首詩恐無法稱為詩歌。

　　東晉時代康僧淵，所活動的時代大致上與佛圖澄的後半生同時，他能講《般若》，善於清談。晉成帝時與康法暢一同渡江南來，與名士陳郡殷浩，丞相王導都有往來。康僧淵留下二首詩〈代答張君祖詩〉與〈又答張君祖詩〉，可稱得上是現存僧詩中最早而且最完整的作品。

　　據《高僧傳》記載：「康僧淵本西域人，生於長安，貌似梵人，語實中國」他曾經在晉成帝的時候，與康法暢、支敏度等一起過江，曾經遇到當時的名士殷浩，「浩始問佛經深遠之理，卻辨俗書性情之義。自晝至曛，浩不能屈。」〔註28〕從這些記載來看，康僧淵在晉成帝時已經非常活躍，他應該略早於支遁。至於康僧淵雖然有梵華僧俗的混合氣質，並且善於以俗書來敘說經義，以性情來附會佛理，由他開啓僧侶作詩的先河也就很自然。

　　康僧淵的二首詩〈代答張君祖詩〉與〈又答張君祖〉，第一首全都是以闡述佛理，勸人皈依佛門，少有韻味。第二首則詩味濃厚，其詩曰：

　　　　遙望華陽嶺，紫霄籠三辰。瓊崖朗壁室，玉潤灑靈津。
　　　　丹谷挺樛樹，季穎奮暉薪。融飆衝天籟，逸響互相因。
　　　　鸞鳳翔迴儀，蚪龍灑飛鱗。中有沖漢士，耽道玩妙均。
　　　　高尚凝玄寂，萬物息自賓。棲峙遊方外，超世絕風塵。
　　　　翹想睎眇蹤，矯步尋若人。詠嘯舍之去，榮麗何足珍。

〔註25〕此詩見於《高僧傳》〈佛圖澄傳〉，以及《晉書》。
〔註26〕石季龍，即石虎，十六國時後趙國君。
〔註27〕冉閔，小字棘奴，十六國時魏的建立者，本是石虎之臣，後滅石門。
〔註28〕《高僧傳》，卷四，義解一〈康僧淵傳〉。

濯志八解淵，遼朗豁冥神。研幾通微妙，遺覺忽忘身。

居士成有黨，顧盼非疇親。借問守常徒，何以知反眞？〔註29〕

這首詩中前十四句是寫幽棲山中修行者超然世外，擺脫塵俗，達到忘我的生活境界。在前十句中以描繪的筆法寫山水靈泉得詳和靈妙，美麗非凡。其中所用的語彙也頗爲生動，如「瓊崖朗壁室，玉潤灑靈津。丹谷挺樛樹，季穎奮暉薪，融飆衝天籟。」當中的朗、灑、挺、奮、衝等字眼，讓人讀之有一種隨文字起舞的感覺，也同時使得詩中的境界被烘托出來。從「中有沖漠士」開始，詩人便轉入明志寄意。其中所表達的思想亦莊亦禪，透露出超塵絕俗的意味，這在僧侶詩中相當有代表性。

活躍於東晉時期的高僧，如佛圖澄、道安、支遁、鳩摩羅什、慧遠等都有詩歌傳世。計東晉時期的僧侶詩人約有十五人，是六朝直至隋朝數百年間僧侶詩作最多的一個時期。這種由無到有的增加現象，我們稱之爲僧詩的「濫觴期」。

第二節　佛教與詩歌的會通

佛教何以會與詩歌結緣呢？詩人又爲甚麼信奉佛法並且以含有佛教思想的詩歌來反映其對於人世生活的體驗與觀感呢？事實上，這個問題可以觸及的範圍非常的多，筆者試著從詩歌的特質以及佛教的特質來作討論。

國學大師錢穆曾說：〔註30〕

> 中國人追求人生，主要在追求人生之共通處。此共通處，在內曰心，在外曰天。一人之心即千萬人之心，一世之心即千萬世之心。人身人身不可長，唯此心則可長。天有晦明寒暑，若最多變，但萬古只此晦明寒暑亦最有長。……中國詩人所詠，則端在人生之共通眞實處。天在上，心在內，唯此兩者，及爲中國詩人所共通對象，非宗教，非哲學，而宗教哲學之極至處，亦無以逾此。

可以說，這「心」與「天」二字，包羅全部的中國文學，以及全部的宗教與哲學，當然也包羅宗教與詩歌的關係。

詩歌是人類最早出現的文學形式。如中國最早用甲骨文記錄占卜的卜

〔註29〕出自（唐）道宣，《廣弘明集》，卷三十。

〔註30〕錢穆《中國學術通義》·〈中國文化傳統中之文學〉。

辭，表達對神明與祖先的頌讚巫歌，這是詩歌的源頭之一。尋著這個源頭，文學與宗教攜手同行，走過漫長的發展之路。在先秦《詩經》、《楚辭》、漢賦等的創作中，古人對於「心」與「天」的追求與感受就已經非常的鮮明。詩中那呼天搶地的祈求，心靈痛苦的悲鳴，對人類生死的探究，對神鬼的頌讚，對天的設問，這樣的作品非常的多。當時佛教還未傳入中國，人們對於永恆價值的追求，還局限於中國傳統的信仰中。但是其中所展現出的宗教精神，已貫穿於詩作之中。〔註31〕

至魏晉南北朝時期，佛教傳入中國且得以迅速的弘傳，而佛教爲了傳教弘法的需要，很快與佛教結下不解之緣。僧侶在詠經傳教之餘亦吟詩作賦，並且有意識的與佛教偈頌、頌讚、玄言詩結合起來。

詩歌作爲早期文學創作的主要形式與人類的早期思維，有相當密切的關係，追求人與自然的合一，有限與無限的統一，瞬間與永恆的共存，人類與神靈的溝通等，在相當長的歷史時期中是很重要的主題，即使到佛教傳入之後，也是主張探究人生和自然最根本最深邃的眞諦，藉由對於善惡、苦樂以及生死等思索與體驗，達到所謂「頓悟」〔註32〕與「明心見性」〔註33〕的境界。這不僅啓發一些深入佛法的詩人，使他們的詩歌具有超然物外，「言有盡而意無窮」的意味。當然這只有少數的詩人的絕妙之辭方能達到。

事實上在戰國時代的莊子就已經以哲理詩的形式來表達。莊子要求人們通過「心齋」〔註34〕、「坐忘」〔註35〕等途徑，來泯除物我的分別、視生死如一，超越利害，以達到個體與宇宙自然的和諧，即「未始有物，與道同一」，

〔註31〕《詩經》、《楚辭》中有許多表現宗教思想的作品，尤其以屈原的作品更顯而易見。

〔註32〕頓悟，指有一顆大心之眾生，直聞大乘，行大法，證佛果，此爲頓悟。又初得小果，後迴入大乘而至佛果，此爲頓悟。《頓悟入道要門論》曰：「云何爲頓悟。答頓者頓除妄念。悟者悟無所得。又云頓悟者，不離此生即得解脫。」

〔註33〕明心是發現自己的眞心；見性是見到自己本來的眞性。《楞嚴經》：「唯願如來哀愍窮露，發妙明心，開吾道眼」。達摩之〈悟性論〉：「直指人心，見性成佛，教外別傳，不立文字。」

〔註34〕心齋，《莊子》〈人間世〉：「顏回曰：『敢問心齋？』仲尼曰：『若一志，無聽之以耳而聽之以心，無聽之以心而聽之以氣，聽止於耳，心止於符，氣也者，虛而待物者也，唯道集虛，虛者心齋也。』」

〔註35〕坐忘，無思慮之謂。《莊子》〈大宗師〉：「墮肢體，黜聰明，離形去智，同於大通，此謂坐忘。」注：「夫坐忘者，奚所不忘哉？既忘其跡，又忘其所以跡者，內不覺其一身，外不識有天地，然後曠然與變化爲體，而無不通也。」

並且在主觀上體驗到眞正的生命意涵。唯有如此方能達到「御六氣之變以遊天窮」的「至人」〔註36〕與「眞人」，這也是莊子所欣羨的人生，即「天地有大美而不言」、「無不忘也，無不有也，澹然無極而眾美從之。」或可以稱之爲「逍遙」。假若詩人可以把這樣的境界融入到詩歌中，這首詩就能成爲超然飄逸的佳作。

以東晉大詩人陶淵明爲例，他的典型代表作是〈飲酒〉：

> 結廬在人境，而無車馬喧；問君何能爾，心遠地自偏。
> 採菊東籬下，悠然見南山；山氣日夕佳，飛鳥相與還。
> 此中有眞意，欲辨已忘言。

這首詩是作者對人與自然合一的文學詮釋，其中身處於「人境」而「無車馬喧」，「悠然見南山」，「此中有眞意」，「忘言」等文字，所展現出來的就是「言有盡而意無窮」「超然象外」的境界。以簡約的詩句來表達以及描寫「只可意會不可言傳」的意境，此即莊子所謂的「道」，對佛教而言即是「頓悟」與「明心見性」。

僧侶創作以詩歌爲要，從本質上說，「詩」不僅僅是一種文學體裁，更是中國文化精神的一種象徵。在孔子的《論語》中以及古籍中有許多這樣的記載：

> 不學詩，無以言。（〈季氏〉）
> 詩可以興，可以觀，可以群，可以怨。（〈陽貨篇〉）
> 興於詩，立於禮，成於樂。（〈泰伯篇〉）
> 詩可以「經夫婦，成孝敬，厚人倫，美教化，移風俗。」
> 其爲人也溫柔敦厚，詩教也。（《禮記、經解篇》）

總而言之，詩是中華民族的一種思維，一種語言，一種價值準則，更是一種浸潤深遠的教化方式。包咸曾注「興」：「興，起也，言修身當先學詩。」修身是人格培養最重要也是最基本的功夫是從詩教開始，而古代倫理政治文化的基礎亦是從詩教開始。

方立天先生曾說：「中國佛教學者，絕大多數在出家前，先受儒家學說的洗禮，再經道家思想的熏化，然後學習、鑽研、接受佛教理論。」〔註37〕所

〔註36〕至人，謂有至德之人也。《莊子》〈天下〉：「不離於眞，謂之至人。」
〔註37〕方立天〈略論中國佛教的特質〉，《佛教與中國文化》文史知識編輯部編，北京：中華書局，1988 年。

以中國傳統的詩性文化亦深刻的影響中國的僧侶，因爲他們出家前或是成爲佛教徒之前，大都是騷人墨客，也都接受過一般士大夫那樣的文化教育。這種人生之路，使得僧侶不可避免的具有世俗詩人的特質，「詩歌」對於僧侶而言，也是成就自身人格，超渡眾生，或是抒發自己對生命覺悟之感受的方式。他們雖然寄身空門中，但精神上仍然難超脫凡情。

慧遠大師〈沙門不敬王者論〉中說：〔註38〕

> 化以情感，神以化傳，情爲化之母，神爲情之根：神有會物之道，
> 神有冥移之功。

亦即「情」在佛教思想中，其實是貫通「神」與「物」，人與佛的媒介，因此僧侶們以「詩言志」來抒發對人世的慨嘆，對生命無常之無奈，或是來度化眾生，這是很自然的現象。

第三節　六朝的僧侶作家

在中國文學史上，有一種非常獨特的審美現象，那就是「詩僧」這一詩人群體的出現與發展。這樣的現象差不多與佛教在中國的傳播與變遷同步，僧侶作詩的現象不僅與魏晉以後詩歌的發展同步，而且僧侶詩也展現出與中國傳統詩歌不一樣的風貌。

魏晉以來，隨著佛教在中國的發展，出家信徒出現許多以詩名聞名於世的僧侶。他們雖然寄身在寺廟之中，但心存玄遠，以詩歌的形式來宣揚佛理，對中國詩歌史有一定的意義。

在序論中曾對「僧侶詩」作界定，提到在中國所流傳的佛教是偏於大乘一系的。自佛教東傳至中國，到了魏晉時代，以佛經翻譯而言形成兩個體系——安世高的「禪學」體系，以及支讖的「般若」體系。前者是重禪定修煉，偏於小乘佛教；後者重體證達本，偏於大乘佛教。東晉以後，南方發展了支讖的般若大乘學說，將玄學思辨與佛教的義理融爲一體，不重實踐上的出家苦行，而是重在精神上的頓悟，講究的是「體用不二」、「物我兩忘」。大乘般若學倡導義理重視文字，因而與哲學和文學尤其是與詩結下深厚的因緣。

東晉南朝時期不僅產生大量且重要的佛學著述，同時僧侶作詩的現象也

〔註38〕見（梁）僧佑編，《弘明集》。

初步的在發展。這說明僧侶作詩的現象與大乘佛教有著直接的淵源關係。

東晉後，北朝的佛教與南方不同，北朝沿襲安世高的小乘禪學體系，較重禪法的修行，奉行嚴格的出家修煉之制。北朝大約至齊、北周時期，方受到南方佛學的影響，才開始趨於義理之辨，因此是時才出現以詩悟道的僧人。所以北朝的僧侶詩留存下來的較少，計有北周作家三人作品八篇。

檢視古今的文集，包含（梁）慧皎的《高僧傳》〔註39〕（唐）釋道宣的《廣弘明集》，〔註40〕以及今人丁福保所編《全漢三國晉南北朝詩》，〔註41〕逯欽立輯校的《先秦漢魏晉南北朝詩》，〔註42〕另外有一本是 1996 年大陸當代中國出版社所出版的《中國歷代僧詩全集》，〔註43〕加上陳香所編的《歷代名僧詩詞選》，從以上這些文集與史料中歸結從東晉康僧淵，到隋代法宣，包含傅翕（雙林大士）在內，一共有六十五位僧侶作詩，包括 304 首的作品。〔註44〕

從東晉建立到隋亡（AD316～618），是佛教傳入中國三百年以後的時期，是僧侶詩的濫觴與延續期。這個時期僧詩的題材與主題受到佛門義理的影響，宗教色彩相當的鮮明。

佛教傳入初期，僧侶將重心放在譯經上。以《高僧傳》〈譯經篇〉中看來，幾乎都是外來的僧侶。〔註45〕當時譯經著名的人物，後漢時有安世高、安玄、支婁迦讖、竺佛朔、支曜、康巨、嚴弗調、康孟詳等。三國時有支謙、康僧會、朱士行等。這些譯經的僧侶，不是姓安，就是姓支，還有姓康。「安」代表「安息」，英文 Parthia「帕提亞國」，「支」是「月支」，「康」是「康居」。這都是古代中亞的民族。漢人僅有幾個人，嚴弗調、朱士行等。

一、東晉的僧侶作家

東晉列國時期僧侶詩人有十五家，作品四十篇，是六朝直至隋朝數百年間僧侶作家作品最多的一個時期，其中以支遁以及慧遠的作品佔多數，據統計支遁的現存的詩有十八首，文有二十四篇（包含殘篇），其詩以表現佛理為主，雜

〔註39〕《高僧傳》，《佛教大藏經》，第七十四冊史傳部一，佛教出版社，67 年 3 月。
〔註40〕（唐）道宣編撰，《廣弘明集》，台灣中華書局。
〔註41〕丁福保編，《全漢三國晉南北朝詩》，藝文印書館。，
〔註42〕逯欽立輯校，《先秦漢魏晉南北朝詩》，台灣木鐸出版社。
〔註43〕《中國歷代僧詩全集》，當代中國出版社，1997 年。
〔註44〕詳見附錄三：六朝僧詩一覽表。
〔註45〕（梁）慧皎，《高僧傳》〈譯經〉上與中篇一共是二十五人，全部都是胡僧。

以玄言，也有描寫山水的作品。關於支遁與慧遠在下一章中會詳細的詩論。

*東晉的詩僧及其作品

康僧淵	代答張君祖詩＊
佛圖澄	吟
支遁	四月八日讚佛詩＊ 詠八日詩三首＊ 五月長齋詩＊ 八關齋詩三首＊ 詠懷詩五首＊ 述懷詩二首＊ 詠大德詩＊ 詠禪思道人詩詠利城山居＊
道安	答習鑿齒嘲 無機＊
慧逞	五言遊廬山 五言奉和劉隱士遺民 五言奉和王臨賀喬之＊ 行腳 五言奉和張常侍野＊
鳩摩羅什	十喻詩＊
廬山諸道人	遊石門詩
廬山諸沙彌	曲化決疑詩＊
慧永	鈔經 坐月
僧睿	佛境
僧肇	滄桑 過長安
史宗	詠懷詩＊
帛道猷	陵峰採藥觸興爲詩
釋道寶	詠詩
竺僧度	答苕華詩＊
竺法崇	詩
竺曇林	爲桓玄作民謠詩二首
無名釋	淨土詠＊

（作「＊」的詩作爲佛理詩）

　　逯欽立先生在明人馮惟訥所輯的《詩紀》與丁福保所編輯的《全漢三國南北朝詩》的基礎上重新編輯的《先秦漢魏晉南北朝詩》，其書中共收錄晉代僧侶詩有 15 家 33 首。再加上陳香所編《歷代名僧詩詞選》，有逯欽立未輯的 4 家 7 首詩，〔註46〕以及慧遠〈行腳〉、道安〈無機〉等逯書中未錄的，一共是 19 家 42 首。

　　在這些資料所呈現出來，佛圖澄是橫跨西晉與東晉的僧侶，算是最早的僧侶詩人，但是他只留下三句詩，很不完整，很難稱為詩作。

　　東晉時代的康僧淵，活動的時代大致與佛圖澄的後半生時代相同，他留下兩首詩〈代答張君祖詩〉〈又答張君祖詩〉，這兩首作品可說是現存僧詩中最早也最完整的作品。其作品前一首全為闡述佛教義理，並勸對方皈依佛門之作，是典型的弘傳佛法之作。

　　據《高僧傳》所載，佛圖澄與康僧淵都來自西域，佛圖澄本姓帛，晉永嘉四年適來洛陽。而康僧淵，據〈康僧淵傳〉：〔註47〕

> 本西域人，生於長安，貌雖梵人，語實中國。容止詳正，志業弘深，誦放光道行二般若，即大小品也。晉成之世，與康法暢、支敏度等俱過江。

又在《世說新語》劉孝標注曰：「僧淵氏族，所出未詳，疑是胡人。尚書令沈約撰晉書亦稱其有義學。」〔註48〕康僧淵與王導、庾亮、殷浩等往來，是當時在士人間的著名人物。

　　東晉漢地僧侶最早作詩的是道安與支遁。道安是佛圖澄之徒，在佛教義理上造詣深厚，經常代替佛圖澄說法，同時贏得「漆道人，驚四鄰」的美譽。逯欽立《先秦漢魏南北朝詩》只錄〈答習鑿齒〉兩句詩「猛虎當道食，不覺蚊虻來。」但在陳香編的《歷代名僧詩詞選》〔註49〕載道安〈無機〉〔註50〕一首，但是出處不詳。其詩云：

> 隨記隨住慣，隨之越萬山。此身無掛礙，無機自往返。
> 看雲爰無機，涉水叩潺潺。未拋塵世愁，斷筒排憂患。

〔註46〕這四家是妙音〈雁燕〉〈風水〉、僧肇〈滄桑〉〈過長安〉、慧永〈鈔經〉〈坐月〉、僧睿〈佛境〉。
〔註47〕（梁）慧皎，《高僧傳》，卷四，〈康僧淵傳〉。
〔註48〕（劉宋）劉義慶撰，余嘉錫箋疏《世說新語》，〈文學〉，第四。
〔註49〕陳香編《歷代名僧詩詞選》，頁 317，台北市：國家出版社，1981 年 11 版。
〔註50〕據《莊子》〈天地〉：「有機械者必有機心，機心存於胸中，而純白不備。」

　　晉代的僧詩中有兩首作品是由廬山諸道人所創作的〈遊石門詩〉以及廬山諸沙彌的〈觀化決疑詩〉，這兩首作品都是集體所作的作品。後一首作品是觀察外物的變化所興起的感想之作，佛教認為各種事物無有常住之時，而是處於剎那變化之中。其詩曰：

> 謀始創大業，問道扣玄篇。妙唱發幽蒙，觀化悟自然。觀化化已及，
> 尋化無間然。生皆由化化，化化更相纏。宛轉隨化流，漂浪入化淵。
> 五道化為海，孰為知化仙。萬化同歸盡，離化化乃玄。悲哉化中客，
> 焉識化表年。

這首作品中一共用了 17 個「化」字。以「化中客」指處於剎那變化之中的人們，《莊子》〈天道篇〉中提到：「生者，假借也。假之而生生者，塵垢也。死生為晝夜。且吾與子觀化，而化及我，我又何惡焉。」此作品中所要表達的是希望能在觀察變化中解決對於人生的疑惑。

　　晉代的僧侶除了上面所談的僧人外，其它如鳩摩羅什、史宗〔註51〕、帛道猷〔註52〕、竺僧度〔註53〕、竺法崇〔註54〕所留下的詩作都只有一首，數量與支遁相較少了非常多，這些僧侶的生平在僧傳中都可以看到。他們的作品內容上大致都與佛理有關，以宣揚佛教的義理為主。

二、南朝的僧侶作家

　　南朝詩僧計 25 家，作品 46 篇。其中以「○」作記號者，表示在逯欽立本以及《中國歷代僧詩全集》未收錄者，而是陳香的《歷代名僧詩詞選》中有收錄的作品。

＊南朝的詩僧及其詩歌

寶月	行路難 估客樂四首
寶誌	讖詩五首＊ 大乘讚十首＊ 十二時頌十二首＊

〔註51〕　（梁）慧皎，《高僧傳》，卷十，〈史宗傳〉。
〔註52〕　（梁）慧皎，《高僧傳》，卷五，〈帛道猷傳〉。
〔註53〕　（梁）慧皎，《高僧傳》，卷四，〈竺僧度傳〉。
〔註54〕　（梁）慧皎，《高僧傳》，卷四，〈竺法崇傳〉。

	十四科頌＊
	偈＊
	預言四首＊
○弘充	山中思酒
	天涯海涯
○惠休	述志
○慧琳	五老峰＊
	念鴛山隱者＊
○淨曜	普賢寺即事
○僧旻	如來讚＊
○淨秀	勸客
○智藏	題興皇塔遠院壁＊
○僧祐	無題二首
慧約	弔范貴
智藏	奉和武帝三教詩＊
慧令	和受戒詩＊
法雲	三洲歌
菩提達摩	讖＊
	付法頌＊
擊慕道士	犯虜將逃作詩
惠品	詠獨杵擣衣詩
	聞侯方兒來寇
惠標	詠山詩三首
	詠水詩三首
	詠孤石
	贈陳寶應
傅翕	四相詩＊（生相　老相　病相　死相）
	頌八首＊
	貪嗔癡三首＊
	十勸十首＊
	頌二首＊
	還源詩十二章＊
	浮漚歌＊
	獨自詩二十章＊

	五章詞五首＊ 行路難二十篇＊ 行路易十五篇＊ 率題六章＊ 率題二章＊ 勸喻詩三首＊ 率題兩章＊ 三諫歌＊ 示諸佛村鄉歌＊ 頌三首＊	
曇瑗	和偃法師遊故苑詩＊	
洪偃	登吳昇平亭 遊鍾山之開善定林息心宴坐引筆賦詩 遊故苑詩 時雨 入朝暾村	
曇延	戲題方圓動靜四字＊	
智愷	臨終詩＊	
○曇暉	生涯紀趣	
○慧愷	老眼 胸臆	
○智永	勸世歌＊	
○智顗	有所懷＊	
高麗定法師	詠孤石	

（「＊」爲佛理詩，「○」出自陳香選本）

　　南朝歷經宋、齊、梁、陳四朝，詩僧創作有進一步的拓展。在南朝的僧侶作家中——寶誌、傅翕與菩提達摩的生平與思想背景以及作品都必須作深入的討論，所以在第四章中會對上列三位僧侶作介紹。

　　劉宋僧侶詩在逯欽立的《先秦漢魏晉南北朝詩》中並無記載，但在《歷代名僧詩詞選》中有弘充、慧琳與惠休三家 5 首詩。〔註55〕

　　劉宋時期，統治者提倡佛教，讓僧侶得以進入朝廷中，宋文帝元嘉年間，

〔註55〕弘充〈山中思酒〉、〈天涯海涯〉，惠休〈述志〉，以及慧琳〈五老峰〉〈念鴑山隱者〉。

朝政以文治重視儒術，立四學。雷次宗主儒學，何尚之主玄學，何承天主史學，謝元主文學。佛學雖不入官學，但承道安與慧遠遺風，亦有相當的地位。如雷次宗是慧遠的弟子，何尚之崇佛，謝元也是來自奉佛的家庭。這樣的背景對僧詩的促進是有幫助。

逯本收梁詩僧 6 家作品有 11 首；《歷代名僧詩詞選》又收逯本未載的僧旻、淨秀、僧裕以及曇暉、智藏 5 家。

梁代時的智藏是一代表人物，其十六歲出家，皇帝敕住興皇寺。智藏曾宣講過《般若經》，尤善長涅槃，與莊嚴、光宅同列為梁朝三大法師。梁武帝對於佛法相當推崇，自己亦多次舍身佛寺。梁武帝作〈三教詩〉〔註 56〕以表達以三教治國的想法，寫他早年學儒，中年學道，晚年學佛，認為三教同源。智藏則作〈奉和武帝三教詩〉以相唱和，提出：

> 心源本無二，學狂共歸真。四執迷叢藥，六味增苦辛。
> 資源良雜品，習性不同循。至覺隨物化，一道開異津。
> 大士流權濟，訓義乃星陳。周孔尚忠孝，立行肇君親。
> 老氏遺裁欲，存生由外身。

如上述詩中所提的說法，表示其與武帝的思想一致。

陳雖然只有短短的二十餘年，但作品數量也不少。逯書中有僧侶作家 5 人作品 14 首，《歷代名僧詩詞選》有逯欽立未收錄的智永、慧次、智顗等 3 家 4 首詩以級智愷的〈老眼〉〈胸臆〉與洪偃的〈時雨〉〈入朝村畷〉4 首作品，陳朝共有 22 首作品。

陳朝的僧詩中以惠標的詠山、詠水與詠石之作較特殊，其作品中展現出大自然的山光水色，其描寫的色彩豐富，如〈詠山詩〉用了許多中國的名山的名稱來表達山色之秀麗，如「峨嵋信重險，天目本仙居。金華抱丹，玉笥蘊神書。」「丹霞拂層閣，碧水泛蓬萊。鰲岫含煙生，蓮涯照日開。」

宋、齊、梁、陳以及北朝的僧詩是在東晉僧詩的基礎上而發展的。在題材上，東晉僧詩幾乎是與佛教義理有關的，但是在南北朝時出現了遊子思婦的言

〔註 56〕〈會三教詩〉其詩云：「少時學周孔，弱冠窮六經。孝義連方冊，仁恕滿丹青。踐言貴去伐，為善存好生。中復觀道書，有名與無名。妙術鏤金版，真言隱上清。密行貴陰德，顯證表長齡。晚年開釋卷，猶日映眾星。苦集始覺知，因果乃方明。示教惟平等，至理歸無生。分別根難一，執著性易驚。窮源無二聖，測善非三英。大椿徑億尺，小草裁云萌。大雲降大雨，隨分各受榮。心想起異解，報應有殊形。差別宣作意，深淺固物情。」見《廣弘明集》，卷三十。

情之作，以及詠物詩、山水詩以及讖詩，這是僧詩在題材上的一大進步。在體裁上，東晉的僧詩以五言爲主，到了南北朝時則出現七言以及樂府歌行。至於創作手法上，南朝僧侶的詩作越來越接近詩的本體。東晉的僧侶詩，雖有景物參雜的詩，但多半是以景物爲起興而言佛理的。劉宋以後則出現對自然的感悟，同時開始以形象陳述表現。

南朝僧詩中所展現出來的一點是以詩來說佛理的作品不少。有的詩是與法門法事有關的，如釋惠令的〈和受戒詩〉作於梁太子在重雲殿受戒之時。在這樣的特定場合中，以詩來倡言佛理是順理成章的事。

三、北朝的僧侶作家

北朝僧侶作詩者計八家，作品 16 篇。

＊北朝的詩僧及其作品

（北周）釋亡名	1. 五苦詩（五首）＊　生苦　老苦　病苦　死苦愛離 2. 五盛陰詩＊
（北周）無名法師	過徐君墓＊
（北周）尚法師	飲馬長城窟
（北齊）慧光	臘殘 心期＊
（西魏）道臻	中興寺眾佛＊ 中興寺雨霽＊ 中興寺夜坐＊
（北魏）慧生	回錫洛陽
（後魏）慧可	眞諦＊
（後秦）僧肇	口偈＊

其中釋亡名存詩最多，亡名俗姓宋，名闕，北周南郡人。曾事梁武帝，深得梁武帝的禮遇。梁亡爲僧，居蜀中。北周併蜀，遂被俘至長安。其作品有〈五苦詩〉五首，詩中主要在表現佛教「苦諦」的思想。

北朝詩中有尚法師的〈飲馬長城窟〉，其詩云：〔註57〕

長城征馬度，橫行且勞群。入冰穿凍水，飲浪聚流文。

〔註57〕此詩亦見於郭茂倩，《樂府詩集》，卷三十八。

澄鞍如漬月，照影若流雲。別有長松氣，自解逐將軍。

此詩題為〈飲馬長城窟〉，題目是樂府古題，此題多寫征人思婦的題材，如「征馬」這個意象，指的是征戰之馬，即詩人描寫的是騎著戰馬越過長城的情形。在整首作品所展現的氣度雄厚，意境開闊，具有北方民族特有的豪邁風格。這樣的作品與南方的僧侶所寫的題材有極大的差異，也是僧侶詩作中相當特殊的作品。

四、隋代的僧侶作家

隋朝詩僧有十一家，作品 16 篇。

靈裕	〈哀速終〉＊ 〈悲永殯〉＊
智炫	〈遊三學山師〉
慧曉	〈祖道賦詩〉＊
玄逵	〈自述贈懷詩〉＊ 〈戲擬四愁聊題兩絕詩〉＊　　　（二首）
智命	〈臨終詩〉＊
智才	〈送別詩〉
沸大	〈淫泆曲〉 〈委靡詞〉
慧輪	〈悼嘆詩〉＊
慧英	〈一三五七九言詩〉＊
無名氏	〈禪暇詩〉＊
法宣	〈和趙郡王觀妓應教〉 〈愛妾換馬〉

（作「＊」的詩作係與佛理有關的作品）

從作品的內容看，佛教義理的宣揚是最基本的題材與主題；從形式上來看，理性化與形式化的傾向比較突出。

隋代的詩僧在《續高僧傳》中可找到傳記的僧侶有——靈裕〔註58〕、智炫〔註59〕、慧曉〔註60〕、智命。〔註61〕其中只有慧曉的傳記，是在〈曇

〔註58〕　（唐）道宣，《續高僧傳》，卷九〈靈裕傳〉。
〔註59〕　（唐）道宣，《續高僧傳》，卷二十三〈智炫傳〉。
〔註60〕　（唐）道宣，《續高僧傳》，卷十八〈曇遷傳〉。

遷傳〉中，其它人都有個別的傳。但是也有的僧侶是生平不詳的，如玄逵、智才、沸大、慧英人及無名氏。再者慧輪乃是新羅人，入中國停留多年，不退佛法的好樂之心，但最後不知所終。

隋朝無名氏的〈禪暇詩〉說的是因果報應的問題。其詩：

峨峨王舍城，鬱鬱林竹園。中有神化長，巧誘入幽玄。

善人募授福，惡人樂讎怨。善惡升沉異？薰猶別露門。

整首詩所談的是善有善報與惡有惡報，即因果的道理。因果是佛教很基本的教義，也是佛經中常常談論的主題。

智命的〈臨終詩〉，其詩中所談論的是佛教所重視的臨終問題。智命的生平從道宣《續高僧傳》卷二十七〈智命傳〉可以略見一斑，智命曾在隋代時作官，楊素推薦之，遷中書舍人。越王即位，作官至御史大夫。王世充廢越王，自稱鄭王，智命勸王世充為國修道，但未果，智命此時乃剃髮出家，王世充因之大怒而殺之。智命的唯一詩作〈臨終詩〉，其詩云：

幻生還幻滅，大幻莫過身。安心自有處，求南無有人。

六朝時期一共有 44 位僧侶作詩，包括 252 首的作品。主題多半在弘揚佛教的義理，佛理詩所佔比例，東晉、陳、周、隋都在 90% 以上，梁代也在 50% 以上。從這樣的統計中也可以顯示出宣揚佛理是六朝的僧侶從事詩歌創作的基本宗旨。

但是在南朝的僧侶詩作在作品的內容也有拓展，如釋寶月的〈行路難〉〈估客樂〉，以及惠偘的〈詠獨杵搗衣詩〉，釋法雲的〈三洲歌〉都是代表思婦的言情之作。尚法師的〈飲馬長城窟〉所寫的是邊塞生活；僧法宣的〈愛妾換馬〉、〈和趙郡王觀妓應教詩〉，沸大的〈婬泆曲〉〈委靡辭〉是對女子絕色絕藝的欣賞和對愛情的渴慕；釋惠標的〈贈陳寶應〉是頌陳寶應起兵謀反的諛詞。這些詩與佛教的教理是毫不相干的，這可以說是詩僧追求個性解放與社會參與意識增強的一種表現。

這些宮體豔詩與邊塞詩雖然內容優劣不齊，但打破了拘於佛法教理的藩籬，使得僧侶的詩作貼近真實生與真實的社會，但這些詩的數量並未超過六朝僧詩的 10%。

從東晉到隋，將近有三世紀，僧侶詩大部份仍於佛理之作為多，其他的題材佔的數量是相當少數的。其根本原因與受到佛教法門約束的影響。亦即與當

〔註61〕 （唐）道宣，《續高僧傳》，卷二十七〈智命傳〉。

時佛教在中國發展的推進程度有密切的關係。這一時期中佛教仍處於吸收與融合的階段，而且當時的政治動況是處於分裂混亂的狀態，頻繁的改朝換代以及鬥爭的激烈，每個君王對於佛教的歸依或是排斥不盡相同。有奉爲國教的如梁武帝，亦有毀壞佛教的如北周武帝，因此之故教理的弘揚與傳播，仍是佛教傳教與爭取生存的要務。

　　六朝時期的僧詩作家大多是在《高僧傳》與《續高僧傳》中可見的，他們或是譯經家，或是理論家以及佛門中的領導者，這些僧侶在弘傳佛法時，同時以詩來傳達佛理，這是他們弘傳佛法的一部份。

第四章　六朝主要僧侶作家研究

　　在六朝的僧侶詩人中，除了上一章節所特別介紹的支遁、慧遠等僧侶，在南北朝時代有三位僧侶必須作深入的介紹，這三位是——寶誌、傅翁以及達摩。

　　東晉時的支遁與慧遠，與當時文人的往來相當密切頻繁，在劉義慶的《世說新語》以及梁·慧皎的《高僧傳》中，有許多關於有人與僧侶往來的記載。支遁的行儀與風範，是典型的僧侶名士化的表現，在支遁的身上可以看到玄學與佛學融合的最佳典範。而且支遁在文學創作的數量很豐富，現存詩歌有 18 首。而慧遠大師在東晉末年，以佛教領袖的身份活動於士大夫之間，慧遠自卜居廬山東林寺，與弟子弘揚佛教，當時有許多僧侶與文士都受到慧遠德風的感召，紛紛至東林寺追隨慧遠。自東晉末年至南朝初年，受到慧遠教化者非常多。

　　至於寶誌、傅翁以及達摩，因為他們的行誼都與梁武帝有關，他們和當時的文士之間往來亦相當密切，更重要的是他們的詩作都以宣揚佛理為主，而且作品的數量亦不算少數，同時受到他們化度的眾生數量很多，尤其是達摩大師他以西天二十八祖的身份遠渡重洋來到東土，在重重考驗之下弘揚大乘禪宗，成為禪宗東土初祖，並把禪宗的種子灑在中國這片土地上，對中國影響相當深遠。

　　南北朝梁陳之際的傅翁，他自稱為「雙林樹下當來解脫善慧大士」，他以居士身份來廣弘菩薩行，是中土彌勒教的創始人，在南朝佛學界甚至在中國禪的發展史上都佔有相當重要的地位。而傅翁以「善慧大士」自稱，「大士」一詞一般是菩薩的通稱，士者凡夫之通稱，簡別於凡夫而稱為大。又士者事

也，為自利利他之大事者，謂之大士。《四教儀集解》上：「大士者，大非小也。士者，事也，運心廣大能建佛事，故云大士，亦名上士。」傅大士並未正式剃度出家，卻以佛法義理教化鄰里，同時又與梁武帝時的江南士族皆有往來，實為寶誌一流的奇人。從傅翁一生富於傳奇色彩的一生，加上全力弘揚佛法的行誼來看，雖然他是居士之身，但是唐‧道宣仍將傅大士收入《續高僧傳》〈感通篇〉〔註1〕中。

再者是在傅大士的年代，佛教的戒律尚未建立，居士與出家僧侶之間的區分界線不是很清楚，出家僧侶該有的儀式也還未確立。而且就大乘佛教思想及信仰的角度而言，以居士身份來行菩薩道的行為，也是佛教的修持方式，所以傅大士的行誼，雖是以居士之身來弘揚佛法，但是與出家僧侶無異。在禪師的語錄中，往往視其為禪師，楊惠南先生在〈論禪宗公案中的矛盾與不可說〉一文中即以禪師稱之。是以此論文在討論僧侶作品時，仍將傅翁作品列入討論中。

第一節　六朝僧侶與文士的往來

兩晉以後一直到南北朝，是佛教流傳中國且逐漸中國化的時期，此一時期的文壇上，佛教的教義與信仰漸漸的為文人們所接受，文人和僧侶往來的情況非常普遍。據《弘明集》的記載：〔註2〕

> 渡江以來，則王導、周顗，宰輔之冠蓋；王濛、謝尚，人倫之羽儀；
> 郗超、王坦、王恭、王謐，或號絕倫，或號獨步，韶氣貞情，又為
> 物表。郭文、謝敷、戴逵等，皆置心天人之際，抗身煙霞之間，亡
> 高祖兄弟，以清識軌世。王元琳昆季，以才華冠朝，其餘范汪、孫
> 綽、張玄、殷覬略數十人，靡非時俊。

從劉宋時的何尚之所記載的文字中，把僧侶與文人往來的盛況呈現出來。

唐朝柳宗元〈送文暢上人登五台遂游河朔序〉亦曾提到，〔註3〕

> 昔之桑門上首，〔註4〕好與賢士大夫游。晉宋以來，有支道林、道

〔註1〕　（唐）道宣，《續高僧傳》，卷二十五，感通篇上，〈釋豐雲傳〉。
〔註2〕　（梁）僧祐：《弘明集》，卷十一，何尚之〈答宋文帝贊揚佛教事〉，頁509，
　　　　台北市：新文豐出版公司，1986年。
〔註3〕　（唐）柳宗元：《柳河東集》，卷二十五〈送文暢上人登五台遂游河朔序〉。
〔註4〕　桑門，又作沙門，指出家僧眾，譯曰功勞，勤息，即勤修息煩惱之意。

　　安、遠法師、休上人，其所與游，則謝安石、王逸少、習鑿齒、謝

　　靈運、鮑照之徒，皆時之選。由是真乘法印〔註5〕與儒典並用，而

　　人知向方。

承如大陸學者孫昌武所言：「東晉名僧與名士的交流開闢了中國歷史上文人與

僧侶結交的傳統。」〔註6〕

　　東晉時支道林、道安、慧遠等僧侶，與文人的交往非常頻繁，在《世說新

語》和《高僧傳》等書中，有許多關於文人與僧侶往來的記錄。〔註7〕上所舉

出柳宗元的文章中，是敘述自東晉到劉宋時期，出家僧侶與名士相善，所列出

的士大夫如謝安石、王羲之、習鑿齒、謝靈運等文人，都可稱得上是文士中之

翹楚，可知文人與僧侶往來，乃當時之風氣。下面筆者試著從幾個層面來探究

文人與釋子交遊的情形。

一、名士與高僧交往的契機

　　佛教在漢代傳入中國，首先是依附於民間的神仙道術，逐漸到兩晉時期，

由於佛典的大量翻譯，再加上佛學義理的研究，佛教得以迅速發展。當然佛

教的弘傳和當時玄學的風行有著密切的關係。〔註8〕

　　中土文人接受佛教的契機，主要是玄學的盛行。玄學的義理和當中所提

的人生觀與佛教的般若學有許多相通之處。道安曾言：〔註9〕

　　經流秦地，有自來矣。隨天竺所持來經，遇而便出。於十二部，毗

　　曰羅最多。以斯邦人老莊教行，與方等經〔註10〕兼忘相似，故因風

　　易行也。

方等經指的就是大乘經典，主要是敘述佛學中空有不二〔註11〕以及悲智雙運

〔註5〕真乘，指真實之教法。法印為諸佛諸祖互相印可，心心相傳之法。

〔註6〕孫昌武，《中國文學中的維摩與觀音》，頁114，北京：高等教育出版社，1996
　　　年6月。

〔註7〕詳見附錄二《世說新語》中關係僧呂的記載。

〔註8〕關於佛教與玄學三關係詳見第二章「六朝的社會與佛教的弘傳」，第二節「佛
　　　教與玄學的融合」的論述。

〔註9〕道安〈鼻奈耶序〉。鼻奈耶，據玄應音義「譯云離行，謂此行能離惡道，因以
　　　名焉。」這是三藏之一，謂佛所說的戒律。

〔註10〕方等，依天台宗的解釋，約理釋之，謂方者方正，等者等也，中道之理方正
　　　而生佛平等也。因此義故，方等為一切大乘經之通名也。

〔註11〕遮遣曰空，建立曰有，論理上正反對之二門。

〔註12〕等廣大甚深的道理。道安序中所指的是魏晉時所譯出的大量般若經典。而當時盛行的玄學所關注的「有無玄同，物我泯一」的話題，和般若義理類似，一般的文人自然很容易接受。

般若和老莊玄學，一談空一講無，二者之間有極為相似的詮釋方式，以致當時的名僧研習佛理時很容易援引「老莊」思想來解釋佛理，這就是「格義」。〔註13〕「格義」是當時融合佛教和中國思想很好的方式。

當時的佛教僧侶多半通玄理，常以「格義」的方法弘揚佛教，《高僧傳》中記載僧侶研習老莊的情形：

般若學者竺道潛，「內外兼治，或倡方等或老莊」。〔註14〕

般若學大師道安的著名弟子慧遠，「少為諸生，博綜六經，尤善老莊」，年二十四便開講佛教實相義，曾「引莊子義為連類，於是惑者曉然，是後安公特聽慧遠不廢俗書」。〔註15〕

法汰的兩位弟子曇壹、曇貳並「博練經義」，又「善老易」。〔註16〕

僧肇「志好老微，每以莊子為心要」，在他的佛教論著中大量援用老莊思想進行論證。〔註17〕

支遁「常在白馬寺，與劉繫之等談莊子逍遙義」後又注〈逍遙篇〉，並為名流王羲之作逍遙義數千言，為此群儒舊莫不嘆。伏名士王濛曾稱讚他：「造微之功不減輔弼」，又稱「實紆緇之王何也」。〔註18〕

由上述記載，呈現一個特殊的現象，即僧侶深研老莊玄學，有極深的外學造詣〔註19〕，這是僧侶和文士交遊很重要的契機，而僧侶的外學造詣，加上對「內典」〔註20〕的掌握，在文人聚會論辯的場合，僧侶的談論深度常常有高人一籌的表現。舉《世說新語》中的例子說明之：〔註21〕

〔註12〕悲智，指慈悲與智慧。智者是上求菩提，為求自利。悲者是下化眾生，為求利他。這是佛菩薩所具備之德。

〔註13〕格義，即援引老莊或儒典等外書來解釋佛典。

〔註14〕（梁）慧皎：《高僧傳》，第四卷，義解一〈竺道深傳〉。

〔註15〕（梁）慧皎，《高僧傳》，第六卷，義解三〈釋慧遠傳〉。

〔註16〕（梁）慧皎，《高僧傳》，第五卷，義解二〈竺法汰傳〉。

〔註17〕（梁）慧皎，《高僧傳》，第六卷，義解三〈僧肇傳〉。

〔註18〕（梁）慧皎，《高僧傳》，第四卷，義解一〈支遁傳〉。

〔註19〕外學，是指佛教以外的教法典籍，這是針對「內典」而言。

〔註20〕內典，指佛教的經論典籍。（唐）道宣，曾作《大唐內典錄》這是輯唐代所譯的佛典，其「內典」指的即是佛教的經論典籍。

〔註21〕余嘉錫箋疏，《世說新語箋疏》，〈文學篇〉36，頁223，上海古籍出版社，1993

　　王逸少作會稽，初至，支道林在焉。孫興公謂王曰：「支道林拔新領

　　異，胸懷所及乃自佳，卿欲見不？」王本自有一往儁氣，殊自輕之。……

　　支語王曰：「君未可去，貧道與君小語。」因論莊子逍遙游。支作數

　　千言，才藻新奇，花爛映發。王遂披襟解帶，流連不得已。〔註22〕

這一段文字非常生動的描繪出王羲之對支遁的態度，由傲慢轉為恭敬。王羲之
的地位以及才華出眾是無庸置疑的，但是支遁的智慧與辯才，更是值得稱揚。

　　事實上高僧們所展現的丰采，和清談名士相比是絲毫都不遜色的。許多
高僧都是自幼就有機會接觸佛書與外典，《高僧傳》中有許多描寫這些高僧的
文字：〔註23〕

　　支道林：幼有神理，聰明秀徹。〔註24〕

　　支孝龍：少以風姿見重，加復神采卓塋，高論適時。〔註25〕

　　釋慧遠：弱而好書，珪璋秀發。〔註26〕

　　竺僧度：雖少出孤微，而天資秀發，年至十六，神情爽拔，卓爾異

　　　　　　人。〔註27〕

　　釋僧瑾：少善莊老及詩禮。〔註28〕

　　釋超進：篤志精勤，幼而敦學，大小諸經並加綜採，神性和敏，戒

　　　　　　行嚴潔。〔註29〕

這樣的文字描述手法，和《世說新語》頗為類似，或許是慧皎在撰寫《高僧
傳》時，描述高僧的事蹟行誼時，難以避免的會加上個人的稱揚之詞。但是
我們仍然可以認為他之所以要加上這些文詞，是想反映當時的一種心態，即
「高僧們的風格與清談名士們相比並不遜色」。〔註30〕

　　事實上，這些高僧們深厚的學問根基，就是他們之所以能夠成為高僧的

　　　　　年 12 月。

〔註22〕關於支遁與王羲之的事蹟在（梁）慧皎，《高僧傳》，第四卷，〈支遁傳〉中，
　　　　亦有相關的記載。

〔註23〕此段參考蒲慕州〈神仙與高僧——魏晉南北朝宗教心態試探〉，《漢學研究》，
　　　　第二期。

〔註24〕（梁）慧皎，《高僧傳》，第四卷，義解一〈支遁傳〉。

〔註25〕（梁）慧皎，《高僧傳》，第四卷，義解一〈支孝龍傳〉。

〔註26〕（梁）慧皎，《高僧傳》，第六卷，義解三〈釋慧遠傳〉。

〔註27〕（梁）慧皎，《高僧傳》，第四卷，義解一〈竺僧度傳〉。

〔註28〕（梁）慧皎，《高僧傳》，第七卷，義解四〈釋僧瑾傳〉。

〔註29〕（梁）慧皎，《高僧傳》，第七卷，義解四〈釋僧瑾傳〉。

〔註30〕蒲慕州〈神仙與高僧——魏晉南北朝宗教心態試探〉《漢學研究》，卷八，二期。

條件，同時也是僧侶與名士在往來論辨對答中，非常重要的契機，其中以支遁和慧遠的表現最爲特殊。

二、支遁的風采

　　支遁的行爲風範，是典型的僧侶名士化，也可以從他身上看到玄學和佛學融合的最佳範例。

　　在《世說新語》中記載二十三位僧侶，其中與支遁相關的有五十三條，超過其它二十二位的總和（其它人的記述約四十多條），這一部份筆者作了一個統計，如附表一。同時支遁在文學創作上的數量也很多，現存詩歌有 18 首，文有 24 篇（包括殘篇）。〔註31〕

　　支遁，字道林，本姓關氏，陳留人，或云河東林慮人，生於晉愍帝建興二年（AD314），卒於晉廢帝太和元年（AD366），享年五十三，比道安晚生二年而早死十九年。支遁「幼有神理，聰明秀徹」。〔註32〕初至京師時，王濛甚重之，曰；「造微之功，不減輔嗣」。〔註33〕支遁家世事佛，「早悟非常之理」，曾「隱居餘杭山，沉思道行之品。」〔註34〕由此可知支遁早就是一位般若學者，二十五歲時出家，「每至講肆，善標宗會」，能會通佛理，然而「章句或有所遺」，當時有些文士對此頗有異議。據《高僧傳》所記載：〔註35〕

　　　遁每標舉會宗，而不留心象喻，解釋章句，或有所漏。文字之徒，
　　　多以爲疑。謝安石聞而善之曰；「此九方皋〔註36〕之相馬也，略其玄

〔註31〕支遁的詩歌作品：
　　　四月八日讚佛詩 ＊
　　　詠八日詩三首 ＊
　　　五月長齋詩 ＊
　　　八關齋詩三首 ＊
　　　詠懷詩五首 ＊
　　　述懷詩二首 ＊
　　　詠大德詩
　　　詠禪思道人詩詠利城山居 ＊
〔註32〕（梁）慧皎，《高僧傳》，第四卷，義解一〈支遁傳〉。
〔註33〕（梁）慧皎，《高僧傳》，第四卷，義解一〈支遁傳〉。
〔註34〕（梁）慧皎，《高僧傳》，第四卷，義解一〈支遁傳〉。
〔註35〕同上。
〔註36〕《列子》中記載：伯樂曰「若皋之觀馬者，天機也。得其精，亡其粗；在其內，亡其外；見其所見，不見其所不見；視其所視，遺其所不視。若彼之所相，有貴於馬也」既而，馬果千里足也。

黃，而取其雋逸。」

九方皋是秦穆公時善於相馬的伯樂，他相馬是「得其精，亡其粗」。謝安對支遁的讚賞爲「略其玄黃，而取其雋逸」，可說是極高的稱讚了。

當時有許多名士都與支遁有往來，如王洽、劉恢、殷浩、許詢、郗超、孫綽、桓彥表、王敬仁、何次道、王文度、謝長遐、袁彥伯等。〔註37〕支遁也常在白馬寺與劉系之討論《莊子・逍遙遊》的思想，並注〈逍遙遊〉，爲當時群儒所嘆服。《世說新語》上記載：「支卓然標新理於二家之表，並異義於眾賢之外，皆是諸名賢尋味之所不得。後遂用支理。」〔註38〕由此可見支遁的表現，不僅只是一位僧人，也是一位出色的玄學家。

支遁和名士的往來事蹟很多，其中支遁和王羲之以及謝安的交往，根據《晉書》〔註39〕記載：

> 會稽有佳山水，名士多居之，謝安未仕前亦居焉。孫綽、李充、許詢、支遁等皆以文義冠世，並築室東土，與羲之同好。

另〈謝安傳〉則記載：〔註40〕

> （謝安）寓居會稽，與王羲之及高陽許詢、桑門支遁游處，出則游弋山水，入則言詠屬文。

永和年間，王羲之爲會稽內史（永和九年 AD353，羲之宴集於蘭亭，時支遁四十歲左右），當時王羲之素聞支遁之名，但仍存疑義，當支遁入剡縣，經過會稽時，「王謂遁曰：『逍遙篇可得聞乎？』遁乃作數千言，標揭新理才藻驚絕。王遂披襟解帶，流連不能已。」〔註41〕由上述幾段記載，可以看出，支遁在會稽時和王羲之、謝安等交游的情況，支遁的表現是合沙門與名士爲一的。

與支遁密切往來的文士還有孫綽和許詢。這二人同時也是玄言詩的代表。《世說新語》提到，支道林曾問孫綽：「君何以許掾？」意即問他許詢相較如何？當時孫綽回答：「高情遠致，弟子早以服膺；一吟一詠，許將北面。」〔註42〕許詢在佛學上甚有修養，支遁曾講《維摩詰經》「支爲法師，許爲都

〔註37〕《高僧傳》〈支遁傳〉。

〔註38〕余嘉錫箋疏，《世說新語箋疏》，〈文學〉32，頁220，上海：上海古籍出版社，1993年12月。

〔註39〕《晉書》，〈王羲之傳〉

〔註40〕《晉書》，〈謝安傳〉。

〔註41〕（梁）慧皎，《高僧傳》，卷四，義解一，〈支遁傳〉。

〔註42〕余嘉錫箋疏，《世說新語箋疏》，卷九，〈品藻篇〉54，頁528，上海：上海古籍出版社，1993年12月。

講，支遁一義，四座莫不厭心。許送一難，眾人莫不抃舞。但共嗟詠二家之美，不辨其理之所在。」〔註43〕這些都反映出支遁和文士往來的情況。

孫綽〈道賢論〉「以遁方向子期。論之：『支遁向秀，雅尚莊老，二子異時，風好玄同矣。』」〔註44〕支遁向秀二人同好莊老之學，同解逍遙之義，二人思想亦有許多相通之處。

三、慧遠大師的懿行

慧遠大師在東漢末年，以佛教領袖的身份活動於士大夫之間。慧遠自卜居廬山以後，即與弟子居東林寺弘揚佛法，當時許多僧侶與文士，都受到慧遠德風所感召，紛紛至東林追隨慧遠，據《高僧傳》記載：〔註45〕

> 率眾行道昏曉不絕，釋迦餘化於斯復興，既而謹律息心之士，絕塵
> 清信之賓，並不期而至，望風遙集。

這一段文字，讓筆者想到《論語》中記載：「子欲居九夷。或曰：『陋，如之何？』子曰：『君子居之，何陋之有！』」〔註46〕孔子認為夷狄雖然粗陋沒有教化，但是有德的君子居在夷狄之邦，施行禮樂教化，粗鄙自然會漸漸轉成文明，而慧遠大師之德何嘗不是如此。

謝靈運〈廬山慧遠法師誄〉〔註47〕中的文字，頗能描繪出慧遠大師德被四方的懿行：

> 道存一致，故異化同暉；德合理妙，故殊方齊致。昔釋安公振玄風
> 於關右，法師嗣末流於江左，聞風而悅，四海同歸，爾乃懷仁山林，
> 隱居求志，於是眾僧雲集，勤修淨術，同餐法風，棲遲道門，可謂
> 五百之季，仰紹舍衛之風，〔註48〕廬山之坬，俯傳靈鷲之旨，〔註49〕
> 洋洋乎未曾聞也。

慧遠大師的影響，使當時許多文人都到廬山東林寺來追隨他。廬山一時成了

〔註43〕《世說新語箋疏》，卷四，〈文學篇〉40，頁226。
〔註44〕（梁）慧皎，《高僧傳》，卷四，義解一〈支遁傳〉。
〔註45〕（梁）慧皎，《高僧傳》，卷六，義解三〈釋慧遠傳〉。
〔註46〕《論語》，〈子罕篇〉第九。
〔註47〕（唐）道宣，《廣弘明集》，卷二十六，頁9，台北市，台灣中華書局，1970年。
〔註48〕舍衛，梵語華言豐德，以其具四德故也。一具財寶德，二妙五欲德，三饒多聞德，四豐解脫德。
〔註49〕《大智度論》云：「竹木精舍在耆舍窟山中，其地平坦嚴淨，勝於餘處，佛曾於中說法故有精舍。」

東南佛教傳播的中心，也成為名人逸士嚮往的地方。據《高僧傳》記載，當時有彭城劉遺民、豫章周續之、新蔡畢穎之、南陽宗炳以及張萊民、季碩等，遺棄世間名利追隨慧遠大師。〔註50〕

　　元興元年，慧遠與宗炳、張野、周續之、雷次宗、劉遺民等廬山於般若台精舍無量壽佛像前，「建齋立誓，共期西方」。〔註51〕慧遠同時命劉遺民著文申其意，其文云：

> 法師釋慧遠，眞感幽奧，宿懷特發，延命同意貞信之士百有二十三
> 人，集於廬山之陰般若台精舍阿彌陀佛像前，率以香華敬薦而誓焉。
> 〔註52〕

慧遠這樣的行動，讓許多文士由對佛法的欽慕轉而信奉佛教。不僅在思想上接受，在行為上也躬身力行。東晉末年到南朝初年，受慧遠教化者非常多，劉宋初文士與佛教的關係密切，與劉宋遺風是息息相關的。

　　支遁和慧遠的範例是六朝時名士與僧侶往來密切很典型的情形。從另一個層面作思考，可說文士與僧侶的交往，不僅僧侶影響文士信奉佛教，進而躬自力行佛教的儀式，偶爾還會創作一些讚佛、讚僧的作品；同時文人的思維模式亦影響著僧人們。宗教和藝術之間應該有許多可以會通的地方，關於內在的連繫問題待下一節中討論。

第二節　傅大士的傳奇色彩及其詩歌

一、傅大士的生平

　　傅翕（AD497～569），字玄風，一名靈璨，字德素。俗姓樓為東陽郡烏陽縣人。居婺州雙林寺，世稱傅大士、雙林大士。〔註53〕南朝齊明帝建武四年生，陳宣帝太建元年卒。他自稱為「雙林樹下當來解脫善慧大士」，以居士的身份而廣行菩薩行，和維摩詰居士的行誼相近，在南朝佛學界乃至中國禪

〔註50〕（梁）慧皎，《高僧傳》，卷六，義解三〈慧遠傳〉。
〔註51〕（梁）慧皎，《高僧傳》，卷六，義解三〈慧遠傳〉。
〔註52〕（梁）慧皎，《高僧傳》，卷六，義解三〈釋慧遠傳〉。
〔註53〕大士，一般是菩薩的通稱，士者凡夫之通稱，簡別於凡夫而稱為大。又士者事也，為自利利他之大事者，謂之大士。《四教儀集解》上：「大士者，大非小也。士者，事也，運心廣大能建佛事，故云大士，亦名上士。」

發展史上都佔有相當重要的地位。目前蒐集到記載傅翕的生平傳記有：

一、《藝文類聚》卷七十六，〈內典部上〉所收陳徐陵〈東陽雙林寺傅
大士碑〉。〔註54〕這是目前所知最早記錄傅翕的傳記資料。

二、唐・樓穎輯《善慧大士錄》四卷。〔註55〕這是輯錄傅翕資料最齊
全的書，書中收有傅翕的傳記及週圍相關人物的傳記，又輯有傅
翕的詩歌偈語及與弟子談話的記錄。宋朝樓炤以原文繁瑣修爲四
卷，今所見爲四卷本。

三、《雙林善慧大士小錄並心王論》一卷。〔註56〕此資料在台灣的圖書
館中皆未見收錄，大陸方面目前在北京大學圖書館有善本。

四、《續高僧傳》卷二十六，《感通上》〈隋多州沙門釋慧雲傳〉附傅大
士傳。〔註57〕這篇文章是附錄在〈釋慧雲傳〉後的一篇小傳，內
容相當簡短，且完全不參考徐陵的碑記資料。

五、法琳《辯正論》卷三〈十代奉佛上篇〉。〔註58〕

六、《景德傳燈錄》卷二十七〈婺州善慧大士〉。〔註59〕以及卷三十有
傅大士〈心王銘〉等資料，主要是祖述唐樓穎之說。

七、《五燈會元》西天東土應化聖賢〈雙林善慧大士〉。〔註60〕此說亦
是祖述唐樓穎之說。

八、志磐《佛祖統紀》卷二十二〈未詳承嗣傳、東陽善慧大士〉。〔註61〕

九、（宋）宗鑑《釋門正統》卷八〈護法外傳・傅翕〉。

〔註54〕《藝文類聚》，唐歐陽詢等奉敕撰，汪紹楹校，上海：古籍，1999。顏可均《全
上古三代秦漢三國六朝文》《全陳文》中徐陵〈東陽雙林寺傅大士碑〉，北京：
中華書局。

〔註55〕此資料轉引自張勇《傅大士研究》，台北市：法鼓文化，1999。原始資料見日
本《卍字續藏》，第壹輯第二編第 25 套第一冊。承蒙張勇教授惠賜資料。台
灣的佛光出版社《佛光大藏經——禪藏》中二收錄樓穎〈善慧大士錄〉。

〔註56〕此資料轉引自張勇《傅大士研究》，台北市：法鼓文化，1999。其原始資料爲
北京大學圖書館的微卷，筆者所見資料爲張勇教授手抄本。
＊以上兩筆資料目前在台灣圖書館皆未收藏，承蒙四川大學中文系張勇教授惠
賜其手抄本，在此特別表示感謝之意。

〔註57〕《大正新脩大正藏》，卷五十，No.2160。

〔註58〕《大正新脩大正藏》，卷五十二，No.2110。

〔註59〕宋釋道原編，《景德傳燈錄》，台北新文豐出版社，民國80年4月一版六刷。

〔註60〕宋普濟著，《五燈會元》，台北文津出版社，民國80年4月初版

〔註61〕《大正新脩大正藏》，卷四十九，No.2035。

十、宋四明雪竇重顯禪師《碧巖錄》67 條收有〈傅大士講經〉，[註62] 此段論述是根據傅大士與梁武帝講經對答的傳說演化而來。

十一、元代念常《佛祖歷代通載》卷九收有傅翕的傳，[註63] 唐代中葉，天台與禪宗都以為傅翕為其先驅，傳說天台宗的中興祖師荊溪大師即為傅翕的後人，所以荊溪湛然極力融合天台與傅翕的禪觀，但是唐武宗滅法之後，天台殘破不振，禪宗一枝獨秀，因此傅翕成為禪宗先驅人物。[註64]

十二、清彭紹升《居士傳》卷七〈傅大士傳〉，[註65] 亦是祖述樓穎之說。

十三、明成祖御製《神僧傳》卷四〈傅弘傳〉，傅弘即是傅翕，今所見關於傅大士的傳記皆稱為傅翕，唯獨道宣稱之傅弘，《神僧傳》是依道宣的說法。

據唐道宣《續高僧傳》所記載，[註66] 關於傅大士的生平相當富有傳奇色彩，其文曰：

> 陳宣帝時東陽郡烏傷縣雙林大士傅弘者，……時或分身，濟度為任。……或金色表於胸臆，異香流於掌內，或見身長丈餘，臂過於膝，腳長二尺，指長六寸，兩目明亮，重瞳外曜；色貌端峙，有大人之相。……乃遣使齎書贈梁武曰：「雙林樹下當來解脫善慧大士敬白國主救世菩薩，今條上中下善，希能受持：其上善者，略以……；其中善，略以……；其下善者，略以護養眾生。」帝聞之，延住建業。乃居鐘山下定林寺，坐蔭高松，臥依磐石，四澈六旬，天花甘露，恆流於地。帝後於華林園重雲殿開般若題，獨設一榻，擬與天旨對揚。及玉輦升殿，而公宴然其座。憲司譏問，但曰「法地無動；若動，則一切不安。」且知梁運將盡，救愍兵災，乃燃臂為炬，冀禳來禍。至陳太建元年夏中，於本州右脅而臥，奄就昇霞。於時隆暑赫曦，而身體溫暖，色貌敷愉，光彩鮮潔，香氣充滿，屈伸如恆。

〔註62〕古芳禪師，《標注碧巖錄》，台北市：天華出版社，1984 年 9 月。

〔註63〕（元）念常，《佛祖歷代通載》，《大正藏》，卷四十九，No.2056。

〔註64〕在宋代的禪宗語錄中常稱傅翕為傅大士，如《宗鏡錄》、《黃龍四家語錄》、《汾陽和尚語錄》、《五家語錄》、《禪林僧寶傳》與《天聖廣燈錄》等，這些資料中大部份是講述《金剛經》之典故，與傅大士的傳記資料並無關涉。

〔註65〕（清）彭紹昇編，《居士傳》，卷五六，頁 842，江蘇古籍刻印社，1991 年 5 月。

〔註66〕（唐）道宣，《續高僧傳》，卷二十六〈感通上、隋東川沙門釋慧雲傳〉附〈傅大士傳〉。

觀者發心，莫不驚嘆。

在關於傅翕的傳記中所記載的文字來看，傅翕的傳奇色彩非常濃厚，同時有許多異於一般僧侶的地方，他嘗自序云「係彌勒菩薩〔註67〕分身世界，濟度群生」，又曾云「嘗見七佛如來，十方並現。釋尊摩頂，願受深法。每至槌槌應叩，法鼓裁鳴，空界神仙，共來行道。」，他甚至於自稱爲「雙林樹下當來解脫善慧大士」，這種種的跡象都突顯出傅翕的特殊與奈人尋思的傳奇性。徐陵的碑文云，大士「小學之年，不遊黌舍。」〔註68〕吉藏《中論疏》云：「大士本不學問。」而他自稱爲彌勒菩薩降生，以致奉者若狂。或許因此之故，所以唐道宣作《續高僧傳》時，把傅大士的傳記放在〈感通〉門類中。

傅翕曾於梁武帝中大通六年，遣弟子致書武帝，自稱「雙林樹下當來解脫善慧大士」，稱武帝爲「國主救世菩薩」，陳修身治國的上、中、下善，希望武帝可以受持。在當時，如國師智者法師慧約與眾僧等，上書皇帝皆是「言辭謹敬」「文牒卑恭」。但傅翕當時才三十八歲，年非長老且位非沙門，卻如此怠慢無禮，故當時京都道俗莫不存疑惑的態度。

梁武帝時，國勢較爲安寧，以佛教爲國教，大肆建寺造佛像以及做法會，「都下佛寺五百餘所，窮極宏麗；僧尼十餘萬，資產豐沃，所在郡縣，不可勝言」，「比來慕法，普天信向，家家齋戒，人人懺禮，不務農桑，空談彼岸」，〔註69〕物質與精神力量本來已經受到極大損耗。武帝爲了使統治穩定，對於皇族、官員以及地主在政治上嚴加提防的同時，又鼓勵他們進行殘酷剝削。重重的苦難，使得「民盡流離，邑皆荒毀。由是劫抄蜂起，盜竊群行，……抵文者比室，陷辟者接門，耗災荐降，囹圄隨滿。」〔註70〕所以侯景乘機而起，太清二年十月圍建康，次年三月破之，「生靈塗炭，宗社丘墟。於是村屯鳴壁之豪，郡邑巖穴之長，恣陵侮而爲暴，資剽竊以爲雄。」〔註71〕再加上大寶元年（AD550）江南大饑，整個長江下游地區終至「千里絕煙，人跡罕見，

〔註67〕 彌勒，譯曰慈氏，名阿逸多，紹釋迦如來之佛位，爲補處之菩薩。先佛入滅生於彌勒內院，彼經四千歲（即人中五十六億七千萬歲）下生人間，於華林園龍華樹下成等正覺。欲界六天中第四天爲兜率天，有內外二院，其內院爲補處菩薩之生處，今彌勒菩薩生於此，故謂之爲彌勒淨土。（依《佛光大辭典》及丁福保編《佛學大辭典》）
〔註68〕 見《藝文類聚》，卷七十六，《內典部上》所收陳徐陵〈東陽雙林寺傅大士碑〉。
〔註69〕 《南史》，卷七十，〈循吏、郭祖深傳〉。
〔註70〕 《文苑英華》，卷七五四，何元之〈梁典・高祖事論〉。
〔註71〕 《南史》，卷八十，〈賊臣・論〉。

白骨成聚，如丘隴焉。」〔註72〕在這樣的情況之下，傅大士以其超人才智預知未來，明鑒時禍，自返雙林之後，即以大悲爲病，竭力行化以消眾生之苦集。

在梁末太清三年（AD549），傅大士將所有的資財散與饑貧，又課勵徒侶共拾野菜煮粥，人人割食以濟閭里。《佛祖統紀》上還記載「日與其徒拾橡粟，揉草作糜以活閭里，盜不忍犯」

自太清三年梁武帝死迄太平二年（AD557）陳霸先自立爲帝，短短九年之間，南朝先後有八人登基，九次黃袍加身。社會急遽動盪，生靈塗炭。傅大士於此期間，更屢次燒身，亟欲脫眾生於苦海。「太寶元年，時江南大饑，江、揚彌甚，旱蝗相係，年穀不登，百姓流亡，死者塗地。父子攜手共入江湖，或弟兄相要俱緣山嶽。芰實荇花，所在皆罄；草根木葉，爲之凋殘。」〔註73〕此時大士也是課徒眾煮粥資濟百姓。甚至於捨田園家業，牛犢倉庫，爲四生六道奉設法會。傅翁以一介白衣而干天庭，三至京師，所度道俗不可勝計，影響相當深遠。

傅大士七十三歲臨滅度時，所展現出的亦是非常神奇的景象，當時正是隆暑之時，但屍身卻屈伸如常，溫暖無比，在洗浴之後扶坐著衣，色貌敷愉，光彩鮮潔，二天之後尚宛如平生。「觀者發心，嘆未曾有」〔註74〕《善慧大士錄》記載：「死時肉色不變，至第三日，舉身還暖，形相端潔，轉手柔軟。」這樣的表現在平常凡夫身上都是不可思議的表現。

二、傅大士的詩作

至於傅大士的詩作在目前所掌握的作品主要都是宣揚佛理之作，茲列於下：

詩　　名	言　數	體　裁
四相詩（生相、老相、病相、死相）四首	五言	佛理
頌八首	五言	佛理
貪瞋癡三首	雜言	佛理
十勸十首	雜言	佛理
頌二首	五言	佛理

〔註72〕《南史》，卷八十，〈賊臣‧侯景〉。
〔註73〕《南史》，卷八十，〈賊臣‧侯景〉。
〔註74〕法琳〈辯正論〉，見《大正藏》，卷五十二，No.2160。

還源詩十二章	雜言	佛理
浮漚歌	雜言	佛理
獨自詩二十章	雜言	佛理
五章詞	雜言	佛理
行路易十五首	雜言	佛理
率題六章	五言	佛理
率題二章	五言	佛理
勸喻詩三首	五言	佛理
率題兩章	五言	佛理
三諫歌	雜言	佛理
示諸佛村鄉歌	七言	佛理
頌三首	五言與七言	佛理
行路難二十篇 　1. 明心非斷常 　2. 明眞照無照 　3. 明心相實相 　4. 明無相虛融 　5. 明凡聖非一非二 　6. 明心性無染 　7. 明般若無諍 　8. 明本際不可的 9. 明無斷煩惱 　10. 明寂滅無心常行精進 　11. 明法身體用自在 　12. 明金剛解脫 　13. 明寂靜無照無得 　14. 明三空無性 　15. 明空有不違 　16. 明魔怨 　17. 明法性平等 　18. 明不思議佛母 　19. 明無覺精進 　20. 明菩提微妙	雜言	佛理

率題六章		
第一章　嘆佇歸殊至今獲	五言	佛理
第二章　嘆斷高遂背元志		
第三章　勸修無上道		
第四章　勸世人不厭苦任自纏嬰		
第五章　勸請仁賢背苦就樂		
第六章　勸同趣至眞解因緣縛		

在傅大士的作品中有一個最大的特色，即大量引用佛教的典故以及在詩中宣揚佛理，如〈浮漚歌〉：

> 君不見驟雨近著庭際流，水上隨生無數漚。一滴初成一滴破，幾回銷盡幾回浮。浮漚聚散無窮已，大小殊形色相似。有時忽起名浮漚，銷盡還同本來水。浮漚自有還自無，象空象實總名虛。究竟還同幻化影，愚人喚作半邊珠。此時感嘆閑居士，一見浮漚悟生死。皇皇人世總名虛，暫借浮漚以相比。念念〔註75〕人間多盛衰，逝水東注永無期。〔註76〕寄言世上榮豪者，歲月相看能幾時？

這首詩中「浮漚」是水面的泡沫，佛教常用以比喻變化無常的人生與世事。《楞嚴經》上云：「如湛巨海流一浮漚，起滅無從。」〔註77〕鳩摩羅什所譯《維摩詰所說經》卷中〈觀眾生品〉：「如智者見水中月，……如水聚沫，如水上泡，……菩薩觀眾生爲若此」〔註78〕不空所譯《仁王經》云：「諸法緣成，蘊處界法，如水上泡」。

在這首作品之中所表現的思想是，從浮漚的聚散無定而悟到人生的虛幻不實，進而體會到生死的眞相，在詩中稱人間的盛衰之速爲「念念」，猶如《無量義經》所云：「諸法本來空寂，代謝不住，念念生滅。」〔註79〕事實上一切有爲之法，刹那之間都是生滅不停的，故佛家常云「念念無常」。再

〔註75〕念念，梵語刹那，譯曰念、刹那者，時之極少，凡物變化於極少時者，莫如心念，故刹那義翻爲念，謂極短之時，亦指人間盛衰之速。《無量義經》：「諸法本來空寂，代謝不住，念念生滅。」又吾人所起之心念繫住一處而不散，後念繼前念，中間不雜餘念，而一心專注者，謂之念念相續。

〔註76〕此句典出《論語・子罕》：「子在川上曰：『逝者如斯夫！不舍晝夜。』」此是在說盛衰輪變之無盡也。

〔註77〕《大正藏》，第十九卷，密教部二，945號

〔註78〕《大正藏》，第十四卷，經集部一，475號。

〔註79〕《大正藏》，第九卷，386b。

者詩中把盛衰輪變之無盡比擬爲「逝水東注永無期」，這是引自孔子在《論語、子罕》所說的：「子在川上曰：『逝者如斯夫，不舍晝夜。』」不外是感慨人生的無常以及歲月流逝的迅速。

仔細的觀察這首詩中的詩句，如「浮漚聚散無窮已」，「浮漚自有還自無，象空象色總名虛」等，和僧肇的「物虛觀」有關。在僧肇的《肇論・不眞空論》言：「夫有若眞有，有自常有，豈待緣而後有哉？譬彼眞無，無自常無，豈待緣而後無也。若有不能自有，待緣而後有者，故知有非眞有；有非眞有，雖有不可謂之有矣。不無者，夫無則湛然不動，可謂之無，萬物若無，則不應起，起則非無。以明緣起，故不無也。」「欲言其有，有而非生；欲言其無，事象既形。象形不即無，非眞非實有。」〔註80〕關於「浮漚」的譬喻在《寶藏論》亦曾提及：「經云，……譬如水流風聲成泡，即泡是水，非泡滅水。譬如泡壞爲水，水即泡也，非水離泡。」〔註81〕只是僧肇認爲想要明白這種即相而無相，即無相而相的道理，並非一般凡庸之人一見浮漚就可以明瞭的，而這裡則是「一見浮漚悟生死」，多了幾分禪家講求頓悟的味道。

以「浮漚」作比喻的例子在唐宋頗爲常見。在《全唐詩》中有十二筆與「浮漚」有關的詩，〔註82〕如顧況〈露清竹杖歌〉：「浮漚丁子珠聯聯，灰煮蠟楷光爛然。章仇兼瓊持上天，上天雨露何其偏。」〔註83〕張籍〈和李僕射雨中寄盧嚴二給事〉：「郊原飛雨至，城闕濕雲煙。并點時穿塊，浮漚歌上階」，〔註84〕李遠〈題僧院〉：「不用問湯休，何人免白頭。百年如過鳥，萬事盡浮漚。」〔註85〕以及李洞的〈秋宿梓州牛頭寺〉：「石室僧調馬，餵何客問牛。曉樓歸下界，大地一浮漚。」〔註86〕寒山與拾得的詩是值得注意，他們是以「浮漚」來比喻人生的變化不定，寒山詩：「貪愛有人求快活，不知禍在百年身。但看陽燄浮漚水，

〔註80〕《大正藏》，卷四十五，152 號。
〔註81〕《大正新修大藏經》，卷四十五，No.147。
〔註82〕與「浮漚」有關的詩，顧況〈露清竹杖歌〉，張籍〈和李僕射雨中寄盧嚴二給事〉，李遠〈題僧院〉，李洞〈秋宿梓州牛頭寺〉，姚合〈酬任疇協律夏中苦雨見寄〉，姚合〈奉和門下相公雨中寄裴給事〉，陸龜蒙〈奉酬襲美苦雨四聲重寄三十二句〉，陳陶〈謫仙詞〉，鄭綮〈浮漚爲辛明府作〉，寒山〈詩三百三首〉，拾得〈詩〉，召嚴〈沁園春〉。
〔註83〕《全唐詩》，冊八，卷二六五，頁 2940，台北市：台灣中華書局。
〔註84〕《全唐詩》，冊二十二，卷三八四，頁 4327。
〔註85〕《全唐詩》，冊十五，卷五一九，頁 5930。
〔註86〕《全唐詩》，冊二十一，卷七二二，頁 8291。

便覺無常敗壞人。」〔註87〕拾得詩：「水浸泥彈丸，思量無道理。浮漚夢幻身，百舞能幾幾。」〔註88〕

宋代的作品中亦常見以「浮漚」作喻的例子，如蘇軾〈龜山辯才師〉中：「羨師游戲浮漚間，笑我榮枯彈指內。」；〔註89〕方夔《富山遺稿》卷八〈雜興〉詩：「百年生世浮漚裡，大地山河曠劫中。」〔註90〕在《景德傳燈錄》中〈司空山本淨禪師〉載〈無修無作偈〉云：「見道方修道，不見復何修？道性如虛空，虛空何處修！遍觀修道者，撥火覓浮漚；但看弄傀儡，線斷一時休。」〔註91〕這首詩基本上是用浮漚來比喻實相〔註92〕本空，非修習可得，所以詩中「道性如虛空，虛空何處修！」。另外在《祖堂集》卷十一〈越山鑒眞大師〉記載，越山因睹雪峰而作詩「眞之本源，頂是方圓，彌淪不懷，實相無邊，恆沙劫數，古今現前。漚起漚滅，空手空拳，此之相貌，三界亦然。」〔註93〕在這首詩中是以「浮漚」來譬喻三界的變化不定同時也是說明實相的道理是法性空寂的。

對於生死無常以及人生的慨嘆，傅大士有〈四相詩〉來對世俗人的一生來作感嘆，這組詩包括〈生相〉、〈老相〉、〈病相〉、〈死相〉。在這四首詩中對於人世間眞實的苦相作如實的描述，和釋迦牟尼佛未出家前，遊四城門見到老者、病者以及送葬的情景而生起修行之心很類似。關於釋迦牟尼佛四門遊觀的故事，在《大正藏》幾部經中有所記載，分別是：

1. 《方廣大莊嚴經》第五卷，《大正新脩大正藏》13 冊，187 號。
2. 《佛本行集經》，《大正新脩大正藏》13 冊，190 號。
3. 《佛本行經》第二卷，《大正新脩大正藏》14 冊，193 號。

《方廣大莊嚴經》上對於「老相」的描述是：

髮白體羸膚色枯槁，扶杖喘息低頭，皮骨相連筋肉銷耗牙齒缺落涕唾交流或住或行乍伏乍偃。……

凡言老者曾經少年漸至衰朽，諸根萎熟氣力綿微。飲食不銷形體枯

〔註87〕《全唐詩》，冊二十三，卷八〇六，頁9073。
〔註88〕《全唐詩》，冊二十三，卷八〇七，頁9109。
〔註89〕《蘇軾詩集》，冊四，頁1296。
〔註90〕文淵閣《四庫全書》，一一八九冊，頁426。
〔註91〕此詩亦見於《祖堂集》，卷三，〈司空山本淨和尚〉。
〔註92〕實相，實者非虛妄之義，相者無相也。指稱萬有本體之語。曰法性、曰眞如、曰實相，其體一也。就其為萬法體性之義言之則為「法性」，就其體眞，實常住之義言之則為「眞如」，就其眞實常住為萬法實相之義言之則為「實相」。
〔註93〕見《祖堂集》，卷十一，〈越山鑒眞大師〉。

竭。無復威勢爲人所輕，動止苦劇，餘命無幾，以是因緣故名爲老。

對於「病相」與「死相」的描述：

　因篤萎黃上氣喘息，骨肉枯竭形貌虛羸，處於糞穢之中受大苦惱。……

　所謂病者，皆由飲食不節，嗜欲無度，四大乖張百一病生。坐臥不安，動止危殆，氣息綿綴，命在須臾。

事實上，生老病死是每一位世間的眾生都會經的人生過程，且看作品中關於〈生相〉以及〈老相〉的描述：

〈生相〉

　識托浮泡起，生從愛欲來。〔註94〕昔時曾長大，今日復嬰孩。星眼隨人轉，朱唇向乳開。爲迷真法性，還卻受輪迴。〔註95〕

〈老相〉

　覽鏡容顏改，登階氣力衰。咄哉今已老，趨拜禮還虧。身似臨崖樹，心如念水龜。尚猶耽有漏，〔註96〕不肯學無爲。

在這二首詩中將每個人必須經過的過程作簡單的描述，同時也指出大部份的人都是執迷不悟，即使已經垂垂老矣，仍然不肯努力修行求解脫。在〈老相〉中作者以「身似臨崖樹，心如念水龜」來比喻人在氣力衰敗的老年可憐之狀，此比喻用的很貼切，也具體的呈現出人到老年身心的狀況。同時在作品中用了許多佛教的用語，如「識」、「愛欲」「法性」、「有漏」等，大致言之這首詩是以宣揚佛理爲主的。

　除了將人生老病死的真相作一陳述外，傅大士也把眾生的一般通病「貪瞋癡」作一番闡揚〈貪瞋癡〉佛教稱此三者爲一切煩惱之根本，荼毒眾生的身心甚劇，所以又稱之爲「三毒」〔註97〕、「三垢」、「三不善根」。〔註98〕

〔註94〕依丁福保《佛學大辭典》，這二句實爲「十二因緣」，這是說到眾生涉三市而輪迴於六道的次第緣起。十二因緣即無明、行、識、名色、、六入、、觸、受、愛、取、有、生、老死。「識」是指依過去世之業而受現世受胎之一念也。「愛」所謂愛不重不生娑婆，即生種種強盛愛欲之位也。

〔註95〕輪迴，指眾生自無始以來，旋轉於六道之生死，如車輪之轉而無窮也。《心地觀經》：「有情輪迴生六道，猶如車輪無始終。」

〔註96〕有漏，即煩惱的異名。人類由於煩惱所產生的過失與苦果，使得人在迷妄的世界中流轉不停，難脫生死苦海，故稱有漏。

〔註97〕三毒，即貪、瞋、痴。《大智度論》：「有利益我者生貪欲，違逆我者而生瞋恚，此結使不從智生，從狂惑生，故是名爲痴。三毒爲一切煩惱根本。」

不須貪，看取遊魚戲碧潭。只是愛他鉤下餌，一條線向口中含。不
須瞋，瞋則能招地獄因。但將定力降風火，便是端嚴紫磨身。〔註99〕

不須癡，癡被無明〔註100〕六賊〔註101〕欺。惡業自身心所造，愚迷
披卻畜生皮。

這首善用許多譬喻來說明「貪瞋癡」對眾生荼毒之苦，以及眾生因為「三毒」
所招致的果報。如對「貪」的描寫是以遊魚來作比喻，因為貪求「鉤下餌」
以飽口腹之欲，所以招來殺身之禍，魚如此，人又何嘗不是這樣呢？這樣的
譬喻是非常貼切的。至於「瞋」，古德曾云：「一念瞋心起，百萬障門開。」
又云：「瞋是心中火，能燒功德林。」這對修行而言是一大障礙，所以在詩中
提到「瞋則能招地獄因」，在佛法上是以「忍辱」來對治「瞋」，忍辱即是心
中能以安忍外所辱境，包括外界的種種逆境，以及世間的寒熱、風雨、饑渴、
衰老、病死諸苦，都能安忍，如是所修之善法則能成就，「便是端嚴紫磨身」。
至於「癡」，即是無明，為一切煩惱根本，因為心性闇昧，對於真正的事理迷
悟不明白，以致眾生造惡業而墮入惡道中，佛法是以「般若智慧」來對治「癡」，
此猶如光明能破黑暗一樣。

再者，傅大士同時也有詩歌題作〈十勸〉，目的無非是希望人人都可以把
握時間在修習佛法上用功。此〈十勸〉詩一共有十首，這裡舉幾首來討論：

勸君一，專心常念波羅蜜。勤修六度〔註102〕向菩提，五濁〔註103〕

三塗〔註104〕自然出。

〔註98〕三不善根，貪瞋癡之三毒也。《仁王般若經》中：「治貪瞋癡三不善根，起施
　　　　慈慧三種善根。」

〔註99〕紫磨，紫者紫色也，磨者無垢濁也。孔融聖人優劣論：「金之精者名為紫磨，
　　　　猶人之有聖也。」

〔註100〕無明，謂闇鈍之心，無照了諸法事理之明，即癡之異名。《本業經》上：「無
　　　　　明者，名不了一切法。」、

〔註101〕六賊，指色、聲、香、味、觸、法等六塵。以眼等六根為媒，劫掠功德法財，
　　　　　故以六賊為譬。《涅槃經》二十三：「六大賊者，即外六塵。菩薩摩訶薩觀此
　　　　　六塵如六大賊，何以故？能劫一切諸善法故。……六大賊者，夜則歡樂。六
　　　　　塵惡賊亦復如是。處無明闇，則得歡樂。」以上依丁福保《佛學大辭典》。

〔註102〕六度，即六波羅蜜，指布施、持戒、忍辱、精進、禪定、智慧。「度」，梵語
　　　　　是波羅蜜，謂行此六法能夠令眾生度生死流，到達涅槃岸。

〔註103〕五濁，指劫濁、見濁、煩惱濁、眾生濁、命濁。這是住劫中人壽二萬劫以後，
　　　　　而有渾濁不淨之法五種。《法華經·方便品》：「諸佛出於五濁惡世，所謂劫濁、
　　　　　煩惱濁、眾生濁、見濁、命濁。」

〔註104〕三塗，即三途。通指地獄、餓鬼、畜生三惡道。

勸君二，夫人處世莫求利。縱然求得暫時間，須臾不久歸蒿里。
〔註105〕

勸君三，人身難得大須慚。〔註106〕晝夜六時〔註107〕常念佛，勤修三寶向伽藍。〔註108〕

勸君八，喫肉之人眞羅刹。〔註109〕今生若也殺他身，來生還被他人殺。

勸君九，天堂地獄分明有。莫將酒肉勸僧人，五百生中無腳手。

在上列所舉出的五首詩中，奉勸世間人修習佛法是作者的主要目的。所以在作品自然會流露出對世俗人常作的事，如「求利」「喫肉」等作一批評，以警醒世人宜勤修「六度」、「三寶」，往菩提道上走去，方是明智之舉。至於佛教不准喫肉的習俗，和梁武帝禁食酒肉的命令是有密切關係的，梁武帝作〈斷酒肉文〉四篇，〔註110〕勒令僧尼一律蔬食，他的理論依據是《大般涅槃經》等大乘教義，出於慈悲心主張素食。迄今爲止，除了我國漢族佛教徒之外，其他如藏、蒙、傣等族，以及東南亞各國及日本等的佛教僧尼及信徒，仍然是葷食（酒則都是禁止的）。而我國漢族佛教徒喫素的傳統，則始於梁武帝，他完全以一種強迫命令的行政手段禁食酒肉。據記載梁武帝的〈斷酒肉文〉撰出後，即通知「僧尼合一千四百四十八人，並以五月二十二日五更一唱，到鳳莊門。二十三日旦，光宅寺法雲於華林殿前登東向高座爲法師；瓦官寺慧明登西向高座爲都講。……興駕親御地鋪席位於高座之北；僧尼二眾，各以次列座。」靜聽由「耆寺道澄……唱此斷肉之文，次唱所傳之語。」〔註111〕由上述記載可見當時之隆重景象。

由於梁武帝禁食酒肉的命令頒布，所以詩中方有「喫肉之人眞羅刹」，這般的文句，以及「莫將酒肉勸僧人」這樣的勸導。

在傅翕的詩歌中，有幾組詩是相當特別的，主要是這些作品都是十多首

〔註105〕蒿里，爲死人葬地，後通指墳地。
〔註106〕慚，即羞惡之心。佛教心所之名，謂慚爲崇敬功德及有德者之心，自省所造罪惡的羞，恥之心。故慚即自己不造罪。
〔註107〕六時，晝三時夜三時合爲六時也。晝三時爲晨朝、日中、日沒，夜三時爲初夜、中夜、後夜。
〔註108〕伽藍，僧伽藍摩之略，譯曰眾園。爲僧眾所住之園庭、寺院之通稱也。
〔註109〕羅刹，惡鬼之總名也。譯爲暴惡可畏等。
〔註110〕（唐）道宣，《廣弘明集》，卷二十六。
〔註111〕（唐）道宣，《廣弘明集》，卷二十六，〈斷酒肉文〉附記。

作品組成，同時詩中次第宣說佛理，并然有序外，還層層引導俗人入佛理，這樣的作品形式在六朝其他僧侶的作品中是極為罕見的。這類作品分別是〈還源詩十二章〉，〈獨自詩〉二十章，〈行路難〉二十篇，〈行路易〉十五首。

一、〈還源詩十二章〉

在《善慧大士錄》卷一中記載：「嵩頭陀入滅，大士心自知之，乃集諸弟子曰：『嵩公已還兜率天宮待我，我同度眾生之人，去已盡矣，我決不久住於世。』乃作〈還源詩十二章〉」

所謂還源，一般是指轉迷入悟。隋朝智者大師《摩訶止觀》第五：「還源反本，法界俱寂，是名為止。」〔註112〕而在〈還源詩〉中所說明還源的方法是教人觀心。如第二章「還源去，說易運心難，般若無形相，教作如是觀？」運心而觀，其對象似乎是般若，但是實際上是以凡夫的平常心為所觀境，所以在第六章中提到「還源去，何須更遠尋？欲求真解脫，端正自觀心。」自觀自心使心處於不沉不浮的空虛寂靜的狀態中，如此，修行所追求的目標——「般若大智」就算達到了。承如第三章所云：「欲求般若易，但息是非心，自然成大智。」若求得般若智慧，自然可以返本還源，徹然了悟。

〈還源詩十二章〉基本上是以觀心的方法，以「一色一香，無非中道」的心觀之，以達到轉迷入悟的境界。

> 還源去，生死涅槃齊。由心不平等，法性有高低。
> 還源去，說易運心難。般若無形相，教君若為觀。
> 還源去，欲求般若易。但息是非心，自然成大智。還源去，觸處可幽棲。涅槃生死是，煩惱即菩提。〔註113〕還源去，依理莫隨情。法性無增減，妄說有虧盈。還源去，何須更遠尋。欲求真解脫，端坐自觀心。還源去，心性不思議。志小無為大，芥子納須彌。〔註114〕還源去，解脫無邊際。和光與物同，如空不染世。還源去，何須次第求。法性無前後，一念一時修。還源去，心念不沉浮。安住

〔註112〕《大正新脩大正藏》，卷四十六，No.56b。

〔註113〕煩惱即菩提，這和生死即涅槃為大乘至極之談，依教門之淺深而異其歸趣。《摩訶止觀》：「無明塵勞即是菩提，無集可斷。……生死即涅槃，無滅可證。」「生死即涅槃，是名苦諦。……煩惱亦即是菩提，是名集諦。」

〔註114〕須彌，指須彌山，比喻極大；芥子，芥菜種子，比喻極小。「芥子納須彌」，佛教常用以表示超越大小、高低、迷悟、生佛等差別見解，而達於大徹大悟、融通無礙的境界。

三三昧，〔註115〕萬行悉圓收。還源去，生死本紛綸。橫計虛爲實，
六情〔註116〕常自昏。還源去，般若酒澄清。能治煩惱病，自飲勸
眾生。

〈還源詩十二章〉主要是以「一色一香，無非中道」的心以及平等論爲根本精
神的。在詩中處處流露出這樣的精神，如「生死本紛綸，橫計虛爲實，六情常
自昏。」，一般凡夫眾生「由心不平等，法性有高低」，故而不明生死的道理，
事實上若能秉持平等之心，則生死與涅槃應該是平等一如的。另外在第九首詩
中也提到「法性無前後，一念一時修」只要明瞭三諦的道理，是非之心自然可
以平息。是非之心平息，則萬相「非一非一切」，自然可以臻於「觸處可幽棲，
涅槃生死是，煩惱即菩提」這樣的境界。上述所謂「一念一時修」，出自《維摩
詰所說經》卷上〈菩薩品〉：「一念知一切法是道場，成就一切智〔註117〕故」，〔註
118〕也就是「安住三三昧，萬行悉圓收」的意思。

在第四首詩中提到「煩惱即菩提」，所以可見法性無高低，無增亦無減，故
說有盈虧者皆是虛妄，故「依見莫隨情」，宜隨般若之見方是正見，因「煩惱即
菩提」，故「志小無爲大，芥子納須彌」，更加顯現出心性的不可思議，所謂「心
包太虛」、「一念三千」〔註119〕的道理大概即是如此。承如《維摩詰所說經》卷
中〈不思議品〉，得諸佛菩薩不可思議解脫者，「以須彌之高廣，內芥子中無所

〔註115〕三三昧，譯曰三定、三等持。此三昧有有漏無漏二種，有漏定謂之三三昧，
　　　　無漏定謂之三解脫門。三三昧之義，一空三昧，與苦諦之空、無我二行相相
　　　　應之三昧也。二無相三昧，是與滅諦之滅、靜、妙、離四行相相應之三昧也。
　　　　三無願三昧，舊云無作三昧，又云無起三昧。是與苦諦之苦、無常二行相，
　　　　集諦之因、集、生、緣四行相相應之三昧也。
〔註116〕六情，舊譯經論多謂六根曰六情，以根有情識故也。是意之一，爲當體之名。
　　　　以意根爲心法故。他五者生情識，故從所生之果而名爲情。嘉祥《中論六情
　　　　品疏》：「問意可是情，餘五云何是情？答意當體名情，餘五生情識之果，從
　　　　果得稱也。六情亦名六根，五根能生五識，意根能生意識。六情亦名六依，
　　　　爲六識所依。」
〔註117〕一切智，佛三智之一，知了一切之法。此一切智對於一切種智而言有總別二
　　　　義。若依總義，則總名爲佛智，與一切種智同。若依別義，則一切種智爲視
　　　　差別界事相之智。一切智爲視平等界空性之智。
〔註118〕《大正新脩大正藏》卷十四，No.543a。
〔註119〕一念三千，天台宗之觀法，觀一念之心而具三千諸法。三千者，地獄、餓鬼、
　　　　畜生、阿修羅、人、天、聲聞、緣覺、菩薩、佛之境界爲界，據由圓融之妙
　　　　理，此十界互具十界，則相乘而爲百界。百界一一有性、相、體、力、作、
　　　　因、緣、果報、本末究竟十如之義，則相乘而爲千如。千如各有眾生、國土、
　　　　五陰三世間之別，則相乘而爲三千世間。於是一切之法盡矣。

增減，須彌山王本相如故。」〔註120〕這個「芥子納須彌」〔註121〕的典故亦常為佛家所引用。

第十二章中「還源去，般若酒澄清。能治煩惱病，自飲勸眾生。」在這組詩中，對於要明白生死與涅槃無異的道理，除了藉由觀心之外，詩中也提到由般若智慧來體悟，並拔除煩惱。大致而言這組詩以宣說佛理為主，和天台教義頗為相近。

二、〈獨自詩二十章〉

這組詩有二十首，主要是在反映傅翕修習佛法時的景象。

> 獨自山，茅次草屋安。熊羆撩人戲，飛鳥共來餐。

第一章所寫的是傅大士曾於雙檮處結庵苦行七年，他曾對弟子說過「我初學道，始於寺前起一草庵及守孤屋，內外泥治甚周」，〔註122〕後來因為傾捨家資屋宅既盡，復立草庵以庇身；卷一又言「大士居松山，雲黃兩處，林麓蓊蔚，其中多有猛獸，人常畏之。大士常以餘食飼之，自此伏匿」，並且還有飼虎餘飯化為石的傳說，他獨自山居茅舍，與禽獸和睦共處是可信的。

> 獨自居，何意此勤劬。翹心尋本性，節志服真如。〔註123〕

> 獨自眠，寂寞好思玄。休息攀緣境，不著有無邊。

大士修禪遠壑，目的當然是為了尋求本性，證得真如，即證得佛性。第三章描述運心斷除諸外緣的攀緣而冥會於真如實相，本為一般修行者的修持，傅翕也不例外。在《善慧大士錄》卷二記載一段大士教人之語：「修習既久，攀緣稍靜，心得調柔，乃能斷慳、貪、瞋等有為一切諸行。諸行既盡，心會實相，證寂無為，是名得道。」

在〈獨自詩〉六、七、八章中，具體呈現出傅大士禪法的風貌。

〔註120〕《大正新脩大正藏》，卷十四，No.546b。

〔註121〕依據丁福保所編《佛學大辭典》，芥子，是譬喻極微小的。白居易僧問曰：「維摩經不可思議品中云，芥子納須彌。須彌至大至高，芥子至微至小，豈可芥子之納入得須彌山乎。」須彌，是山名，佛經上所說一小世界的中心。譯作妙高、妙光、善積、善高等。凡器世界之最下為風輪，其上為水輪，其上為金輪，即地輪，其上有九山八海，其中心之山即為須彌山。

〔註122〕見《善慧大士錄》，卷二。

〔註123〕真如，真者真實之義，如者如常之義，諸法之體性離虛妄而真實，故云真常住而不變故云如。《唯識論》二曰：「真謂真實，顯非虛妄。如謂如常，表無變異。胃此真實於一切法，常如其性，故曰真實。」或云自性清淨心、佛性、法身、如三來藏、實相、法界、法性、圓成實性，皆同體而異名。

獨自行，見色恰如盲。輕驅同類化，蠕動未曾驚。

獨自戲，問我心中有何爲？若見無記〔註124〕在心中，急斷令還般若義。

獨自往，觸處隨緣皆妄想。妄想心內逼馳求，即此馳求亦非往。

在這裡所言見色如盲、斷除無記以及不主張隨緣等，似與前面〈還源詩〉所提到「觸處可幽棲」以及「煩惱即菩提」的平等觀顯然是不同的。

獨自足，願心無限跼。怨親法界語圓眞，始得應身化群育。

在這首詩中所展現的是心不拘束，視怨親平等一如的胸懷，這是佛教徒大慈大悲的修養，和徐陵碑文所寫的傅翕「救苦爲懷，大悲爲病」的行爲是相契合的；若能眞正做到怨親平等，「始得應身化群育」，而傅大士又曾自敘他是「分身世界，濟度群生」〔註125〕的彌勒菩薩，詩中的描述恰好相契合。

〈獨自詩〉的詩題各章皆是以「獨自」開頭，書寫「居」、「眠」、「坐」、「行」、「戲」……等的情形，由詩句中的「熊羆撩人戲」、「休息攀緣境」、「迢迢棄朝市」、「且欲求無學」、「決求菩薩道」等內容來看，〈獨自詩二十章〉眞實的反映傅大士早年獨自在山林苦修的生活，以及他對於這種生活的深深眷戀。

三、〈行路難二十篇〉

〈行路難〉二十篇從它的語言特徵來看，主要是五言與七言，以「君不見……行路難，路難……」爲主要的體式。〈行路難〉的起源與詩體的本意，據《樂府詩集》卷七十「樂府解題」曰：「〈行路難〉，備言世路艱難及離別悲傷之意。……按〈陳武別傳〉曰，武常牧羊，諸家牧豎有知歌謠者，武遂學〈行路難〉。則所起亦遠矣。唐王昌齡又有〈變行路難〉。」陳武（AD178～215）是東漢末年時人，可見東漢末年已有〈行路難〉的歌謠。《晉書》卷八十三〈袁山松傳〉：「初，羊曇善唱樂，桓伊能挽歌，及山松〈行路難〉繼之，時人謂之三絕。」山松（？～401）已經比陳武晚百餘歲，與南朝宋之鮑照（AD414～466）近一些。而鮑照〈行路難〉十九首已經相當成熟。〔註126〕〈行路難〉本來爲可以歌詠的歌謠

〔註124〕無記，三性之一。《俱舍論》二曰：「無記者，不可記爲善不善性，故名無記。有說不能記異熟果，故名無記。」《大乘義章》七曰：「解有二種，一對果分別。中容之業，不能記得苦樂兩報，故名無記。二就說分別，中容之業，如來不記爲善爲惡，故名無記。」

〔註125〕見（陳）徐陵，〈東陽雙林寺傅大士碑〉，《藝文類聚》，卷七十六，〈內典部上〉。

〔註126〕郭茂倩，《樂府詩集》，卷七十。

體，從《晉書》以及《樂府詩集》中可以見得。

　　傅大士所作〈行路難〉二十篇，主要是在解說佛理，道及悟明超脫之艱難。在詩歌的〈序〉中：「若乃幽微寂寞，難見難知。」「此非世間智辨照之所能及，是無生慧者之所深思」，即便是「抱愚竭智，聊述拙辭」而述斯篇，亦「不會妙理」；在各章中更屢次以行路艱難來譬喻修道之難成，如「行路難，路難微妙甚難行」（第一章）；「行路難，路難無往復無還。」（第三章）；「只個心賊獨難治」（第十三章）；「行路難，路難頓爾難料理。」（第十四章）。

　　在本組詩中，首先要談的是在詩中常常談「中道觀」。〔註127〕龍樹菩薩《中論・觀因緣品》用「八不」〔註128〕對世界以及人生作了概括：「不生亦不滅，不常亦不斷，不一亦不異，不來亦不出。」〔註129〕唐吉藏《中觀論疏》卷一：「以觀此正因緣，不生不滅乃至不來不去，故此因緣，即是中道。」「八不即是三世諸佛方等要經」。〔註130〕〈行路難〉不僅章名直接取用八不正觀，而且各章詩中也屢屢提及，如第一章〈明非斷非常〉，第五章〈明凡聖非一非二〉，這是章名取自八不正觀的例子。至於詩中引用八不正觀的，如「散合無方而非還非往」（序）、「性寂虛沖，非一非兩」（序）；第二章「自心非斷亦非常」、「湛然無生亦無滅」、「識心即是無生法，非離生死有無生」；第三章「心性無來亦無去」；第四章「分別菩提非一異，恆同一體不相攜，」；第五章「君不見，煩惱茫然非是一，雖復非一亦非多。」；第六章「貪淫無起亦無滅」；第七章「淨穢兩邊俱不依」；第八章「生滅不住不分離」；第十章「寂滅性中無有滅」、「無去無來亦無住」、「倒心去來無有實」；第十一章「若能了於無生死，便得消除生死雲」；第十四章「無去無來常不住，心神竭盡亦非無」；第十五章「常來常去實無遷」；第十六章「一切恬然無起滅」；第十七章「如實

〔註127〕中道，法相以唯識爲中道，三論以八不爲中道，天台以實相爲中道，華嚴以法界爲中道。中者，不二之義，絕待之稱。雙非雙照之目也。《中論》偈曰：「因緣所生法，我說即是空，亦名爲假名，亦是中道義。」中道觀，天台三觀之一。觀中諦之理而斷無明之惑也。

〔註128〕八不正觀，對於邪謂之正，三論宗以之爲至極之宗旨。八不者，不生不滅、不斷不常、不一不異、不來不出之八句四對。反之則爲生滅斷常、一異去來，謂之八迷。《涅槃經》二十七曰：「十二因緣，不出不滅不常不斷，非一非二，不來不去，非因非果」龍樹承之《大智度論》：「如說諸法相偈，不生不滅，不斷不常，不一不異，不去不來，因緣生法，滅諸戲論。」

〔註129〕《大正新脩大正藏》，卷三十，No.301c。

〔註130〕《大正新脩大正藏》，卷四十二，No.568c。

無來亦無去，亦不的在六情中。」以上所列舉出來的詩句，都是直接援引八不中觀的。

在詩中亦對傅大士修行禪法的情形有所描述，如第十三章中「飛禽走獸我能伏」，這和〈獨自詩〉第一章中：「獨自山，茅茨草屋安。熊羆撩人戲，飛鳥共來餐。」的情況是一樣的，也與傅大士飼虎的傳說頗爲相合。

同時此組詩中肯定心乃是成佛的關鍵，在〈序〉中謂心性「緣所不起，呼之爲妙；言方不及，故號自然」，在第十一章提到「聖體無明不可說，爲復方便名心神。」，第十三章亦稱「一切法中心爲主，余今不復得心源」。在組詩中雖然倡言凡聖無殊，不能差別對待，但這乃是傅翁「凡地修聖道，果地習凡因，常行無所踐，常度無度人。」〔註131〕的思想延續。〈序〉中稱心性是「非凡非聖」，在第三章〈明心相實相〉中，卻謂心相是「雖復恬然非有相，若凡若聖己之靈」，這和傅翁〈心王論〉所提到的「莫言心王，空無體性，能使色心，作邪作正。……心性雖空，能賢能聖。」有一致的見解。

關於凡聖關係的論述，第五章〈明凡聖非一非二〉是專門討論凡聖之關係，其內容如下：

> 君不見，煩惱茫然非是一，雖復非一亦非多。若能照知其本際，即是眞身盧遮那。〔註132〕入於微塵亦無礙，無礙體寂遍娑婆。〔註133〕凡聖兩途非二處，生死涅槃常共和。雖復強立和名字，只個愛痴眞佛陀。般若深空智非智，以無心意制眾魔。……行路難，路難心性實奇寬，貪欲本來常寂滅，智者於此可盤桓。

其他論及凡聖關係的，還有第十一章「見處凡情等諸聖，離斯求道更無眞。」，第十四章「了知眞俗體非殊……凡夫妄見有差殊，眞實凝心無彼此。」，第二十章「不見聖果異凡情，分別聖凡還復倒。」，以上所舉的詩句，實在非「凡地修聖道」者所能夠說出來的，反倒是「果地習凡因」所言，也就是成聖成賢之後的境界。

〔註131〕見《善慧大士錄》，卷一。

〔註132〕盧舍那，又作盧遮那。佛名，盧舍那爲報身佛之名，毘盧舍那佛爲法身佛之名。

〔註133〕娑婆，堪忍之義，故譯曰忍土。《法華文句》二曰：「娑婆，此翻忍，其土眾生安於十惡不肯出離，從人名土故稱爲忍。《悲華經》云，『云何名娑婆？是諸眾生忍受三毒及諸煩惱，故名忍土，亦名雜會，九道共居故。』《法華玄贊》曰：「梵云索訶，此云堪忍，諸菩薩等行利樂時，多諸怨嫉，眾苦所惱，堪耐勞倦而忍受故，因以爲名。」

〈行路難二十篇〉反復的使用一個術語「無心」，可以說，〈行路難〉二十首是以「無心」爲其中心。如第七章曰：「無心捨離於生死，涅槃無心亦不追，涅槃無心即生死，生死無心般若暉。……善解於此無心藥，三有諸病盡能治。行路難，路難遣之而復遣，識此遣性本來空，無心終是摩訶衍。」無心可超脫於生死而得涅槃，無心又須藉般若方可達到。第五章所宣說也是同樣的意思，「般若深空智非智，以無心意制眾魔。」第二十章「善達貪愛得無生，無明去來無動搖」，而要能善達貪愛，恐怕又非精於般若深空而不可也。第十章的章名則以「無心」入章名，名之「寂滅無心常行精進」。無心方可到達涅槃彼岸，乃由於諸法實相本來空寂。在〈序〉中反覆申辯，說的非常清楚，「夫心性虛擬，量同法界，隨如絕相，無作無緣。湛爾常存而無住法，流滿世界而實理不遷，妙道歸空而普同萬有，法王御此而說金堅。故昔言欲顯其相，而復不爲言之所詮。」「爾乃虛玄絕妙，空號坦蕩」、「性寂虛沖，非一非兩」，「若乃幽微寂寞，難見難知」，「唯有無心質土，合此虛宗」。

除了在〈序〉中有說明外，其它各章也有提到，如第四章「內外身心並空寂，顛倒貪瞋何處安」；第九章「一切煩惱皆空寂，諸佛法藏在心胸」；第十章「君不見，寂滅性中無有滅，眞實覺中無覺知，亦復無有無知覺，清虛寂寞離方規」；第十三章「君不見，諸法但假空施設，寂靜無門爲法門」。第三章整章是在說心相的究竟情況，「君不見，心相微細最奇精，非作非緣非色名。」，「爲度妄想諸邪見，令知寂滅得安寧」，「又達五陰皆空寂，無慧無生制六情。於茲六情還念滅，即是眞了涅槃城！」第十七章則是對法性的體與用作論說，「君不見，法性無知不可說，有漏無漏並虛通，雖復乖差作諸地，尋其本際盡皆同。亦復無同可同法，亦不以空持作空，若欲知斯殊妙道，但自窮搜五陰叢。如實無來亦無去，亦不的在六情中，即是無原眞法界，湛然常存無始終。」

由「無心」即「心性本空」的基礎出發，則是主張絕觀忘守，既無照無看，自然也無心可守，所以第八章中說「行路難，路難心中無所看」，「智者求心無處所，茫然色相離貪淫。了了分明何所見？猶如病眼睹空針。」，若能夠恆常以空心來反照，則「無上佛道亦能任」（第十六章）。

大致而言，〈行路難二十篇〉主要都是在宣說佛理，以行路艱難來譬喻修道之難成，抒情的成份幾乎是沒有，在字裡行間充斥著佛教的名相，這和〈還源詩〉的風格相當接近。

四、〈行路易十五首〉

在《善慧大士錄》卷三〈行路難二十篇〉之後，即是〈行路易十五首〉，從題目上來看，顯然是仿照〈行路難〉而反用其意。

從這組詩十五首作品中，它的結構是以「行路易，路易……」為基本的，只是在主體部份之前未用「君不見」來作開頭，所以它的結構和〈行路難〉也是相當接近的。

和〈行路難〉所論述的主題類似，在〈行路易〉中也處處都在討論大乘中道的道理。如第四首「行路易，路易真不虛，善惡無分別，此則是真如。」，這一段是在倡言萬法一如[註134]的無分別智。[註135]第十一首中「不用學多聞，無言真是道。」，第十二首「講說千般論，不如少時默。」，這二段是在說明如如[註136]之理非言語可及的。

第四首中言「菩提無處所，無處是菩提，若覓菩提處，終身累劫迷」，但是在第二首卻言「眾生是佛祖，佛是眾生翁，三寶不相離，菩提皆共同」，同時這樣的觀念在第八首中也可見到，詩云「佛心與眾生，是三終不移」，在第十首中更是明白的指出「菩提心在中，世人元不覺」，顯而易見傅翁所倡導的是眾生為佛，自心即佛，也就是佛與眾生同歸於寂滅，自心也即無心。

> 行路易，路易人莫疑，解吾如此語，修道不須師。（第五首）

> 行路易，路易真難測，寄語行路人，大應須努力。（第八首）

> 行路易，路易須行早。（第九首）

上舉的這些例子，並不主張要盡廢言教和修持，反而是要勉勵修行者善加把握行路之易，努力修行，以求解脫。

在〈行路易〉的組詩中，與〈行路難二十篇〉相同的，可以在詩中看到傅翁修行的情景。如第七首「猛風不動樹，打鼓不聞聲，日出樹無影，牛從

〔註134〕萬法一如，萬法由因緣而生，為自然之法，因緣生之法，無有自性，無自性故空，即以空為性也。萬法各有一空性謂之一如。一者不二之義，如者相似之義，以萬法空性不二而相似也。對萬法之言而云一如，如對妄之言，則曰真如，如者正指空性之裡體而言。

〔註135〕無分別智，又云無分別心。正體會真如之智也。真如者，離一切之相而不可分別也。故以分別之心者，不能稱其體性，以離一切情念分別之無相真智方始冥符也。

〔註136〕如如，指法性之理體不二平等，故云如。彼此之諸法皆如，故云如如，是正智所契之理體。

水上行。」這首詩所說的是心性的體用即動即靜，動靜一如之意。其中「牛從水上行」，是大士〈法身頌〉之一「空手把鋤頭，步行騎水牛，人從橋上過，橋流水不流。」的演化，意在說明心的如如不動，不受外界的影響。在第六首詩中也有同樣的論述「東山水上浮，西山行不住，北斗下閻浮，是真解脫處。行路易，路易人不識，半夜日頭明，不悟真疲劇。」，這首詩主要是在說明悟到動靜之理即可以得到解脫。另外第十五首作品相當特別，因為此詩是在頌揚如傅翁這般的修行人方稱得上真正的出家人行徑，其詩曰：「無我無人真出家，何須剃髮染袈裟？欲識逍遙真解脫，但看水牛生象牙。行路易，路易君諦聽，無覺無菩提，無垢亦無淨。」

〈行路易〉中也討論到諸法實相空寂的問題。如「佛空俱一體，空佛本來同」（第一首），「虛空合真理」（第八首）「行路易，路易真冥寞」（第十首），這都是在說明諸法實相，即心性本是空寂的。而道本是空寂不二，唯有無心方能夠合之而得解脫，故詩云「行路易，路易莫思量，剎那心不二，終日是天堂。」（第九首），「有無去來心永息，內外中間心總無，欲覓如來真佛處，但看石牛生象兒。」。

同時在〈行路易〉中，談到許多關於「無心」的論題，主要是在說要證得佛道真理，唯有無心方能合之。「人我在無為」、「行路易，路易真難測，寄語行路人，大應須努力。」（第八首），「無用是無作，無作是無心，無見無心處，楊花水沉底。行路易，路易真無得。」（第十二首），「無事真無事，無事少人知，無為無處所，無處是無為。行路易，路易人莫驚，無有無為事，空有無為名。」（第十四章），由於無心所以說無作無得，但是無作無處不作，所以仍然是不放棄修行的功夫。再者，由無心無作而推演出任運，從道本無情而得出無情盡有佛性的說法，承如第三首所云「無情正是道，木石盡真如，達時遍境是，不悟永乖疏。」

第三節　菩提達摩及其詩歌

菩提達摩（？～AD535），原來是南天竺（印度）香至國的王子。後來出家為僧，為佛教西天第二十八祖。〔註137〕南朝梁時來到中國，創設禪宗，為

〔註137〕依據宋朝道原法師所著《景德傳燈錄》（台北：新文豐，1993。），以及宋朝普濟大師所著《五燈會元》（台北：文津，1991。），所謂西天二十八祖，主要是

我國禪宗初祖。據目前有關於達摩的資料記載，菩提達摩確實是一位歷史人物，最可信的資料是楊衒之《洛陽伽藍記》中的〈永寧寺〉以及唐道宣《續高僧傳》中的〈菩提達摩傳〉，〔註138〕另外在《五燈會元》〔註139〕東土祖師〈初祖菩提達摩大師〉，《景德傳燈錄》卷三第二十八祖〈菩提達摩〉也有對達摩詳盡的介紹。

據楊衒之《洛陽伽藍記》卷一〈永寧寺〉所記載：「時有西域沙門菩提達摩者，波斯國胡人也。起自荒裔，來游中土。見金盤炫日，光照雲表；寶鐸含風，響出天外歌詠讚嘆，實是神功。自云：『年一百五十歲，歷涉諸國，靡不周遍。而此寺精麗，閻浮〔註140〕所無也。極佛境界，亦未有此。』口唱南無，合掌連日。」從上述記載可知，在楊衒之時已知或者曾見過達摩其人，只是所記的國籍不同而已。

《續高僧傳》中記載，「菩提達摩，南天竺婆羅門種。神慧疏朗，聞皆曉悟，志存大乘，冥心虛寂，通微徹數，定學高之。」〔註141〕這是道宣對於達摩的常理推測。道宣又記達摩於劉宋（AD420～479）在中國南方入境，然後北上至魏國，沿途皆不忘傳播其禪學。楊衒之則記載，達摩到達洛陽時，看到永寧寺的華麗，便口稱南無，合掌數日，看到修梵寺內的金剛，也稱讚其得真相。達摩的事蹟，在《魏書·釋老志》，《出三藏記集》、《梁高僧傳》等南北朝時期的作品中都沒有記載，有可能是因為達摩在當時只是一個民間遊化的僧人，不被當時的史家重視。達摩的地位是在唐朝以後才建立起來的。

在達摩的事跡中有一個著名的傳說，是提到達摩從南方來到建康，見到

就禪宗的法嗣而言。初祖摩訶迦葉──二祖阿難──三祖傷那和修──四祖優波趜多──五祖提多迦──六祖彌遮迦──七祖婆須蜜──八祖佛陀難提──九祖伏陀蜜多──十祖協尊者──十一祖富那夜奢──十二祖馬鳴大士──十三祖迦毗摩羅──十四祖龍樹大士──十五祖迦那提婆──十六祖羅睺羅多──十七祖僧伽難提──十八祖伽耶舍多──十九祖鳩摩羅多──二十祖闍夜多──二十一祖婆修盤頭──二十二祖摩拏羅──二十三祖鶴勒那──二十四祖師子尊者──二十五祖婆舍斯多──二十六祖不如密多──二十七祖般若多羅──二十八祖菩提達摩。

〔註138〕（唐）道宣，《續高僧傳》，卷十六，習禪〈菩提達摩傳〉。

〔註139〕東土六祖為：初祖菩提達摩──二祖慧可大師──三祖僧粲大師──四祖道信大師──五祖弘忍大師──六祖慧能大師。

〔註140〕閻浮，又作剡浮，州名。釋道宣《釋迦氏譜》：「須彌山南一城之都名也。」這裡代指五天竺。

〔註141〕（唐）道宣，《續高僧傳》，卷十六，習禪〈菩提達摩傳〉。

梁武帝，兩人有一段對話，武帝問他，我一生造像建寺無數，有沒有功德？達摩告訴梁武帝沒有。武帝又問，現在我面前是誰？達摩說不識。〔註142〕這一段故事，《續高僧傳》中並未記載，但在後來的禪史中才大力的渲染。這個傳說所反映的是達摩禪與南方義學的異趣，並抬高達摩的思想道宣有一段記載，「於時合國盛弘講授，乍聞定法，多生譏謗。」〔註143〕大致也是在反映達摩禪法與南方義學的相異。

　　據道宣《續高僧傳》〔註144〕所記的達摩禪法為：「如是安心，謂壁觀也；如是發行，謂四法也。如是順物，教護譏嫌；如是方便，教令不著。」這裡所提到的「安心」「發行」「順物」「方便」，都是為了「入道之門」。主要有理入以及行入兩個要點，理入為慧，行入屬定。

　　所謂「理入」是以如來藏緣起理論為指導而進行壁觀，道宣記載曰：「理入者，深信含生同一真性，客塵障故，令捨偽歸真，凝住壁觀，無自無他，凡聖等一，堅住不移，不隨他教，與道冥符，寂然無為。」〔註145〕首先必須要認識到自性即佛，只是因為心暫時被塵垢障覆，而不能顯現，若能夠消除塵垢，自然就可以恢復真性。最具體的方法就是修「壁觀」，達到心如牆壁，無偏無執的狀態，觀照到自性與佛的同一。

　　至於「行入」分為四種——「報怨行」、「隨緣行」、「無所求行」、「稱法行」。

　　「報怨行」是要求以無怨心努力修行，其具體內容是：「初報怨行者，修道苦至，當念往劫捨本逐末，多起愛憎，今雖無犯，是我宿作，甘心受之，都無怨訴。」〔註146〕亦即眾生現在痛苦的狀態都是由於自己在過去世中長期無明造作的結果，即使現在已經不這樣，但是以往行為造作的後果卻存在身上，對於此種情形，不可存有任何怨恨之心，而是要平心靜氣接受這個結果。

〔註142〕據《景德傳燈錄》，卷三，〈第二十八祖菩提達摩〉所記載：「帝問曰：『朕即位已來，造寺寫經度僧不可勝紀，有何功德？』師曰：『並無功德，』帝曰：『何以無功德？』師曰：『此但人天小果有漏之因，如影隨形雖有非實。』帝曰：『如何是真功德？』答曰：『淨智妙圓，體自空寂，如是功德，不以世求。』帝又問如何是聖諦第一義？師曰：『廓然無聖。』帝曰：『對朕者誰？』師曰：『不識。』帝不領悟，師知機不契，是月十九日潛迴。」
〔註143〕（唐）道宣，《續高僧傳》，卷十六，〈菩提達摩傳〉。
〔註144〕（唐）道宣，《續高僧傳》，卷十六，〈菩提達摩傳〉。
〔註145〕（唐）道宣，《續高僧傳》，卷十六，〈菩提達摩傳〉。
〔註146〕（唐）道宣，《續高僧傳》，卷十六，〈菩提達摩傳〉。

　　「隨緣行」是要求隨順各種因緣，於事不生起分別之心，其內容是：「隨緣行者，眾生無我，苦樂隨緣，縱得榮譽等事，宿因所構，今方得之，緣盡還無，何喜之有？得失隨緣，心無增減，違順風靜，冥順於法也。」〔註147〕也就是對於人生的得失成敗，都不要去分別計較，不因得而生一絲歡喜之心，不因失而生一毫悲苦之心，得失都由緣，緣至而有，緣散而無。

　　「無所求行」要求去除各種貪著之心，無作無為，其內容是：「世人常迷，處處貪著，名之為求。道士悟真，理與俗反，安心無為。形隨運轉，三界皆苦，誰而得安？」〔註148〕真俗之間的分別，一般世俗人不識真性，捨本逐末，若真能悟到虛寂的心體，無所求取，則能內心安定。

　　「稱法行」，也就是「性淨之理也」。通過上述三種修行方法而證得自性清淨心，與自性清淨心相稱，或者說是以自性清淨心的理論來指導修行，稱法而行。

　　依道宣記載，達摩祖師「以四卷《楞伽》授可，曰『我觀漢地，唯有此經，仁者依行，自得度世。』」〔註149〕慧可是達摩的弟子，亦是東土二祖，他曾有斷臂求法的傳說。〔註150〕慧可門下的弟子很多，這些人常探討《楞伽經》的大意，形成楞伽宗系統，這一系統，道宣又記為「南天竺一乘宗」。〔註151〕其主要是闡發對《楞伽》的理解。

　　至於菩提達摩的晚年，有各種不同的記載，楊衒之記為不知所終，唐智炬〈寶林傳〉則記為被菩提流支害死的。還有關於達摩隻履西歸的傳說。〔註152〕

〔註147〕（唐）道宣，《續高僧傳》，卷十六，〈菩提達摩傳〉。

〔註148〕（唐）道宣，《續高僧傳》，卷十六，〈菩提達摩傳〉。

〔註149〕（唐）道宣，《續高僧傳》，卷十六，〈慧可傳〉。

〔註150〕據（唐）道宣，《續高僧傳》，卷十六，〈慧可傳〉所記載：二祖慧可，原名神光。少通世典，長習竺墳。出家後，善大小乘，定中見神人指示南詢，得參初祖於少林，勤懇備至莫聞誨勵。冬夜侍立，積雪過膝，繼而斷臂求法。祖始自易其名曰慧可，問曰：「我心未寧，乞師與安。」祖曰：「將心來與汝安！」可良久曰：「覓心了不可得。」祖曰：「我與汝安心竟！」後付袈裟以表傳法，即說偈曰：「吾本來茲土，傳法救迷情，一花開五葉，結果自然成。」又曰：「有楞伽經四卷，亦用付汝，即是如來心地要門，令諸眾生開示悟入。」

〔註151〕（唐）道宣，《續高僧傳》，卷二十七，〈法沖傳〉。

〔註152〕《五燈會元》東土祖師【初祖菩提達摩大師】：「魏宋雲奉使西域回，遇祖於蔥嶺，見手攜隻履，翩翩獨逝。雲問：『師何往？』祖曰：『西天去！』雲歸，具說其事，及門人啟壙，唯空棺，一隻革履存焉。舉朝為之驚嘆。奉詔取遺履，於少林寺供養。」

　　在後來注重法統的禪宗史上，達摩的地位被大大提高起來，特別是禪宗慧能南派的後代弟子，把達摩神化，從一位歷史人物神化爲一位具有極大神通的神僧。回到最原點上來看待達摩，他所修持的是以《楞伽經》爲禪要的楞伽禪，但這卻是後世禪宗的起點，從這一層意義來看達摩在中國禪宗史上的地位就顯得非常重要。

　　在達摩所流下來的作品中，主要是〈讖詩〉以及〈付法頌〉。這些作品大多見於《祖堂集》〔註153〕、《景德傳燈錄》〔註154〕、《五燈會元》中。檢視詩歌中所言皆達摩身後事，可以推論作者應該不是達摩本人，可能爲後人所僞作，作者應是南宗禪僧。讖詩中所述的事件以石頭希遷、馬祖道一最遲，可見作者至少是青原思下三世或者是南嶽下三世僧。今在此討論達摩的作品，主要是著眼於〈讖詩〉以及〈付法頌〉的題材與內容的討論，而對於作品的眞僞暫且不探討。

　　　　吾本來唐國，傳教救迷情。一花開五葉，結果自然成。(〈付法頌〉)
這首作品是達摩祖師傳法給二祖慧可大師時所說的偈頌，所以稱之爲「付法頌」。詩中將達摩何以要來中土的本意，以及傳法於慧可以後，禪宗未來的情形也大致作了預言。「傳教救迷情」，是當初達摩祖師不畏千辛萬苦遠渡重洋，自印度來到中國最主要的原因，也就是希望可以把禪法傳入中國，爲眾生開出一條光明的道路。至於「一花開五葉」則是指禪宗在六祖惠能以後分成五派──臨濟宗、潙仰宗、曹洞宗、雲門宗、法眼宗。〔註155〕

　　〈讖詩〉中所謂「讖」，驗也。「凡讖緯皆言將來之驗也。」《四庫提要》謂：「讖者，詭爲隱語，預決吉凶。」〔註156〕目前所收錄的讖詩有二十四首，

〔註153〕《大正藏》，卷五十一，No.2076。
〔註154〕（宋）普濟，《五燈會元》，台北市：文津出版社，1991年。
〔註155〕南宗禪傳承簡表：
　　　惠能　荷澤神會
　　　青原行思－石頭希遷－藥山惟儼－雲岩曇晟－洞山良价－曹山
　　　　　　　　　　　　　　　　　　　　　　　　本寂（曹洞宗）
　　　　　　　　　　　天皇道悟－德山宣鑒－雪峰義存－雲門
　　　　　　　　　　　　　　　　　　　　　　　文偃（雲門宗）
　　　　　　　　　　　　　　清涼文益（法眼宗）
　　　南嶽懷讓－馬祖道一－百丈懷海－　潙山靈佑－仰山慧寂（潙仰宗）
　　　　　　　　　　　　　　　　　　黃檗希運－臨濟義玄（臨濟宗）
〔註156〕東漢時有所謂讖緯之學，謂讖錄圖緯，占驗術數之書也。《文選》左思〈魏都賦〉：「藏氣讖緯，閟象竹帛。」李善注：「讖，驗也。河洛所出書曰讖，」向

這些作品共同的特色就是——以預言未來即將發生的事情為主。也就是作品中的遣詞用字都是意有所指的，茲舉例如下：

　　　跨行跨水復逢羊，獨自恓恓暗渡江。

　　　日下可憐雙象馬，〔註157〕兩株懶桂久昌昌。

這一首是描述達摩自天竺來到中國的情形，以及來到中土之後的遭遇。首先「跨行跨水復逢羊」是說達摩自天竺來到中土，是跨海經過三年的時間，初到廣州，次年入梁國。「獨自恓恓暗渡江」，是指達摩初至中國，梁武帝遣使迎入建業，但是與梁武帝語不相契，所以就隻身「一葦渡江」至魏國，故云獨自苦恓暗自渡江。最後一句「兩株懶桂久昌昌」，兩株即二木，合之二木即是「林」，而「懶桂」為少，所以「兩株懶桂」是指少林寺。達摩來到魏之後，對於當時看似興盛的佛教，但細探方知是小乘之法，心中甚為失望，乃至少林寺面壁九年，之後才弘傳大乘佛法，故云「久昌昌」。這首詩和佛理詩在詩中描述佛理的風格是迥然不同的，而是純粹作預言式的描寫。

　　　心中雖吉外頭凶，川下僧房名不中。

　　　為遇毒龍生武子，忽逢小鼠寂無窮。

歷史上有所謂的「三武之禍」，〔註158〕這是達摩預言在北周武帝時代，佛教會遭遇到一次大災難的讖詩。「心中雖吉外頭凶」，心中吉就是「周」字，指的是北周。而「外頭凶」是在說周武帝無道橫行禁止佛教。這純粹是在文字中暗藏玄機，若非明眼人，想要明白其中含意恐非易事。第二句「川下僧房名不中」，一般俗號僧房為「邑」，「川下邑」即為邕字，北周武帝姓宇文，名泰邕。「名不中」則指其禁止佛教的事。後二句的「毒龍」是指武帝之父，「武子」則是指武帝，北周武帝在庚子年過逝，「小鼠」指的就是庚子年。基本上來說，這首詩和上一首一樣，完全是預言的作品，在文學藝術上不具太大的意義，但是對於佛教的發展而言，卻有一的意義。

　　　震旦〔註159〕雖闊無別路，要假侄孫腳下行。

　　　金雞解銜一顆米，供養十方羅漢僧。〔註160〕

　　　注：「讖，讖書，預言王者之興亡也。」

〔註157〕日下，指京都。雙象馬，指寶誌大師、傅大士。

〔註158〕三武之禍，是指北魏太武帝、北周武帝以及唐武宗三位，對於佛教加以破壞並禁止，對當時佛教傷害非常大，影響亦深遠。

〔註159〕震旦，即中國也。又作振旦、真丹、近人或云震即秦，乃一聲之轉，旦若所謂斯坦，於義為地，蓋言秦地也。

這首作品是在描寫南嶽懷讓化導眾生的事跡。首句「震旦雖闊無別路」，意為中國的大唐雖然非常的廣闊，但是只有一心之法，特指懷讓禪師的化導。懷讓是金州安康人，故以「金雞」來指稱，「一顆米」指的是道一，懷讓後來傳法嗣予江西的馬祖道一。馬祖道一當時是漢州十方縣羅漢寺出家的僧侶，所以最後一句說「供養十方羅漢僧」，此句中的供養是付法之意。

第四節　寶誌的生平與詩作

一、寶誌的生平

　　日人牧田諦亮的〈寶誌和尚傳考〉〔註161〕是現今研究寶誌生平思想非常重要的文章，牧田先生是就六朝時代在齊梁間的神異僧人寶誌和尚，成為十一面觀音的應化，受到朝野的尊信，將其受封為神的過程作一探討，並就史料中抽絲剝繭釐清寶誌的原始風貌。同時牧田純就寶誌和尚的流傳以及在日本歐傳的寶誌故事都一概加以說明，對於研究寶誌大師幫助很大，這也是目前所見到最完整的研究。另外是洪修平〈從寶誌、傅大士看中土禪風之形成〉〔註162〕與蔡日新〈從寶誌與善會看中國禪宗思想的源起〉，〔註153〕對研究寶誌的禪學思想亦有助益。

　　寶誌（AD418～514），世稱誌公、寶公，其傳記在《高僧傳》卷十〈神異〉篇中有記載。俗姓朱，金城人（今江蘇句容）。早年於建康道林寺出家，師事僧儉，修禪業。宋泰往來揚都，時或賦詩，每似讖記。披髮徒跣，齊武帝以其惑眾，收付建康獄中。齊亡，梁武帝解其禁，迎入內宮，深為崇敬，每與長談，所言皆經論義。

二、寶誌的詩作

　　目前所收錄的作品一共有 43 首作品，如下表所列：

〔註160〕羅漢，阿羅漢之略，小乘之極果也。一譯殺賊，殺煩惱賊之義。二譯應供，當受人天供養之意。三譯不生，永入涅槃不再受生死果報之意。

〔註161〕見《中國佛教史學史論文集》，頁 58，台北市：大乘文化出版社，1978 年初版。

〔註162〕見《中國文化月刊》，卷一七二，民國 83 年 2 月。

〔註153〕見《內明》，卷二九八，民國 86 年 1 月。

詩　　　　題	體　裁	言　數
讖詩五首	預言詩	五言
大乘讚十首	佛理詩	六言
十二時頌	佛理詩	雜言
十四科頌 　　菩提煩惱不二 　　持犯不二 　　佛與眾生不二 　　事理不二 　　靜亂不二 　　善惡不二 　　色空不二 　　生死不二 　　斷除不二 　　眞俗不二 　　解縛不二 　　境照不二 　　運用無礙 　　迷悟不二	佛理詩	六言
偈	佛理	七言
預言	讖詩	五言

　　以上寶誌的作品，可分兩大類，一爲預言式的讖詩，另一爲宣說佛理的佛理詩。

　　所謂的〈讖詩〉，是一種預言性質的詩。

　　　　樂哉三十餘，悲哉五十裏。但看八十三，子地妖災起。佞臣作欺妄，
　　　　賊臣滅君子。若不信吾語，龍時侯賊起。且至馬中間，銜悲不見喜。

據《隋書·五行志》所記載，這首詩作於梁天監三年六月八日「武帝講於重雲殿，沙門誌公忽然起舞歌樂，須臾悲泣，賦五言詩云云」。首二句「樂哉三十餘，悲哉五十裏」依《隋書·五行志》中記載：「梁自天監至於大同，三十餘年，江表無事。至太清二年，臺城陷。帝享國四十八年，所言『五十裏』也。太清元年八月十三日，而侯景自懸瓠來降，在丹陽之北子地。帝惑朱異

之言以納景。景之作亂，始自戊辰之歲，至午年，帝憂崩。」在武帝八十三歲時，同泰寺發生火災，之後侯景叛梁，自稱漢帝，歷史上稱之為「侯景之亂」，當年正值戊辰年，地支辰屬龍；至於武帝死於太清三年己巳，在戊辰與庚午之間，地支午屬於馬，所以詩云：「龍時侯賊起，且至馬中間，銜悲不見喜。」

在《南史·侯景傳》中亦有一首寶誌作的讖詩，詩的內容是：

> 掘尾狗子自發狂，當死未死齧人傷。須臾之間自滅亡，起自汝陰死
> 三湘。

根據《南史》所載，此詩作於天監十年四月八日。《隋書·五行志》亦有關於此詩的記載，只是在文字上有一些出入，最後多了一句「橫尸一旦無人藏」。《南史》中敘述此詩預言的內容，文中提到：「狗子，景小字。山家小兒，猴狀。景遂覆陷都邑，毒害皇家。初自懸瓠來降，懸瓠即昔之汝南也。巴陵有地名三湘，景奔敗處。」至於第二句所言「當死未死」，是意指侯景先以私眾投靠北魏爾朱榮，待爾朱榮被齊神武帝所弒之後，侯景遂降武帝；齊神武帝崩駕之後，侯景又請降於梁武帝。所以「當死未死齧人傷」，是說侯景反覆無常，屢遭危險當死未死也。第四句「起自汝陰死三湘」，是說侯景起自汝水之南，指懸瓠城，「三湘」指湖南，為侯景奔敗處。上面所舉的兩首預言性質的「讖詩」，在古代已有創作，多半的讖詩都是在事件發生後所作，所以言之鑿鑿。

寶誌的作品有許多是論述佛理的，如〈大乘讚〉十首〈十二時頌〉，〈十四科頌〉等。這三組詩共 36 首詩，主要是在宣說佛理，詩中引用大量的佛教用語來闡述佛法的思想，如〈大乘讚〉，其詩云：

> 大道常在目前，雖在目前難睹。若欲悟道真體，莫除色聲言語。言語
> 即是大道，不假斷除煩惱。〔註164〕煩惱本來空寂，妄情〔註165〕遞相
> 纏繞。一切如影〔註166〕如響，〔註167〕不知何惡何好。有心取相為實，

〔註164〕煩惱，梵語吉隸舍，貪欲瞋恚愚癡等諸惑，煩心惱身，謂為煩惱。《大智度論》：「煩惱者，能令心煩而作惱故，名為煩惱。」《摩訶止觀》八曰：「煩惱是昏煩之法，煩亂心神，又與心作煩，令心得惱，即是見思利鈍。」《唯識述記》：「煩是擾義，惱是亂義，擾亂有情故名煩惱。」

〔註165〕妄情，虛妄不實之情識也。《唯識論》一曰：「隨自妄情種種計度。」《順正理論》二十三曰：「又彼所說唯率妄情。」

〔註166〕如影，為大乘十喻之一《金剛般若波羅蜜經》：「一切有為法，如夢幻泡影，如露亦如電，應作如是觀。」

定知見性不了。若欲作業〔註168〕求佛，業是生死大兆。生死業常隨身，黑闇獄中未曉。悟理本來無異，覺後誰晚誰早。法界〔註169〕量同太虛，〔註170〕眾生智心自小。但能不起吾我，涅槃法食〔註171〕常飽。

這首詩基本上是在敘述凡夫眾生，由於迷惑不識本我眞性，以致於不斷流轉於生死苦海之中，即使坦蕩的大道在眼前，但是一般凡夫迷惑顛倒，卻無法見到，故云「生死業常隨身，黑闇獄中未曉」。詩中亦運用大量的佛典用語，如「眞體」、「煩惱」、「妄情」、「如影」、「如響」、「生死業」、「涅槃」、「法食」等，這些詞彙的運用，代表作者對於佛理的融通與深入。在〈大乘讚〉十首詩中幾乎都是如此。

世間幾許癡人，將道復欲求道。廣尋諸義紛紜，自救己身不了。專尋他文亂說，自稱至理妙好。徒勞一生虛過，永劫沉淪生老。濁愛纏心不捨，清淨智心自惱。眞如法界叢林，返作棘荒草但執黃葉爲金，不悟棄金求寶。所以失念狂走，強力裝持相好。口內誦經誦論，心裏尋常枯槁。一朝覺本心空，具足眞如不少。

這首詩的意旨和上一首非常相近，是在闡述世間的凡夫愚癡不悟眞理，只是一味的在外界事相上失念狂走，雖然「口內誦經誦論」但是心裡卻是「尋常枯槁」，以致於終其一生都是「徒勞一生虛過，永劫沉淪生死」。綜觀世間的凡夫，似乎這是相當普遍的現象，渾渾噩噩過一生的人非常多，即使有學佛的人，也多半心口不一，雖有誦經念佛，但是心中並非眞實力行。寶誌大師指出一個非常重要的關鑑，就是「覺本心空」，如此方能「具足眞如」。

〔註167〕如響，大品經所說十喻之一。《大智度論》六曰：「若深山峽谷中，若深絕澗中，空大舍中，若語聲若打聲，，從聲有聲名爲響。無智人謂爲有人語聲，智者心念，是聲無人作，但以聲觸故名爲響。響事空能誑耳根……諸菩薩知諸法如響。」

〔註168〕業，梵語竭磨。身口意善惡無記之所作。其善性惡性，必感苦樂之果，故謂之業因。其在過去者謂爲宿業，現在者謂爲現業。

〔註169〕法界，又曰法性，亦曰實相。法界之義有多種，以二義釋之，一約理，一約事。就事而言，法者諸法也，界者分界也。諸法各有自體，而分界不同故名法界。然則法界者，法之一一名爲法界，總該萬有亦謂之一法界。約理而言，眞如之理性，而謂之法界，或謂之眞如法性、實相、實際，其體一也。

〔註170〕太虛，指浩浩宇宙之虛空也，畢竟無爲無物。

〔註171〕法食，如法之食物也。佛法中食物有法制，依其法制之食，謂之法食。《行事鈔》下：「增一云，如來所著衣名曰袈裟，所食者名爲法食。」

　　〈十二時頌〉這組詩一共是十二首詩，它的特色是把一天的十二個時辰來宣說佛理，如「平旦寅」「日出卯」「食時辰」「禺中巳」「日南午」……「夜半子」「雞鳴丑」等。

　　食時辰，無明〔註172〕本是釋迦身。坐臥不知元是道，只麼忙忙受苦辛。認聲色，覓疏親，只是他家染污人。若擬將心求佛道，問取虛空始出塵。

　　晡時申，學道先須不厭貧。有相本來權積聚，無形何用要安真。作淨潔，卻勞神，莫認愚癡〔註173〕作近鄰。言下不求無處所，暫時喚作出家人。

　　日入酉，虛幻聲音終不入。禪悅〔註174〕珍羞尚不餐，誰能更飲無明酒。沒可拋，無物守，蕩蕩逍遙不曾有。縱你多聞達古今，也是癡狂外邊走。

　　黃昏戌，狂子興功投暗室。假使心通無量時，歷劫何曾異今日。擬商量，卻啾唧，轉使心頭黑如漆。晝夜舒光照有無，癡人喚作波羅蜜。〔註175〕

〈十二時頌〉詩中前面的時間是沒有太大的意義，重點在後面的詩句中所宣說的佛理。這十二首詩中前後並無次第的關連，每一首都是獨立的，雖然有些詩的意思有重覆的地方，但是大致上來說，所表達的方式不盡相同。如「食

〔註172〕無明，謂闇鈍之心無照了諸法事理之明，即癡之異名。《大乘義章》二曰：「於法不了為無明。」同四曰：「言無明者，癡闇之心，體無慧明，故曰無明。」《唯識論》六曰：「云何為癡，於諸事理迷闇為性，能障無癡一切雜染所依為業。」

〔註173〕愚癡，三毒之一，心性闇昧，無通達事理之智明也。與無明同。《法界次第》上曰：「迷惑之性，立之為癡，，若迷一切事理，無明不了，迷惑妄取，起諸邪行，即是癡毒，亦名無明。」

〔註174〕禪悅，入於禪定，快樂心神也。《華嚴經》：「若飯食時，當願眾生禪悅為食，法喜充滿。」《維摩經方便品》：「雖復飲食而以禪悅為樂。」禪悅食，二食之一，以禪定閑寂之樂養身心者。《法華經弟子授記品》：「其國眾生常以二食，一者法喜食，二者禪悅食。」《心地觀經》：「唯有法喜禪悅食，乃是聖賢所食者。」

〔註175〕波羅蜜，譯言究竟、到彼岸、度無極，又單譯度。以名菩薩之大行，能究竟一切自行化他之事，故名事究竟，乘此大行能由生死之此岸到涅槃之彼岸，故名到彼岸，因此大行能度諸法之廣遠，故名度無極。《大乘義章》十二曰：「波羅蜜者，是外國語。此翻為度，亦名到彼岸……波羅者岸，蜜者是到。」

時辰」這首，「無明本是釋迦身，坐臥不知元是道。」所要說明的是佛與眾生不二的道理，差別在於眾生迷而不悟，以致馳逐聲色六塵；而佛是大覺大悟之人，對一切萬法的真相都通達無礙，所以能自在無礙。若是眾生能夠「將心求佛道」，窮究佛與眾生不一不異的道理，同時能夠明白「眾生皆有佛性」的道理，則可以擺脫塵俗。至於「晡時申」這首，「學道先須不厭貧。有相本來權積聚，無形何用要安真。」所要說明的是學習佛法必須要能安於貧賤，且要認清楚錢財名利等外物皆是虛幻不實的，所謂「有相本是權積聚」。在佛法的觀點，外在的一切包括山河大地、名聞利養等都是因緣假合而成，當因緣散去，這些亦復歸於空無。但一般人不明白這點，認假為真所以會生出種種的煩惱，執迷不悟。

「日入酉」這首詩提到「虛幻聲音終不久」，所指的是世間的聲色皆是虛幻不實，終究是短暫且虛假，老子亦有言曰：「五色令人目盲；五音令人耳聾；五味令人口爽；馳騁畋獵，令人心發狂。」〔註176〕所以對治的方法是「禪悅為食」，以禪定閒寂之樂養身心，不在外境上馳逐。換句話說，就是要在佛法上努力，精勤行道，若非如此，最後仍是「蕩蕩逍遙不曾有」「縱你多聞達古今，也是癡狂外邊走」。

〈十四科頭〉是寶誌宣說佛理最為透闢的作品，一共有十四首。這十四首作品都有各自的標題，如「持犯不二」，〔註177〕所說是保持戒律與侵犯戒律是沒有分別。這如何詮釋？其詩文如下：

> 丈夫運用無礙，不為戒律所制。持犯本自<u>無生</u>，愚人被他禁繫。智者造作皆空，聲聞觸途為滯。<u>大士</u>〔註178〕肉眼神通，<u>二乘</u>〔註179〕天眼有瞖。空中妄執有無，不達色心無礙。菩薩與俗同居，清淨曾

〔註176〕出自《老子》，第十二章。「五色令人目盲；五音令人耳聾；五味令人口爽；馳騁畋獵，令人心發狂。難得之貨，令人行妨。是以聖人為腹不為目，故去彼取此。」

〔註177〕持犯，持即保持戒律，有止持、作持二種。犯即侵犯戒律，亦有作犯、止犯二種。

〔註178〕大士，菩薩之通稱也，或以名聲聞及佛。士者凡夫之通稱，謂別於凡夫而稱為大。又士者事也，為自利利他之大事者，謂之大士。

〔註179〕二乘，一聲聞乘，聞佛之聲教，觀四諦而生空智，因斷煩惱者。二緣覺乘，又名獨覺乘。根機銳利，非由佛之聲教，獨自觀十二因緣而生真空智，因斷煩惱者。此二乘有二類，一愚法二乘，於現世之中不回心向大，而入於涅槃者。二不愚法二乘，於現世之中回心而為菩薩乘之人。

　　無染世。愚人貪著涅槃，智者生死實際。法性〔註180〕空無言説，緣
　　起略無些子。百歲無知小兒，小兒有智百歲。

這首作品前四句「丈夫運用無礙，不爲戒律所制。持犯本自無生，愚人被他
禁繫」，是詮釋「持犯不二」的道理，這裡提到「無生」的觀念，無生是指涅
槃之眞理無生亦無滅，觀無生之理可以破生滅之煩惱。所以要作到「持犯不
二」，要能夠運用無礙，不受到戒律限制，就要通達無生的道理。

　　要眞正做到持犯不二，一般凡夫眾生不可能辦到，即使是二乘（聲聞、
緣覺）也辦不到，只有斷惑證眞的菩薩能夠「與俗同居，清淨曾無染世」。但
是詩中提到若是能明白法性空寂的道理，如此「小兒有智百歲」，雖是三歲小
孩若是具有智慧，其與百歲智者等同。

〈佛與眾生不二〉

　　眾生與佛無殊，大智不異於愚。何須向外求寶，身田自有明珠。正
　　道邪道不二，了知凡聖同途。迷悟本無差別，涅槃生死一如。究竟
　　攀緣〔註181〕空寂，惟求意想清虛。無有一法可得，蕭然〔註182〕自
　　入無餘。〔註183〕

釋迦牟尼佛在菩提樹下初成道時，他就說過：「奇哉！奇哉！大地眾生皆具如
來智慧德相，但以妄想執著不能證得。」眾生與佛都一樣具有如來智慧德相，
即都具有光明無染污的佛性，差別在於佛菩薩心無所染污，所以顯現出來的
是光明遍照的眞如本性。而眾生呢？由於妄想執著，眞如本性被重重的煩惱
所蒙蔽，若能透過修行的方法，讓光明的眞如本性顯現出來，則可以達到成
佛的境界。故詩云「何須向外求寶，身田自有明珠。」此「明珠」指的就是
眾生都具有的佛性，是不須向外馳求的。寶誌大師這樣的思想是大乘菩薩的
觀念，在佛最後一次的法會──「靈山會」上，釋迦牟尼佛就開權顯實〔註184〕
的說眾生皆當成佛，這就是對「佛與眾生不二」作最好的註解。

〔註180〕法性，又名實相眞如、法界。性之爲言體也，不改也，眞如爲萬法之體，在
　　　　染在淨在有情數在非情數，其性不改不變，故曰法性。
〔註181〕攀緣，佛教常用的詞語，攀取緣慮之意，指心執著於某一對象的作用。
〔註182〕蕭然，指自然超脱貌。
〔註183〕無餘，無餘殘無餘蘊也。謂事理之至極也。如無餘涅槃、無餘説、無餘修等。
〔註184〕開權顯實，權者方便，實者眞實，開方便以顯眞實。《法華經》：「開方便門，
　　　　示眞實相。」

第五章　六朝僧侶詩的類別分析

六朝僧侶的詩作，所包含的類別相當豐富，此依現存的作品作分類，大致可以分為以下幾類：

1. 玄言詩
2. 山水詠懷詩
3. 詠物詩
4. 宮體詩
5. 佛理詩
6. 讖詩

在這一章中筆者嘗試將各種題材的定義作釐清，並就僧侶的詩作來作說明，藉以呈現僧詩在六朝時的大致風貌，以及僧詩創作內容的多樣性。

事實上，在這些類別中除了佛理詩以及讖詩之外，其它的內在當時的文士中已經大量的創作。但是由於僧侶的特殊身份，以致他們在創作時自然會呈現出不同的風格與思想。

第一節　玄言詩與「微言盡意」

玄言詩是魏晉詩歌中的重要流派，它的主要特點在於以詩歌的形式談玄，詩句與玄言似乎沒有很明顯的差別。所謂的玄言詩是以老莊玄學為主要內容的詩。先舉南朝典籍中的記載來看：

> 有晉中興，玄風獨振，為學窮於柱下，博物出乎七篇，馳騁文辭，

義殫乎此。自建武賢乎義熙，歷載將百，雖綴響聯辭，波屬雲委，莫不寄言上德，託意玄珠，遒麗之辭，無聞焉爾。〔註1〕簡文勃興，淵乎清峻，微言精理，函滿玄席，淡思濃采，時灑文囿。……自中朝貴玄，江左稱盛，因談餘氣流成文體。是以世極迍邅，而辭意夷泰。詩必杜下之旨歸，賦乃漆園之義疏。〔註2〕

永嘉時，貴黃、老，稍尚虛談。於時篇什，理過其辭，淡乎寡味。爰及江表，微波尚傳，孫綽、許詢、桓、庾諸公詩，皆平典似道德論，建安風力盡矣。〔註3〕

江左風味，盛道家之言，郭璞舉其靈變，許詢極其名理，仲文玄氣，猶不盡除，謝混清新，得名未盛。〔註4〕

由以上的記載顯現出玄言詩是「杜下之旨歸」、「漆園之義疏」，為道家的老莊之言，這表明玄言詩是深受老莊影響的詩作。至於含有佛理的玄言詩是否也可以一併討論呢？

據劉宋・檀道鸞曾論述：

正始中，王弼、何晏好老莊玄勝之談，而世遂貴焉。至過江尤勝，故郭璞五言始會合道家之言而韻之。詢及太原孫綽轉相祖尚，又加以三世之辭，而詩騷之體盡矣。詢綽並為一時文宗自此作者悉體之，至義熙中謝混始改。〔註5〕

檀氏認為玄言詩是受到正始期間何晏與王弼等清談風氣的影響所形成的江左的詩體。郭璞的「會合道家之言」標示玄言詩的正式開始，為玄言詩的創始者。而孫綽、許詢為玄言詩盛行階段的代表詩人。至於義熙年間為玄言詩的終點。關於玄言詩的具體內容，乃是以「道家之言」為主，至孫、許又加入三世之辭，兼帶闡述佛理。

檀道鸞將東晉含有佛學三世因果思想的詩歌也納入玄言詩的範疇內。這樣的定義是否恰當？含有佛理的詩歌可否算作玄言詩？這些問題是對僧侶所創作的玄言詩內容分析之前，所必須釐清的。

〔註1〕《宋書・謝靈運傳論》。
〔註2〕《文心雕龍・時序》。
〔註3〕鍾嶸《詩品序》。
〔註4〕《南齊書・文學傳論》。
〔註5〕《世說新語・文學篇》轉引檀道鸞《續晉陽秋》。

一、玄言詩內容的界定

沈約〈故安陸昭王碑文〉〔註6〕中指出：「學遍書部，特善玄言。」唐李翰注云：「玄言，談道也」，「玄言」即是魏晉所流行的談論之道，亦即「清談」是也。

據唐翼明的說法，吾人今天所說的「魏晉清談」，在魏晉當時並非稱爲「清談」，而是稱爲「言」、「談」、「說」、「道」……等二十多種稱呼，〔註7〕其中「玄言」即包括在內，這是魏晉人所稱指談玄之詞。

唐先生又指出：「標準的清談談的是抽象，形而上的理，而不是具象的，形而下的事。這就是當時人說的『理』、『名理』、『虛勝』、『玄遠』、『義理』、『微言』、『玄言』、『道』等等。」〔註8〕

玄言詩乃是受到清談的語言影響而成，直接以清談（玄言）爲名，而且是以「清談」所談論的形而上之理爲其內容的詩體。所以當時清談所探討的內容都有可能是「玄言詩」的內容。

顏之推《顏氏家訓》：〔註9〕

> 何晏、王弼，祖述玄宗，遞相誇尚，景附草靡，……直取其雅論，辭鋒理窟，剖玄析微，妙得入神，賓主往復，娛心悅耳。然而濟世成俗，終非急務。泊自梁世，茲風復闡，《莊》、《老》、《周易》總謂三玄。

除了以「三玄」爲主要談論的內容，魏晉思想家也對經典重新加以解釋，並提出新的創見，如「本末有無之辨」、「言意之辨」、「自然名教之辨」、「才性之辨」、「聖人有情無情之辨」等，這些論題往往是在清談中形成的，而後來的清談又進一步豐富這些論題，如此往復討論談辨，學術哲理便不斷發展。〔註10〕

清談所討論的內容乃是以「三玄」爲中心，以及由「三玄」所發展出的各種哲學命題，這些都有可能成爲「玄言詩」的內容。

至於含攝「佛理」的詩歌呢？是否可以將其劃入玄言詩的範疇呢？

佛學在東漢時代傳入中土，到了兩晉時已相當普遍，僧侶與上層貴族以及文士之間往來相當密切，文士學習佛法的風氣亦盛，佛理亦隨之成爲清談

〔註6〕 （梁）蕭統，《昭明文選》。
〔註7〕 唐翼明，《魏晉清談》，東大出版社，頁35。
〔註8〕 同上書，頁44。
〔註9〕 顏之推，《顏氏家訓》〈勉學篇〉，中華書局諸子集成本。
〔註10〕 唐翼明，《魏晉清談》，頁124。

時重要的內容。〔註11〕

《世說新語・文學》載：

> 支道林、許掾諸人共在會稽王齋頭，支爲法師，許爲都講。支通一
> 義，四坐莫不厭心；許送一難，眾人莫不忭舞。但共嗟詠二家之美，
> 不辯其理之所在。

又如：

> 有北來道人好才理。與林公相遇於瓦官寺，講《小品》。於時竺法深、
> 孫興公悉共聽。此道人語，屢設疑難，林公辨答清析、辭氣俱爽。
> 此道人每輒摧屈。〔註12〕

從上述的記載中，從參與的人士以及進行的方式來看，都是典型的清談。當時盛行的「格義佛教」即是一種玄學化的佛教，而當時佛經的講習，佛理的探討，更是完全探取了清談的形式。

東晉時的清談名士相當重視佛理，他們以爲佛理和玄學的旨趣相通，均可透徹宇宙和人生的終極之理。如《世說新語・文學》載：

> 殷中軍見佛經，云：「理亦應在阿堵上。」佛經以爲袪練神明，則聖
> 人可致。簡文云：「不知使可登峰造極否？然陶練之功，尚可證。」

既然清談名士認爲玄佛道同，且劉惔、孫綽、許詢、郗超等清談名士，都好樂佛經，佛理進入清談亦是勢之所趨。再加上僧侶（如支遁）等均善於清談，當這些思想表現詩歌作品中，便產生了當時具有玄言味道的「佛理玄言詩」。

二、內容分析

關於僧侶的佛理玄言詩，大致上可以分作幾類來說明：

（一）贈答詩

名士與僧侶的交往，是玄學與佛學交融的表徵。而事實上，玄言詩理詩的交融，也是在名士與僧侶往來的基礎上展開的。東晉時名士張翼（字君祖）與竺法頵、康僧淵之間的贈答詩，是目前可見最早的例子。〔註13〕

〔註11〕詳見本論文第二章與第三章的論述。

〔註12〕《世說新語・文學篇》。

〔註13〕張翼詩最早見錄於《廣弘明集》，卷三十，題作「陳張君祖」。馮惟訥《詩記》疑爲晉世人。逯欽立輯《晉詩》，卷十二據《法華要錄》載，張翼字君祖，乃晉成帝、穆帝時人。

　　張翼在和僧侶的贈答詩中，含有不少佛典中的術語，如〈贈沙門竺法頵三首〉之一：

　　　　止觀著無無，還淨滯空空。外物豈大悲，獨往非玄同。不見舍利弗，

　　　　受屈維摩公。

這首詩中用了「空空」〔註14〕、「大悲」〔註15〕、「舍利弗」〔註16〕、「維摩公」〔註17〕等佛教的人物、概念與術語。至於組詩的第三首：

　　　　萬物可逍遙，何必棲形影。勉尋大乘軌，練神超勇猛。

此詩中「逍遙」是出自莊子書中，而「大乘」〔註18〕則用佛典，詩中是玄言與佛理並陳。在另外一首〈答康僧淵〉詩中，亦是玄言與佛理並用。

　　　　誰不欣大乘，兆定於玄囊。……眾妙常所晞，維摩余所賞。

「大乘」與「維摩」皆是源自佛典。至於「玄囊」是指囊昔之玄學典籍。「眾妙」源於《老子》第一章「玄之又玄，眾妙之門」。

　　　至於康僧淵〈代答張君祖詩〉，以及〈又答張君祖詩〉〔註19〕二首詩作中，他除了談論佛理外，他也用了許多玄學的語彙。如〈代答張君祖詩〉：

　　　　真樸運既判，萬象森已形。精靈感冥會，變化靡不經。波浪生死徒，

　　　　彌綸始無名。捨本而逐末，悔吝生有情。胡不絕可欲，反宗歸無

　　　　生。……悠悠滿天下，孰識秋露情。

這首詩是在說明世間所有森羅萬象，都是以道為其本體，假若心靈能夠冥會於道，就能夠通達所有變化背後所蘊含的真常之理。至於輪迴於生死的眾生，也

〔註14〕空，因緣所生之法，究竟而無實體。也是假合不實的意思。《維摩經弟子品》「諸法究竟無所有，是空義。」《大乘義章》曰：「空者就理彰名，理寂名空。」
〔註15〕大悲，指偉大的慈心。給予眾生樂叫作慈，拔除眾生的苦叫作悲。
〔註16〕舍利弗，佛弟子中智慧第一。其初本為外道，值師死茫茫求道，於途中見馬勝比丘說「因緣所生法」之偈，遂出家。《增一阿含經》三：「智慧無窮，決了諸疑，所謂舍利弗比丘是。」
〔註17〕維摩詰，佛在世時毘耶離城之居士也。自妙喜國化生於此，委身在俗輔釋迦之教化，為法身大士也。佛在毘耶離城庵摩羅園，城中五百長者子詣佛所請說法時，彼故現病不往，為欲令佛遣諸比丘菩薩問其病，以成方等時彈訶之法，故其經名為《維摩經》。
〔註18〕大乘，梵語摩訶衍。大者對小而言，乘以運載為義，以名教法即大教也。《法華經譬喻品》「若有眾生從佛世尊聞法信受，勤修精進，求一切智、佛智、自然智、無師智、如來知見，力無所畏。愍念安樂無量眾生，利益天人，度脫一切，是名大乘。菩薩求此乘故名為摩訶衍。」
〔註19〕收錄於逯欽立《先秦漢魏晉南北朝詩》，《晉詩》，卷二十，《廣弘明集》，卷三十。

都是具有光明的本性，只是因爲捨本逐末，受到情欲的擾亂而喪失原有的光明本性。承如康僧會《安般守意經序》云：〔註20〕

> 情有內外，眼、耳、鼻、舌、身、心謂之內矣。色、聲、香、味、
> 細、滑、邪念謂之外也。經曰「諸海十二事」，謂內外六情之受邪行，
> 猶海受流，夫夢飯，蓋無滿足也。

說明眾生之病，在於內外情欲擾亂，和五陰〔註21〕身心之所遮蔽，以致失去本來清淨光明的本性，汲汲追逐外境而輪迴不停。

是故修行之要在於「胡不施可欲，反宗歸無生」，要求自身精神的超越和解脫，具有根本之後方有能力談度生的事宜。全詩在說明竺法頵法師隱遁之行是「反宗歸無生」的求本之行，並不違反大乘佛教欲求解脫的宗旨。雖然沒有實際的大乘行止，但是「棲守殊塗，標寄玄同」〔註22〕目標其實是相同的。詩中也慨嘆世人眞正領會佛旨的不多，當然亦包括張君祖在內。

在康僧淵的另一首詩〈又答張君祖詩〉：

> 中有沖漠士，耽道玩妙均。高尚凝玄寂，萬物息自賓。棲峙遊方
> 外，……借問守常徒，何以知反眞。

這首詩亦是玄理與佛學用語交互雜用。前八句刻劃竺法頵幽棲於華陽嶺的秀美幽絕。中間自「中有沖漠士」至「研幾通微妙，遺竟忽忘身」，一共有十四句是寫幽居山中修眞的竺法頵超然於世外，擺脫塵俗達到忘我的生活境界。說明修行者務求自身解脫，反眞求本的重要。

康僧淵在答張翼的詩中，他用了不少玄學的術語與命題。在〈代答張君祖詩序〉中指出：〔註23〕

> 雖云言不盡意，殆亦幾矣。夫詩者，志之所之，意跡之所寄也志妙
> 玄解，神無不暢。……雖棲守殊途，標寄玄同。

「言不盡意」是一個玄學命題，而他把詩看作是「意跡之所寄」，更添玄學的色彩，這是從王弼《周易略例》中「夫象者，出意者也；言者，名象者也。盡意

〔註20〕見《出三藏記集》，卷六，《大正藏》，卷五十五。

〔註21〕五陰，新譯爲蘊。陰者聚集之義。一色蘊，總該五根五境等有形之物質。二受蘊，對境而承受事物之心之作用。三想蘊，對境而想像事物之心之作用。四行蘊，其他對境關於嗔貪等善惡一切之心的作用。五識蘊，對境而了別識知事物之心之本體也。《增一阿含經》二十七「色如聚沫，受如浮泡，想如野馬，行如芭蕉，識如幻法。」

〔註22〕見康僧淵，〈代答張君祖詩序〉。

〔註23〕見《廣弘明集》，卷三十。

莫若象，盡象莫若言。」〔註24〕推演而來。康僧淵還指出，僧人和名士，「雖棲
守殊途，標寄玄同」，〔註25〕亦即雖出家、在家是不同的，但是寄託於天地萬物
則是一致的，因此在答張君祖的詩中，既有「逍遙眾妙津，棲凝於玄冥」的玄
言詩句，同時又有「悠閒自有所，豈與菩薩并。摩詰風微指，權道多所成」的
佛理。這可以說明士人與僧侶的往來，是佛理詩與玄言詩交融的契機。

（二）闡述佛理並夾雜玄言

　　僧侶的詩歌作品中，大量的滲入玄言的句子，以支遁為首。在《高僧傳》
中，可以看到對《老》、《莊》、《易》有涉略的僧侶，多半收錄於〈義解篇〉
中，據〈義解篇論〉：〔註26〕

> 夫至理無言，玄致幽寂。幽寂，故心行處斷；無言，故言語路絕，
> 則有言傷其旨；心行處斷，則作意傷其真。……但悠悠夢境，去理
> 殊隔；蠢蠢之徒，非教孰啓。是以聖人資靈妙以應物，體冥以通神。
> 借微言以津道，託形傳真。……將令乘蹄以得兔，藉指以知月。知
> 月則廢指，得兔則忘蹄。經云：依義莫依語，此之謂也。

所謂「義解」，重點即在於如何由「言」到「意」。而「言意之辨」是魏晉玄
學的中心論題。六祖以下的禪宗，以「不立文字」、「見性成佛」為特徵，這
種特徵的形成，從歷史演變的角度來看，正是魏晉以後玄學尤其是莊學與佛
學交融會通的結果。

　　佛理與玄言詩融合時，頗為注重「得意忘言」，支遁就是相當典型的例子。
支遁的作品就內容來分大致可以分為佛理、玄理與山水詩三種，在這節中只
談論玄理的部份。

　　根據梁《高僧傳》卷四，支遁本傳中所記載，支公幼有神理，聰明秀徹，
家世禮佛，早悟非常之理。年二十五歲出家，除精通般若佛理外，亦擅於老
莊之學，其外學修養可以由他的詩中屢次化用老莊之言得到證明。

　　如〈詠懷詩〉其一「苟簡為我養，逍遙使我閒」，這是出自《莊子·天運》
中「古之至人，假道於仁，託宿於義，遊逍遙之墟，食苟簡之田」〔註27〕〈詠

〔註24〕王弼，《周易略例》，〈明象篇〉。
〔註25〕玄同，指與天地萬物混同為一。《老子》：「和其光，同其塵，是謂玄同。」棲
　　　　守，指幽棲與守常，即出家與在家。
〔註26〕《高僧傳》，卷八〈義解論〉。
〔註27〕此段意指古代的至人，有時假借仁義而行，有時寄託義理而留止，遊於逍遙
　　　　的太虛，食於苟且簡陋的田地。

懷詩〉其二「道會貴冥想，罔象掇玄珠」，則出自《莊子・天地》所言：「黃帝遊乎赤水之北，……遺其玄珠。使知索之而不得，……乃使象罔，象罔得之」〔註28〕至於〈詠懷詩〉其二「巡視長羅，高步尋帝先」，「帝先」出自《老子》第四章「象帝之先」。支遁的詩中，多老莊之文句，文義亦多涉及老莊之義理。

　　支遁的玄學道家思想主要表現在《莊子・逍遙遊》的解釋。《世說新語・文學篇》云：

　　　　莊子逍遙篇舊是難處，諸名賢所可鑽味，而不能拔理於向郭之外。
　　　　支道林在白馬寺中，將馮太常共語，因及逍遙，支卓然標新理於二
　　　　家之表，立異義於眾賢之外，皆是諸名賢尋味之所不，後遂用支理。

支遁在白馬寺論〈逍遙遊〉的故事，在《高僧傳》中也有記載：〔註29〕

　　　　遁常在白馬寺，與劉繫之等談莊子逍遙篇云：「各適性以逍遙」。遁
　　　　曰不然，夫桀紂以殘害為性，若適性為得者，彼亦逍遙矣。退而注
　　　　逍遙篇，群儒舊學，莫不嘆伏。

關於支遁的新義，可以在《世說新語・文學篇》劉孝標的注中看到片斷：

　　　　夫逍遙者，明至人之心也。……至人乘天正而高興，遊無窮於放浪。
　　　　物物而不物於物，則遙然不我得。玄感不為、不疾而速，則逍遙靡不
　　　　適。此所以為逍遙也。若夫有欲，當其所足，足於所足，快然有似天
　　　　真，猶飢者一飽，渴者一盈，豈忘蒸嘗於糗糧，絕觴爵於醪醴哉？苟
　　　　非自足，豈所以逍遙乎？

支遁的逍遙是「至人」的心境至足。而要達到至足的狀態，必須超越相對的時空，斷除對物的執著，這是支遁的新義，與向秀、郭象所主張的不同。郭象認為的逍遙是「夫大小雖殊，而放於自得之場，則物任其性，事稱其能，各當其份，逍遙一分。」〔註30〕亦即只要物任其本性，各安其本份，自可逍遙自適，如前劉系之所言：「各適性之逍遙」。郭象之思考，乃是以順從自然為方向。而支遁反對以欲望的滿足為至足，是要求斷除所有的欲望，乃是採取超越自然為思考的方向，由此見得支遁是以佛學的思考角度來注解〈逍遙義〉的。

〔註28〕玄珠，比喻為大道。象罔，無心的意思。大道惟無心可以求得，所以下句說象罔得之。

〔註29〕引自（梁）慧皎，《高僧傳》，卷八，《大正藏》，卷五十。

〔註30〕見郭象，《莊子・逍遙遊》註。

　　支遁以佛學的角度解釋道家的「至人」心境，亦以道家的「至人」概念，來解釋佛教的佛，在《大小品對比要鈔序》說到佛的情形：

　　　　夫至人也，攬通群妙，凝神玄冥，虛靈響應，感通無方。……

支遁視佛教之覺者——佛陀，與道家之至人一樣，此乃是用道家的至人概念來解釋佛教之覺者。支遁在注解逍遙的本旨上，仍是在說明「至人（佛陀）之心」，假莊子的名相來解說佛家的心性。「物物而得不物於物」是逍遙的條件，這是用物而不被物所用的境界。心不被物所執役而能超越斷除對物的執著，便可以達到至人用心如鏡的自在無礙境界。所謂的「至人無己」，是說至人沒有我執，破除了我法等執著，即是修道到達極至的佛陀境界。

　　換言之，支遁認為無論佛學、玄學都可以達到最高的理想人格境界，道家之極至——「至人」與佛家之極至——「佛陀」，都是等同的。

　　支遁佛玄雙融思想表現在詩歌中，主要反映在敘述平生心境的〈詠懷詩〉與〈述懷詩〉中。〈詠懷詩〉的目的在「詠其懷抱之事」，〔註31〕詩人以第一人稱的角度將個人的心境與體悟表現在詩中。

〈詠懷詩〉其一：

　　　　傲兀乘尸素，日往復月旋。弱喪因風波，流浪逐物遷。中路高韻益，
　　　　窈窕欽重玄。重玄在何許，採真游理間。苟簡為我養，逍遙使我閒。
　　　　寥亮心神瑩，含虛映自然。疊疊沉情去，彩彩沖懷鮮。躑躅觀萬物，
　　　　未始見牛全。毛鱗有所貴，所貴在忘筌。

此詩是支遁簡要的回顧其奉佛向道的情形。前四句寫其生平遭逢動蕩，心靈亦是隨俗飄流，直到中途找到人生之正道，致力於佛玄的解脫反本之道。「重玄」即老子所謂「玄之又玄」的道體，而要體達「重玄」則必須「採真游理間」。《莊子‧天運篇》：「古之至人，假道於仁，托宿於義，以遊逍遙之墟，立於不貸之圃。」讓心靈逍遙無為，生活簡單寡欲，即可以獲致「重玄」的「採真之遊」。

　　此時心靈有利祿與得失等執著，能夠寥若晨星，以「含虛」的心態映照一切，「含虛」是「致虛寂，守靜篤……吾以觀復。」〔註32〕是可以觀萬物歸根復命的精神狀態，亦是實踐莊子「心齋」〔註33〕的境界。「含虛映自然」是以含虛

〔註31〕　《文鏡祕府論》南卷〈論文意〉，台北：學海出版社，1974年，頁121。
〔註32〕　見《老子》，第十六章。
〔註33〕　《莊子‧人間世》「若一志，無聽之以心而聽之以心，無聽之以心而聽之以氣。

的心靈狀態證到現象的本體——「道」。

「含虛映自然」也是支遁「即色是空」的般若性空思想，色是現象，空是本性。佛教要人拋棄幻相，不爲現象所惑，就現象本身悟達其本性之空。如此才能洞見眞我本性。以不執著一切的心態，澄照出自然的本性（眞如、實相）〔註34〕，即是「含虛映自然」。

在此詩最後運用玄學「得意忘言」、「得魚忘筌」之理，說明得到道體的可貴，此詩以毛鱗比喻道體。然而得到道體必須「忘筌」，也就是不執著於文字相，不執著於鏡花水月的幻相方有可能，這種忘筌的功夫是體達道體最重要的智慧。詩中所呈現的「道」是老子的「重玄」，是莊子「逍遙」的「至人」境界，亦是佛學的般若實相本體，可看出支遁融合玄佛，以玄佛道同的思想。

〈述懷詩〉其二：

> 蔥角敦大道，弱冠弄雙玄。逡巡釋長羅，高步尋帝先。妙損階玄老，
> 忘懷浪濠川。達觀無不可，吹累皆自然。窮理增靈薪，昭昭神火傳。
> 熙怡安沖漠，優游樂靜閑。膏腴無爽味，婉孌非雅絃。恢心要形度，
> 疊疊隨化遷。

這首詩所表現的幾乎都是老莊的玄理，支遁自述童年受儒家的教化，及長則沉潛於老莊之學，想以此「用之或不盈，淵兮似萬物之宗……象帝之先」〔註35〕的道體，藉以擺脫長久以來束縛身心之世網。他立志遵循老子之道路，力行「損之又損，以至於無爲」的修行妙道亦立志傚效莊子遊於濠梁之上，〔註36〕使自然山水與人格主體融合爲一的「忘我物化」精神。〔註37〕總之其目的在窮盡老莊之至理來增加靈明本性的清澈，最後使心靈達到沖和淡漠的體道境界，安住在優游靜閑的狀態中。從這首詩中表達精通佛理的支遁對老莊玄學的深刻體會。

聽止於耳，心止於符。氣也者，虛而待物者也。唯道集虛。虛者，心齋也。
簡單的說，心齋就是「無己」。」

〔註34〕眞如，眞者眞實之義，如者如常之義。諸法之體性離虛妄而眞實故云眞，常住而不變不改，故云如。《唯識論》二曰「眞謂眞實，顯非虛妄。如謂如常，表無變易。謂此眞實於一切法，常如其性，故曰眞如。」眞如，或稱自性清淨心，佛性，法身，如來藏，實相，法界，圓成實性等，皆是同體異名也。

〔註35〕見《老子》，第四章。

〔註36〕《莊子·秋水》記莊子與惠施遊於濠梁之上，見儵魚出遊從容，因辨論魚之知樂與否，後因以「濠上」指逍遙閒遊之所，寄情玄言爲「濠上之風」。

〔註37〕徐復觀《中國藝術精神》：「莊子所代表的是以無用爲用，忘我物化的藝術精神。……以恬適的感情與知覺，對魚作美的觀照，使魚成爲美的對象。」，頁99。

在〈詠懷詩〉其二中，也可以見到支遁思想中佛玄交融的情形：

> 端坐鄰孤影，眇問玄思劬。偃蹇收神轡，領略綜名書。
> 涉老咍雙玄，披莊玩太初。詠發清風集，觸思皆恬愉。
> 俯欣質文蔚，仰悲二匠徂。蕭蕭拄下迴，寂寂蒙邑虛。
> 廓矣千載事，消液歸空無。無矣復何傷，萬殊歸一塗。
> 道會貴冥想，罔象掇玄珠。悵怏濁水際，幾忘映清渠。
> 反鑑歸澄漠，容與含道符。心與理理密，形與物物殊。
> 蕭索人事去，獨與神明居。

詩一開始就出現詩人勤於悟道的形象。當悟道的過程出現窘迫時，則收起神思之轡，由思入學，涉獵經典，涉老披莊，時得佳處。然見遺文空存，哲人已逝，難免會生起人世無常之感，但是詩人隨即否認這感傷之情，他以為萬物齊一俱歸空無本是人世間真實之理，又何須傷感呢？以理釋情之後，詩人馬上回到證真入道的路上，認為要心與道會，必須「凝神玄冥」〔註38〕去除對萬物現象的執著分別心，才能領悟道體。詩人以「濁水」、「清渠」來比喻悟道前後的心境差別，悟道之人心如澄水，可以映照萬象，達到心與理密，獨與神明居的境界。

詩人因為老莊的思想而得到恬愉的心境，詩中對於「無常」與「萬法皆空」的觀照，為通往佛學解脫之精義重鑰。最後提到心如清渠「獨與神明居」的精神境界，是玄佛共同的目標，所以此詩可以清楚看到支遁佛玄雙融的思想特質。

事實上以玄佛之道為志的思想在支遁其它的作品之中都可看到。如〈詠懷〉其三：

> 中有尋化士，外身解世網。抱樸鎮有心，揮玄拂無想。

又如：

> 崇虛習本照，損無歸昔神。曖曖煩情故，零零沖氣新。（〈詠懷〉其
> 四）
>
> 昔聞庖丁子，揮戈在神往。苟能嗣沖音，攝生猶指掌。盛彼來物間，
> 投此默朗照。邁度推卷舒，忘懷附罔象。（〈詠大德詩〉）

由「崇虛習本照」、「投此默朗照」，可知支遁特別重視觀照〔註39〕的功夫。這

〔註38〕見支遁《大小品對比要抄序》中所論「至人」之境界。梁僧佑《出三藏記集》，卷八，《大正藏》，卷五十五。

〔註39〕觀照，這是佛教的術語，指觀照似智慧能照見事理。

種功夫乃是對著眼前萬物當下觀照，然後「損之又損」，將個人的私欲執著減到最低，以回歸自己本有的「昔神」。這種觀照類似於莊子的庖丁解牛「以神遇不以目視，官知止而神欲行」，〔註40〕是依天理而操戈的境界。「不見全牛」是比喻不被現象表面所迷惑，心可以清明用心如鏡，順乎事物的自然之理而行。這種觀照即是支遁「色即是空」的思想，觀一切事物當體是空，如此自然可以「損無歸昔神」、「忘懷復冏象」。

支遁詩中亦常見道家委化任運的思想。如：

　　恢心委形度，疊疊隨化遷。（〈述懷〉其二）

　　長嘯歸林嶺，瀟灑任陶鈞。（〈詠利城山居〉）

　　寄旅海漚鄉，委化同天壤。（〈詠大德詩〉）

此是以「以天地爲大鑪，以造化爲大冶」的思想，隨著天地大化的遷流變化中，追求「安時而處順哀樂不能入」〔註41〕的精神境界。

這種委化任運的思想，是以「萬法皆空」的佛法思想作爲基礎的。《楞嚴經》云：「空生大覺中，如海一漚發」，〔註42〕支遁引此典故言：「寄旅海漚鄉，委化同天壤」，將天地看作是海上瞬息即滅的小水泡，短暫渺小，當體沒有自性，而人寄旅於天地之間，比天地而言是短暫而虛無。支遁就是用這種無常的觀念來說明委化任運的思想。《金剛經》云：「一切有爲法，如夢幻泡影，如露亦如電，應作如是觀。〔註43〕」此天地人身，終當歸於空無，故應讓此身形「隨化遷」「任陶鈞」而致力於精神永恆之超越與解脫。

第二節　靜觀萬物皆自得——論六朝僧侶與山水詩

一、僧侶與山水詩的創作

　　玄言詩興盛百年之後，劉宋初山水詩代之而起，劉勰云：「宋初文詠，體有因革。莊老告退，而山水方滋」〔註44〕這裡所謂的「莊老告退」，事實上應該指

〔註40〕見《莊子・養生主》。
〔註41〕見《莊子・養生主》。
〔註42〕唐般剌密諦譯《大佛頂如來密因修證了義諸菩薩萬行首楞嚴經》，《大正藏》，卷十九。
〔註43〕姚秦鳩摩羅什譯《金剛般若波羅密經》，《大正藏》，卷八。
〔註44〕劉勰著，周振甫注《文心雕龍注釋》〈明詩〉，頁85。

以老莊思想爲表現內容的「玄言詩」的告退，而山水詩就其內容和風格上的嬗變，與東晉的玄言詩是「體有因革」的關係。

沈約〈謝靈運傳論〉〔註45〕：「有晉中興，玄風獨振。爲學窮於柱下（老子），博物止乎七篇（莊子）；馳騁文辭，義憚於此。……莫不寄辭上德（老子），托意玄珠（莊子）。」這裡所說的玄言詩的特徵亦即劉勰所說「詩必柱下之旨歸，賦乃漆園之義疏」。〔註46〕謝靈運的山水詩乃是在整體意義上代之而起的詩，所以「莊老告退」後「山水方滋」，並非山水詩中就沒有老莊的成份。而是玄言詩以莊老思想入詩的作法，顯得生硬，且文字亦無味，甚至「理過其詞，淡乎寡味」。〔註47〕到了謝靈運乃將玄理融於山水的描寫之中。

關於山水詩與玄言詩的關係，以及山水詩與老莊思想的關係。自劉勰在《文心雕龍》中提出，一直受到古今評論者的重視，但關於佛教與山水詩之間的問題，則相對的較少。以下試著由文獻中的記載，以及六朝僧侶的作品中，來觀察佛教與山水詩間的關係。

唐皎然《詩式》卷一「文章宗旨」：

> 康樂公早歲能文，性穎神徹，及通內典，心地更精，故所作詩，發旨造極，得非空王之道助也。……彼清景當中，天地秋色，詩之量也；慶雲從風，舒卷萬狀，詩之變也。

皎然在這裡主要是著眼於謝靈運山水詩之得「空王之道助」，「空王」〔註48〕是佛的異名，《圓覺經》曰：「佛爲萬法之王，又曰空王」，也就是皎然認爲謝靈運的山水詩是受到佛教的影響。

清沈曾植〈與金太守論詩書〉：〔註49〕

> 康樂總山水之大成，開其先者支道林。

又王壬秋《八代詩選》跋：

> 支公模山範水，固已華妙絕倫；謝公卒章，多托玄思。風流祖述，正自一家。……支、謝皆禪玄互證，支喜言玄，謝喜言冥，此二公自得之趣。

〔註45〕引自沈約，《宋書》〈謝靈運傳論〉。
〔註46〕劉勰著，周振甫注《文心雕龍注釋》〈明詩〉，頁85。
〔註47〕見鍾嶸，《詩品序》。
〔註48〕空王，佛之異名，法曰空法，佛曰空王。以空無一切邪執，爲入涅槃城之要門故也。《圓覺經》曰「佛爲萬法之王，又曰空王。」
〔註49〕轉引自賴永海《佛道詩禪》，頁223，佛光出版社，民國81年3月初版。

以上二段記載，呈現出一種訊息亦即從山水詩的形成角度指出僧侶的開風氣之先，這樣的見解是相當有啓示性的。

宋代詩人趙抃〈次韻范師道龍圖三首〉之一：〔註50〕

可惜湖山天下好，十分風景屬僧家。

晁沖之〈送一上人還滁州瑯琊山〉云：〔註51〕

向來溪壑不改色，清嶂〔註52〕尚屬僧家緣。

從這些詩句中，基本上都道出一項事實，即僧侶與山水似乎有著不解之緣。而從另一個角度來看，僧侶對於自然山水的喜好是魏晉以來佛學與玄學交融的結果。

六朝時僧侶創作山水詩的代表，首先要談論的是東晉僧侶支遁，支遁的作品中除了對山水自然的景色作描寫，也流露出他對於山水的喜好。《歷代三寶記》卷七中提到支遁「以山居為得性之所」，他在〈上書告辭哀帝〉一文中亦提到「貧道野逸東山，與世異榮，菜蔬長阜，漱流清壑。〔註53〕」由這些記載可見支遁的生活與自然是非常接近的。而支遁的詩歌基本上所呈現出來的是山水詩的雛形。孫綽的〈道賢論〉中將支遁比作向秀：「支遁、向秀，雅好莊老，二子異時，風好玄同矣。」在對於自然的看法上，支遁吸取了道家的學說，「自然」的詞句常常出現在支遁的筆下。舉例如下：

妙損階玄老，〔註54〕忘懷浪濠川。〔註55〕達觀無不可，吹累皆自然。

（〈述懷詩〉）

朗照高懷興，八音暢自然。（〈彌勒贊〉）

能仁暢玄句，即色自然空。（〈善思菩薩贊〉）

重玄在何許？採眞遊理間。苟簡為我養，逍遙使我閒。寥亮心神瑩，

含虛映自然。（〈詠懷詩〉）

第一例中，從「忘懷浪濠川」看來，可以知道支遁對自然之理的領悟是出自

〔註50〕引自《清獻集》，卷十。

〔註51〕引自晁沖之《具茨集》。

〔註52〕清嶂，指像屏障一樣的山峰。

〔註53〕見《全晉文》，卷一五七，支遁〈上書告辭哀帝〉。

〔註54〕凡立言借於虛無，則謂之玄妙。玄老，是指道教神話傳說中之神名，此指道教。

〔註55〕濠川，即濠水、濠梁。《莊子‧秋水》記莊子與惠施遊於濠梁之上，見魚出遊從容，因論魚之知樂與否，後因以濠上指逍遙閒遊之所，寄情玄言為「濠上之風」。

於對自然的達觀，若能驅除塵俗的煩累，則可以達到自然無爲的境地。至於第二例中是強調通過佛陀的「八音」〔註56〕來達到「自然」，這明顯就是具有濃厚的佛教色彩。第三例所表現的是當時「即色宗」的主張。「色」是現象，「空」是眞如本性，「自然」的本性是不離現象的，所以說「色即是空，色復異空」。這點與玄學家將山水視作是「道」的化身，觀念上是非常接近的。就猶如後代禪宗所謂「溪聲盡是廣長舌，山色無非清淨身」，以及「青青翠竹，盡是法身；郁郁黃花，無非般若」〔註57〕的思想一樣。

支遁〈八關齋詩序〉云：〔註58〕

> 余旣樂野室之寂，又有崛藥之懷，遂便獨往，於是乃揮身送舊，有望路之思；靜拱虛房，悟外身之眞；登山採藥，集岩水之娛。遂援筆染翰，以慰二三之情。

從這組詩三首看來，出現不少對於山水自然的描寫，如第三首詩云：

> 廣漠排林篠，流飆灑隙牖。從容遐想逸，採藥登崇阜。崎嶇升千尋，蕭條臨萬畞。望山樂榮松，瞻澤哀素柳。解帶長陵坡，婆娑清川石。冷風解煩懷，寒泉濯溫手。

從詩中的文字可以很清楚看到支遁對於自然山水的描寫，文字中流露出他對山水的喜好，《歷代三寶記》卷七提到支遁「每以山居爲得性之所」。他也曾說到「貧道野逸東山，與世異榮，茱蔬長阜，漱流清壑。」〔註59〕可見支遁的生活與自然是很接近的。

〈詠懷詩〉五首第三：

> 晞陽熙春圃，悠緬嘆時往。感物思所託，蕭條逸韻上。尚想天台峻，彷彿巖階仰。冷風灑蘭林，管瀨奏清響。霄崖育靈藹，神蔬含潤長。丹沙映翠瀨，芳芝曜五爽。苕苕重岫深，寥寥石室朗。

雖然〈詠懷詩〉的詩句一般都被歸於玄言詩來看待，但是在詩中仍有夾雜對自然山水的描寫，如上所引的段落，基本上所呈現出來的是山水詩的雛型，所以清朝的沈曾植所云：「康樂總山水、莊、老之大成，開其先支道林」，〔註60〕這

〔註56〕八音，指如來所得八種之音聲。一極好音，二柔軟音，三和適音，四尊慧音，五不女音，六不誤音，七深遠音，八不竭音。

〔註57〕引自《大珠禪師語錄》，卷下。

〔註58〕出自《廣弘明集》，卷三十。

〔註59〕《全晉文》，卷一五七，支遁〈上書告辭哀帝〉。

〔註60〕（清）沈曾植，〈與金太守論詩書〉，轉引自賴永海《佛道詩禪》，頁223，佛

樣的評論是頗為中肯的。

六朝時代僧侶創作山水詩，慧遠大師是另一位重要的代表人物。

慧遠自定居於廬山，居山之東林寺，與劉遺民、宗炳、慧永等結白蓮社，弘法授徒三十多年，講經論道，撰寫文章，培養弟子，組織譯經。廬山乃「卻負香爐之峰，傍帶瀑布之壑。仍石壘基，即松裁構。清泉環階，白雲滿室。」〔註61〕宋朝陳舜俞〈廬山記〉〔註62〕卷一也記載前人的文字：

> 靈運〈望石門詩〉曰：「高峰隔半天，長崖斷千里。雞鳴青澗中猿嘯白雲裡。」遠公〈記〉云：「西有石門，其前似雙闕，壁立千餘仞，而瀑布流焉。」又〈山記〉云：「始入林渡山關，謂則踐其基。登涉十餘里，乃出林表，回步許，便得重岸。東望香爐，秀絕眾流；北眺九江，目流神覽。……其上有雙石臨虛，若將墜而未落，傍有盤屋迂迴，壁立千仞，翠竹披屋，萬籟齊響，遺音在岫，若絕而有聞，靖尋所似境窮邃深其量故也。」

慧遠不僅在散文方面描寫廬山自然山水的美景，在詩歌創作上也有類似的作品，如〈五言遊廬山〉：

> 崇岩吐清氣，幽岫棲神跡。〔註63〕希聲奏群籟，響出山溜滴。
> 有客獨冥遊，徑然忘所適。揮手撫雲門，靈關安足闢。
> 流心扣玄扃，感至理弗隔。孰是騰九霄，不奮沖天翮。
> 妙同趣自均，一悟超三益。

這首詩前四句寫景，通過對高峻的山巖、幽靜的山谷以及山間瀑布的描寫，表現景色的秀逸和恬靜的境界，讓人感到一種悠然的神韻在其中，清朝沈德潛《古詩源》讚之：「高僧詩，自有一股清奧之氣。」接下來的十句是描寫其游於高遠之境的感想。即在高聳的山峰上，幽寂的山林中，作者的神思飄逸，似乎一揮手就可以撫摸到「雲門」，〔註64〕即使神靈所居的「靈關」〔註65〕亦無須迴避；盡可流連其中，感受到佛家與道家均以出世為旨歸，若精審佛道

光出版社，民國81年3月初版。

〔註61〕（梁）慧皎，《高僧傳》，卷六，義解篇〈慧遠傳〉。

〔註62〕見《大正藏》史傳部，2095號。

〔註63〕（梁）慧遠，〈廬山記略〉：「有匡俗先生者，出自殷周之際，…受道於仙人，共遊此山，遂托室崖岫，即岩成館，故時人謂其所止為神仙之廬，因以名山焉。」

〔註64〕雲門，指山上高聳入雲、巨石夾峙之門。

〔註65〕靈關，靈府也，指心。整句是指靈府本來就無所關隘，又何疏闢求通之有？

二家的「至理」，並純熟之，就可以超凡脫塵，猶如騰身九霄之上，而不必展翅奮飛，在塵俗中奮力相爭。慧遠大師在這首詩反映佛玄的一致，並堅持其超然出世的思想，同時這首詩亦是中國詩壇上最早描寫廬山勝景的作品。

在目前所收錄慧遠大師的詩歌中，如〈奉和劉隱士遺民〉、〈奉和王臨賀喬之〉、〈奉和張常侍野〉等詩作中，可以看到慧遠常常運用自然的景色來反映心理的狀態，或者是呈現佛理，通常他筆下所描述的山、水、雲等自然景色都有特殊的象徵意義。例如：

> 冥冥玄谷裏，響集自可聞。交峰無曠秀，交嶺有通雲。（〈五言奉和劉隱士遺民〉）

> 眾阜平寥廓，一岫獨凌空。霄景憑巖落，清氣與時雍。有摽造神極，有客越其峰。長河濯茂楚，險雨列秋松。危步臨絕冥，靈墅映萬重。風泉調遠氣，遙響多喈嚘。）（〈五言奉和王喬之〉）

在這裡可以看到慧遠對於自然的描寫，如〈五言奉和劉隱士遺民〉中，「交峰」與「交嶺」都是說連綿的山嶺，無空曠之秀景，而且是雲霞連接。作者又引用「玄谷」來比喻幽深的山谷，前面還用「冥冥」這個形容詞，在山水的描寫之中又蒙上一層高遠之氣。〈五言奉和王喬之〉詩中所表現的也是對於廬山美景的描寫，如用「眾阜平寥廓，一岫獨凌空」，這兒的「一岫」特指廬山而言，意指群峰在廬山凌空之勢的比較之下顯得平坦遜色。進而去形容廬山的清氣與四時變化是非常和諧的，並用「有摽造神極」來形容廬山這高聳之山高達神妙之極點，在詩歌最後更說到廬山「事屬天人界，[註66]常聞清吹空」，彷彿已將廬山蒙上一層神仙之氣。這正如沈德潛所謂：「高僧詩自有一股清奧之氣」。

除了慧遠的詩作外，廬山諸道人[註67]的〈遊石門詩並序〉，亦是值得注意的作品，在詩的序文中記載：「釋法師以隆安四年仲春之月，以詠山水，遂杖錫而遊」從這段文字可以非常清楚眾人遊覽的目的就是為了吟詠山水。而在山水的變幻之中，作者也發現到「開闔之際，狀有靈焉」。所以在序文後寫道：「俄而太陽告夕，所存已往。乃悟幽人之玄覽，達恆物之大情，其為神趣，豈山水

[註66] 天人界，猶言天人之際。佛教稱凡夫生死往來之世界有三：欲界、色界、無色界。

[註67] 道人，指修行佛道者，原指出家僧侶。至北魏太武帝之後，道士、道人方漸漸為道教所專用。

而已哉？」由山水歸結到對「神趣」的領會，猶如序文中所提到：「宇宙雖遐，古今一契。靈鷲邈矣，荒途日隔。不有哲人，風跡誰存？應深悟遠，慨焉長懷。各欣一遇之同歡，感良辰之難再，情發於中，遂共詠之云爾。」東晉隆安四年（AD400 年），廬山諸道人進行一次規模頗大的集體遊山活動，並稱其目的在「因詠山水」，詩的序文提到：「釋法師以隆安四年仲春之月，以詠山水，遂杖錫而遊」這段文字可以非常清楚眾人遊覽的目的就是爲了吟詠山水。而在山水的變幻之中，作者也發現到「開闔之際，狀有靈焉」。所以在序文的後面寫道：「俄而太陽告夕，所存已往。乃悟幽人之玄覽，達恆物之大情，其爲神趣，豈山水而已哉？」由山水歸結到對「神趣」的領會，這裡可以窺出其間所蘊含的獨特觀物態度，也可以尋繹出東晉末年以至於劉宋之初山水審美觀的因變之跡。

廬山諸道人〈遊石門詩〉：

> 超興非有本，理感興自生。忽聞石門遊，奇唱發幽情。寒棠思雲駕，
> 望崖想曾城。馳步乘長岩，不覺質有輕。矯首登靈關，眇若凌太清。
> 端坐運虛輪，轉彼玄中經。神仙同物化，未若兩俱冥。

這首詩是由遊山玩水之中而興起情懷進而抒發玄理，基本上和慧遠的作品有異曲同工之妙，是「石門遊，奇唱發幽情」。這首作品在文字的表現中帶有相當濃厚的佛教色彩，如「端坐運虛輪，轉彼玄中經」，就是說縱談佛家空虛無爲的理論，並「轉讀」〔註68〕佛教中的典籍。詩歌的前十句是完全以寫景爲主，後四句轉爲感懷，這樣的形式在山水詩人謝靈運的作品中處處可見，所以廬山諸道人的〈遊石門詩〉，這種大規模的遊覽和寫作是詩歌史上值得注意的一件事，這些僧侶所寫遊覽山水之作，對於謝靈運及其山水詩特色的形成，有著一定的影響。

第三節　僧侶與宮體豔詩的創作

東漢末年的政治敗壞、社會動亂以及儒家本身的衰微，使得一般的文士對於傳統的思想產生疑慮，因此也間接促成老莊哲學的復活。老莊思想雖然在行動上消極的逃避現實，而在意識上卻積極的批評現實，強調自我的尊貴，這與儒家傳統的道德功用的觀念是極不相同的。經歷亂世的刺激與新思維方

〔註68〕《高僧傳》，卷十三：「天竺方俗，凡是歌詠法言皆稱爲唄。至於此土，詠經則稱爲轉讀，歌贊則號爲梵唄」此句「轉彼玄中經」是指談論中轉讀佛經經文。

式之產生，六朝人士擺脫虛僞而拘束的生活態度，他們觀察人生與自然也與傳統禮教有所不同，誠如宗白華在《美學散步》一書中所說：〔註69〕

> 漢末魏晉南北朝是中國政治上最混亂，社會上最痛苦的時期，然而卻是精神上極自由、極解放、最富有智慧，最富於熱情的一個時代。

因此他們看到宇宙本身，人生世相本身，尤其重要的是，純粹的審美觀念也在這樣的環境中建立起來。

六朝時期因於儒家功用主義崩毀的結果，與老莊自由思想發揚的積極表現，同時在文學方面文人已經擺脫道德實用的桎梏，可以暢所欲言，於是六朝文人不必再顧忌美刺與諷喻，林文月先生認爲：〔註70〕

> 純粹的審美態度與客觀而逼眞的寫作技巧相配合，這就產生許多寫實的詩篇：取材於山水自然者，便成了山水詩；取材於宮苑器物，便成了詠物詩；而取材於人本身──尤重女性時，便產生了宮體詩。因此，六朝人崇尚女性美的具體表現，實在可以說：便是以「巧構形式」的寫實態度賦出的宮體詩。

六朝人崇尚女性美的具體表現，便是以「巧構形似」的寫實態度賦出的宮體詩。齊梁時在文壇上興起專門以吟詠豔情爲主的詩風，在文學史上被稱作「宮體詩」。據《梁書・簡文帝本紀》云：〔註71〕

> （簡文帝）雅好題詩，其序云：「余七歲有詩癖，長而不倦，然傷於輕豔，當時號曰宮體。」

又《梁書・徐摛傳》也記載：〔註72〕

> （摛）屬文好新變，不拘舊體。……摛文體既別，「宮體」之號，自斯而起。

宮體詩最典型的特色是「輕豔」的詩風，所以稱之爲「輕豔」，主要是因爲詩歌的表現通常是以豔麗的字句來刻劃出女性的嬌美儀態，雖然也有一些作品是描寫男子的詩作，〔註73〕但大致說來，主要是專力於描寫女子姿態容

〔註69〕宗白華，《美學散步》，頁117，上海人民出版社，1981年。

〔註70〕見林文月，《山水與古典》一書中〈宮體詩人的寫實精神〉，台北市：純文學出版社，1980年3月3版。

〔註71〕見《梁書》，卷四，〈簡文帝本紀〉。

〔註72〕見《梁書》，卷三十，〈徐摛傳〉。

〔註73〕對男子的描寫如簡文帝的〈變童詩〉，「變童嬌麗質，踐董復超瑕。羽帳晨香滿，珠簾夕漏賒。翠被含鴛色，雕床鏤象牙。妙年同小史，袂貌比朝霞。袖裁連璧錦，牋織細種花。攬褲輕紅出。回頭雙鯢斜，嬾眼時含笑。玉手乍舉

貌為多。從現存的宮體詩來看，當時的宮體詩人很大膽的抒寫情性，雖然有視女子為玩物的戲謔之作，但也有流露脈脈溫情之作。另外也有描寫相思、懷人或者是歌詠被遺棄婦女的流連哀思之作。儘管這些作品都是出自男性之手，但所表現出來的哀怨之情卻是非常悽苦動人的。例如蕭綱的〈秋閨夜思〉：〔註74〕

> 非關長信別，詎是良人征。九重忽不見，萬恨滿心生。
> 夕門掩魚鑰，宵床悲畫屏。迴月臨窗度，吟蟲繞砌鳴。
> 初霜實細葉，秋風驅亂螢。故妝猶累日，新衣裂未成。
> 欲知妾不寐，城外擣衣聲。

這首詩在描寫怨婦思念遠征丈夫的心情，寫的非常深刻，對於佳期難盼，思念之苦的敘述相當感人。類似這樣的作品在齊梁時代非常多，如蕭衍〈代蘇屬國婦〉〔註75〕是代替蘇武的妻子傾訴那種只聽到寒雁聲聲從北而來，但始終不見丈夫歸還的失望感傷的心情。

　　這種重視緣情的文學在齊梁時代已經非常的普遍，許多詩文將鮮麗的物色與深情的感情結合起來，而且這類作品也非常出色。如丘遲的〈與陳伯之書〉以深厚的情感來感動對方，竟然使一位身歷沙場的大將軍為之惻然心動。顏延之的〈陶征士誄〉情文並茂，表現出對知心摯友的沉痛悼念，令人讀之為之心酸。總之齊梁詩人的溫情脈脈，多愁善感，在文學表現是很突出的。

　　文學基本上是社會心理的一種反映，宮體詩是一種豔情詩應是無庸置疑的，但是從詩歌的豔情描寫來看，自晉宋以來的詩歌，包括樂府在內，已是非常普遍的現象。儘管還無宮體之名，卻具備宮體之實。如劉師培所言：〔註76〕

> 宮體之名，雖始於梁，然惻豔之詞，起源自晉宋樂府，如〈桃葉歌〉、〈碧玉歌〉、〈白紵歌〉、〈白銅鞮歌〉，均以淫豔哀音，被於江左。迄於蕭齊，流風益盛。其以此體施於五言詩者，亦始晉宋之間。後有鮑照前則惠休。待至於梁代，其體尤昌。

花，懷猜非後鈞。足使燕姬妒，彌令鄭女嗟」。
〔註74〕見《先秦漢魏晉南北朝詩》，《梁詩》，卷二十一，逯欽立輯校，木鐸出版社。
〔註75〕見《先秦漢魏晉南北朝詩》，《梁詩》，卷一。〈代答蘇屬國婦詩〉：「良人與我期，不謂當過時。秋風忽送節，白露凝前基。愴愴獨涼枕，搔搔孤月帷。忽聽西北雁，似從寒海湄。果㘅萬里書，中有生離辭。惟言長別矣，不復道相思。胡羊久剝奪，漢節故支持。帛上看未終，臉下淚如絲。空懷之死誓，遠勞同穴詩。」
〔註76〕見劉師培著，《中國中古文學史》。

依照此一說法，在此節所討論的僧侶作品中，以「豔情詩」來作定義，時間也就不限定在梁代蕭綱立爲太子之後。〔註77〕在這裡分成幾部份來討論僧侶創作豔情詩的緣由，以及佛教傳入與佛經傳譯對豔情詩的影響等問題。

一、僧侶的豔情詩創作

　　鍾嶸在《詩品》下品所評論的齊惠休上人、道猷上人和釋寶月三位僧侶的詩作，可說是六朝僧侶的代表。從現存作品來看：

寶月作品：〔註78〕〈行路難〉一首。

〈估客樂〉四首。（共五首）

惠休作品：〔註79〕〈怨詩行〉一首。

〈江南思〉一首。

〈楊花曲〉三首。

〈白紵歌〉三首。

〈秋思引〉一首。

〈楚明妃曲〉一首。

〈贈鮑侍郎詩〉一首。（共十一首作品）

惠品：〔註80〕〈詠獨杵擣衣詩〉一首。

法雲：〈三洲歌〉一首。

沸大：〔註81〕〈淫佚曲〉一首。

〈委靡辭〉一首。

法宣：〔註82〕〈和趙郡王觀妓應教〉一首。

〈愛妾換馬〉一首。（共二首）

　　在上述六朝僧侶所作的豔情詩中，其中以惠休上人的十一首作品最多。惠休的詩是以「淫靡」、「綺豔」爲主要的特色。如《南史》〔註83〕上所記載：

〔註77〕一般文學史上所謂的「宮體詩」，指的是梁簡文帝蕭綱爲太子時，在宮中所提倡的一種詩風，其描寫對象是女性，基本的特色是「輕豔」。

〔註78〕見《先秦漢魏晉南北朝詩》，〈齊詩〉，卷六，頁 1479。

〔註79〕見《先秦漢魏晉南北朝詩》，〈宋詩〉，卷六，頁 1243。

〔註80〕見《中國歷代僧詩全集》，〈晉唐五代卷〉上，頁 50，當代中國出版社。

〔註81〕見《中國歷代僧詩全集》，〈晉唐五代卷〉上，頁 87，當代中國出版社。

〔註82〕見《中國歷代僧詩全集》，〈晉唐五代卷〉上，頁 90，當代中國出版社。

〔註83〕見《南史》，〈顏延之傳〉。

延之每薄湯惠休詩。謂人曰：「惠休製作，委巷中歌謠耳，方當誤後
事。

這裡所謂的「委巷中歌謠」，意思就是指惠休的詩作淫豔而粗俗。沈約在《宋
書・徐湛之傳》中提到：

時有沙門釋惠休，善屬文，辭采綺豔。

鍾嶸《詩品》卷下亦評論曰：

惠休淫靡，情過其才，世遂匹之鮑照。

鮑照的作品在當時是以淫靡和險俗著稱的，〔註84〕而惠休的詩風與鮑照非常
相近，在當時有許多人把惠休、鮑照二人相提並論。如蕭子顯云：「休鮑後起，
咸亦標世」。〔註85〕唐代杜甫〈留別公安太易沙門〉：「隱居欲就廬山遠，麗藻
切逢休上人」，〔註86〕從這首作品中顯見惠休的詩是輕豔的。

從惠休的作品中，可以看到主要以抒發男女相思以及兩情相悅的作品，
如〈怨詩行〉：

明月照高樓，含君千里光。巷中情思滿，斷絕孤妾腸。悲風蕩帷帳，
瑤翠作自傷。妾心依天末，思與浮雲長。嘯歌視秋草，幽葉豈再揚。
暮蘭不待歲，離華能幾芳。願作張女引，君堂嚴且祕，絕調徒飛揚。

〈白紵歌〉：

秋風嫋嫋入曲房，羅帳含月思心傷。蟋蟀夜鳴斷人腸，長夜思君心
飛揚。他人相思君相忘，錦衾瑤席為誰芳。

〈楊花曲〉：

葳蕤華結情，宛轉風含思。掩涕守春心，折蘭還自遺。

在惠休的這些作品中可以看到他的用詞造句，都是以女子的口吻來表達思念遠
方的良人的哀怨之情，詩中也充滿柔情與感傷，而詩中的用詞，如「掩涕守春
心」，「銜我千里心」，「春人心生思，思心長為君」，〔註87〕「忍思一舞望所思」，
「羅帳含月思心傷」，〔註88〕這些詞都是極為哀怨傷感之詞，風格綺麗而輕豔。

〔註84〕《南齊書》，〈文學傳論〉：「發唱驚挺，操調險急，雕藻淫豔，傾炫心魄，亦
猶五色之有紅、紫，八音之有鄭、衛，斯鮑照之遺烈也。」鍾嶸《詩品》，卷
中：「不避危仄，頗傷清雅之調，故言險俗者，多以附照。」。
〔註85〕見《南齊書》，〈文學傳論〉。
〔註86〕見《杜詩詳注》，卷二十二。
〔註87〕以上三句引自惠休，〈楊花曲〉三首。
〔註88〕以上二句引自惠休，〈白紵歌〉三首。

　　江淹曾經作〈雜體詩〉三十首，對前人的詩作風格並加以仿傚，其中有一首詩為〈休上人別怨〉，也頗能表現惠休詩作的風格：〔註89〕

　　　西北秋風至，楚客心悠哉。日暮碧雲合，佳人殊未來。

　　　露采方泛艷，月華始徘徊。寶書為君掩，瑤琴詎能開。

　　　相思巫山渚，悵望陽雲台。膏鑪絕沉燎，綺席生浮埃。

　　　桂水日千里，因之平生懷。

江淹的這首詩，在他作〈雜體詩〉之前曾自述「雖不足品藻淵流，庶亦無乖商榷云稱」，可見得他摹仿前人的詩作，首先是對仿傚對象的風格加以辨識，然後再從作品中表現出這些詩人的風格。

　　釋寶月的作品〈估客樂〉也是具有「輕艷」的特色。《樂府詩集》中記載：〔註90〕「〈估客樂〉者，齊武帝之所製也。帝布衣時，嘗遊樊、鄧。登祚之後，追憶往事而作歌。使樂府令劉瑤管絃被之教習，卒遂無成。有人啟釋寶月善音律，帝使奏之，旬月之中，便就諧合。敕歌者長重為憾憶之聲，猶行於世。寶月又上兩曲。」〈估客樂〉的內容共有兩組四首作品，舉其中兩首作品：

　　　郎作十里行，儂作九里送。撥儂頭上釵，與郎資路用。有信數寄書，

　　　無信心相憶。莫作瓶落井，一去無消息。

這兩首作品是以男女分別所帶來的相思之情為主要的內容，其中「儂」是指我，係吳地的方言，而「郎」則是女子對丈夫或是情人的稱呼。所以這首詩純粹是以女子的角度來寫的作品。

　　寶月的另一首作品〈行路難〉，亦是寫女子憶念久留他鄉的丈夫離別之情。〈行路難〉是樂府的舊題，《樂府解題》中載：「〈行路難〉備言世路艱難及離別悲傷之意，多以君不見為首。」

　　　君不見孤雁關外發，酸嘶度揚越。空城客子心腸斷，幽閨思婦氣欲

　　　絕。凝霜夜下拂羅衣，浮雲中斷開明月。……行路難，行路難。夜

　　　聞南城漢使度，使我流淚憶長安。

這首作品很明顯的是以一位婦人的心境來陳述憶念遠方久別故鄉的丈夫之作。文句的表達上也是用了許多哀怨之詞，如「孤雁」是代表遠在他鄉的丈夫孤單影隻；「客子」、「思婦」是喻婦人自己與丈夫客居他地；「凝霜夜下拂羅衣，浮雲中斷開明月」則是把女子因為思念而深夜不寐的景象具體的呈現

〔註89〕引自《昭明文選》，卷三十一。

〔註90〕出自《樂府詩集》，卷四十八引《古今樂錄》。

出來。大致說來，寶月的作品亦是以「輕豔」爲基調的。

　　至於隋代僧侶如沸大、法宣的作品，更有對女子姿態與形貌的刻劃，且情感的表達也相當大膽，如沸大〈委靡辭〉：〔註91〕

　　　宿心嘉爾，故固良媒。問名譜師，占相良時。慘慘惕惕，懼爾不來。

　　　既睹爾顏，我心怡怡。今不合歡，豈徒費哉？斯暫爲定，淑女何疑？

這種情感宣洩的方式可以說是很直接又相當大膽的表白。這樣的作品出自於僧侶之手，不禁讓人心生疑惑，佛教僧侶好作綺語是否與六朝當時的社會風氣有關呢？另外和佛經的傳譯以及印度文學的特色也應該有一定程度的關係？

　　以下試著從三方面來討論，豔情詩的創作與佛教關係的問題。

二、豔情詩創作與佛教傳入的關係

（一）佛經中的豔情描寫

　　佛教發源自印度，印度的文學對於色情的描寫可說相當大膽，承如黑格爾所言：「印度人所描繪的最平凡的事情之一就是生殖」〔註92〕他又指出：「這些描繪簡直要擾亂我們的羞恥感，因爲其中不顧羞恥的情況達到了極端，肉感的泛濫也達到難以置信的程度」。〔註93〕由於植根於印度文學傳統中，佛經以及佛教文學中也會出現一些豔情的描寫，其中以韻文詩歌呈現的也不少。

　　佛教是反對淫欲的，〔註94〕但是並不避免淫欲的描寫，在佛經裡時常出現一些淫男淫女之事的描述。但是必須先說明的是佛陀說這些故事，主要的目的在於以這些故事來警醒世間凡夫眾生，假若不修習善道會招致的惡果，甚至死後輪迴於三惡道中。〔註95〕

　　支讖所翻譯的《道行般若經》卷十：「般若波羅蜜亦本無如是，譬如夢中與女人通，視之本無。」〔註96〕這是在解釋本無，也就是「空」的早期譯語，由於漢地儒家傳統較爲保守，所以早期的佛經翻譯都會儘量避免較淫豔的字眼，最巧妙的方法是採用「音譯」，如「擁抱」（alingna）、「接吻」（acumbana）

〔註91〕出自《中國歷代僧詩全集》，〈晉唐五代卷〉上，頁88。

〔註92〕黑格爾，《美學》，第二卷。

〔註93〕同上。

〔註94〕在佛所制定的戒律之中，基本的是五戒 —— 不殺生、不偷盜、不邪淫、不妄語、不飲酒。這是在家人所受持的。若爲出家僧眾則完全斷除淫欲。

〔註95〕三惡道，指的是畜生道、餓鬼道以及地獄道。

〔註96〕支讖譯《道行般若經》，卷十〈曇無竭菩薩品〉。

等字音譯為「阿梨宜」、「阿眾裨」，這樣就可以隱藏意思。

　　到了東晉時，由於翻譯的進步與思想界的改變，加上翻譯者忠於原典，所以翻譯者把佛典中一些極為輕豔的文字也如實的轉譯過來，如竺法護所譯《普曜經》卷六〈降魔品〉〔註97〕中具體描述魔女美貌非凡，這群魔女奉魔王波旬之命，前去「惑亂菩薩，嗟嘆愛欲之德，壞其清淨之行」，她們「綺言作姿三十有二」：

> 一曰張眼弄睛，二曰舉衣而進，三曰口口並笑，四曰輾轉相調，五
> 曰現相戀慕，六曰更相歡視，七曰弄姿唇口，八曰視瞻不端，九曰
> 妄娛相視，十曰相互禮拜，十一以手覆面，十二迭相捻握，十三正
> 住佯聽，十四在前跳蹀，十五現其髀腳，十六露其手臂，十七作鳧
> 雁鴛鴦哀鸞之聲，十八現若照鏡，十九周旋出光，二十乍喜乍悲，
> 二十一乍起乍坐，二十二意懷踴躍，二十三以香塗身，二十四現持
> 寶瓔，二十五覆藏項頸，二十六示如閑淨，二十七前卻其身，遍觀
> 菩薩，二十八開目閉目，如有所察，二十九俛頭閉目，如不視瞻，
> 三十嗟嘆愛欲，三十一拭目正視，三十二遍觀四面，舉頭下頭。

佛經中的描寫用意是在表現出釋迦牟尼佛不被誘惑所左右，但是其描寫的手法卻是屬於豔情式的描寫。

　　另外北涼曇無讖所翻譯的《佛所行贊》，〔註98〕寫到佛為太子時想要離宮修行，其宮女以情慾來動搖太子的心，其文字為：

> 或為整衣服，或為洗手足，或以香塗身，或以華嚴飾，或為貫瓔珞，
> 或有扶抱身，或為安枕席，或傾身密語，或世俗調戲，或說眾欲事，
> 或作諸欲形，規以動其心。

漢譯本中雖然已經刪去其中露骨的描寫，僅以十一個或字的詩句來概括，但是這些詩句中所呈現出來的「豔情」味道是顯而易見的。

　　至於對女子面容身段的描寫在鳩摩羅什所譯的《大莊嚴論經》卷四，〔註99〕其中所記載的偈頌有描述，

> 咄咄此女人，儀容甚奇妙，目如青蓮花，鼻臁眉如畫，兩頰悉平滿，
> 丹唇齒齊密，凝膚極軟懦，莊嚴甚殊特，威相可悅樂，煒耀如金山。

〔註97〕見《大正藏》，第三冊，頁519。
〔註98〕見《大正藏》，第四冊，頁7。
〔註99〕見《大正藏》，第四冊，頁277。

事實上在中國對女子容貌的描寫早就出現，例如司馬相如的〈美人賦〉、曹植的〈洛神賦〉、陶淵明的〈閑情賦〉等。但是像宮體詩中那種「止乎衽席之間」的描寫卻是到齊梁以後才有的，所以佛經中豔情的描寫，隨著佛經傳入中土以及佛教的興盛，對於社會的風氣以及文學藝術也就自然會產生影響。

毛先舒曾經指出：「六朝釋子多賦豔詞，唐代女冠恆與曲宴，亦必弊俗之趨使然也。」〔註100〕他認為僧侶與佛徒賦豔詞是社會的弊俗使然，但是從另一方面來說，佛教的傳入，在客觀上也助長社會上的弊俗，僧侶佛徒受佛經影響亦好為豔情詩。這或許可以作為第一段落所討論的何以六朝僧侶創作豔情詩，找到一部份的答案。

（二）《維摩詰經》中亦僧亦俗的表現

齊梁時代，經學衰頹，名教的束縛力量經過魏晉玄學與佛教傳入的影響變得越來越弱，反倒是佛教的力量越來越明顯增強，梁武帝時還尊佛教為國教。不僅許多讀書人兼講佛教，不少崇奉天師道的人也轉而崇信佛教。佛教思想對當時的社會生活以及思想文化的影響是很大的。

士大夫的生活方式，就深受《維摩詰經》〔註101〕中維摩詰居士的表現所影響。承如魯迅所云，晉以後的名流，每人手中總有三種玩意，一是《論語》和《孝經》，二是《老子》，三是《維摩詰經》。

《維摩詰經》中所描寫的維摩詰是居住在一個鬧市裡信奉佛教的居士，他出入酒館妓院之間，博弈戲樂，且結交權勢，積累財富，修梵行但仍娶妻生子。〔註102〕雖然他過著世俗生活無所不為，但是由於他精通佛理，「善權方便」，〔註103〕而能正其志立其意，並且有著高度的智慧與辯才，因此他的精神境界很高超，同時能入於佛國的道。這種「無縛無解，無樂無不樂」〔註104〕的人生境界，著實讓許多僧侶與士大夫心嚮往之。當時的《維摩詰經》也因此極受僧俗二眾的歡迎，許多人為之作注且身體力行。《維摩詰經》宣揚的這

〔註100〕見毛先舒，《詩辯坻》，卷二。

〔註101〕據《出三藏記集》，卷二，僧佑《新集條解異出經錄》：「《維摩詰經》：支謙出《維摩詰》二卷；竺法護出《維摩詰經》二卷，又出《刪維摩詰》一卷；竺叔蘭出《維摩詰經》二卷；鳩摩羅什出《新維摩詰經》三卷右一經四人異出。」梁僧佑時，《維摩詰經》已增鳩摩羅什譯本。

〔註102〕以上敘述參考《維摩詰經》，卷上〈善權品第二〉，《大正藏》十四冊，頁521。

〔註103〕善權方便，即菩薩為攝化眾生，而善巧方便涉種種事，示種種象。

〔註104〕見《維摩詰經》〈不二入品〉。

種亦僧亦俗的生活方式對僧侶與士大夫們的影響也是兩極化的，一則，它影響僧侶與士大夫們的淫靡放蕩，因爲維摩詰居士示範一個理論上的榜樣。二則，對於個體擺脫名教的束縛，以及注重主體情感是有一種增上緣。

日本學者塚本善隆曾言及《維摩詰經》在六朝時代風行的情況，他提到：〔註105〕

> 這部經典本來就有著易於被世俗貴族學者所愛好的特質。其中貴族士大夫更易於喜歡閱讀。……在六朝時代的佛教界，相對於《法華經》之普及於社會上下，受到群眾的信奉讚仰，《維摩詰經》則爲貴族知識階級所喜讀和研習。

這表示出《維摩詰經》在六朝士人和貴族中所受到的重視，而經典中所描述的維摩詰居士遊於「入世」與「出世」生活中怡然自得的形象，爲當時的士大夫與貴族提供佛理上的理論基礎，以致許多人一邊學佛一邊過著奢靡放蕩的生活。

南朝時代寫作宮體豔情詩的詩人，大多是貴族士大夫，或是帝王，且多半也是佛教徒，例如沈約、梁武帝、昭明太子蕭統、梁簡文帝蕭綱、劉孝綽、王筠、江總等人。這些詩人一面於筆下寫出蘊含佛理及讚佛之作〔註106〕，同時又創作出豔情的宮體詩。而如惠休上人、釋寶月等僧侶創作豔情之詩，就更令人生疑。但是從維摩詰居士亦僧亦俗的表現，又可以隱約看到他所帶給

〔註105〕見塚本善隆《支那佛教史研究・北魏篇》，清水弘文堂，1969 年。
〔註106〕下表主要是呈現六朝時代，詩人除了讚佛之作，亦兼寫豔情之作的情形，以上所列舉的詩人作品都只各舉一二例來作說明。

	讚佛與闡述佛理之作	豔情與宮體詩
沈　約	〈八關齋詩〉〈千佛頌〉	〈少年新婚爲之詠〉〈腳下履〉等
梁武帝	〈十喻詩〉〈述三教詩〉等	〈詠舞〉〈跳笛曲〉等
蕭　統	〈鍾山講解詩〉〈東齋聽講詩〉等	〈林下作妓〉等
蕭　綱	〈望同泰寺浮圖詩〉〈十空詩〉	〈美人晨妝〉〈詠內人晝眠〉
江　淹	〈吳中禮石佛詩〉	〈詠美人春遊詩〉
庾肩吾	〈八關齋夜賦四城門更作四首〉	〈詠美人看畫詩〉〈南苑看人還〉
庾　信	〈奉和同泰寺浮圖詩〉	〈和趙王看妓〉〈看舞〉
江　總	〈入攝山棲霞寺詩〉〈明慶寺詩〉	〈姬人怨〉〈秋日新寵美人應令〉
王　筠	〈奉和皇太子懺悔應詔〉	〈同武陵王看妓〉
劉孝綽	〈賦詠百論捨罪福詩〉	〈愛姬贈主人〉〈和詠舞〉

這些僧眾與士大夫心靈上以及思想上的影響。

　　承如孫昌武先生所言：「對於六朝士大夫來說，維摩詰不僅給了他們從苦難現實的困擾和玄學思辨的困境中擺脫出來的思想上的出路，而且爲他們提供一個人生的榜樣。」〔註107〕《維摩詰經》對六朝僧侶與俗客的影響在於爲他們提供一種人生範本。這部表現出亦僧亦俗的佛經，促使詩人除了在佛教的修行上有所表現，同時亦有豔情作品的創作，從這個角度來看似乎又爲僧侶何以會創作豔情詩找到解答之一。

（三）六朝時重視威儀容貌的社會風氣

　　六朝時代，受到道家思想的影響，當時的人對於體態形貌之美相當注重，對外在形貌的重視遠超過對道德的強調。《世說新語》記載荀粲的話：「婦人德不足稱，當以色爲主。」〔註108〕所以才會有許允與其婦「交禮竟，允無復入理」，〔註109〕雖然許允婦有德藝，卻因爲其「奇醜」，所以許允竟不與搭理。在〈容止篇〉中記載：「潘岳妙有姿容，好神情，少時挾彈出洛陽道，婦人遇著，莫不連手共迎之。左太沖絕醜，亦復效岳遨遊，於是群嫗齊共亂唾之，委頓而返」由於當時的社會對於形態容貌相當注重，所以時人也就刻意修飾，舉例如下：

　　　王夷甫容貌整麗，妙於談玄。恆捉白玉塵尾，與手都無分別。（《世說新語・容止篇》）

　　　潘安仁、夏侯湛並有美容，喜同行，時人謂之「連璧」。（《世說新語・容止篇》）時人目王右軍：「飄若遊雲，矯若驚龍。」（《世說新語・容止篇》）

　　　王右軍見杜弘治，嘆曰：「面如凝脂，眼如點漆，此神仙中人。」（《世說新語・容止篇》）

　　　何平叔美姿儀，而至白，魏文帝疑其敷粉；正夏月，與熱湯餅，既噉，大汗出，以朱衣自拭，色轉皎然。（《世說新語・容止篇》）

　　　魏明帝。使后帝毛曾與夏侯玄共坐，時人謂「蒹葭倚玉樹」。（《世說新語・容止篇》）

〔註107〕孫昌武《中國文學中的維摩與觀音》，頁113。
〔註108〕見《世說新語箋疏》〈感溺篇〉第三十五，上海古籍出版社。
〔註109〕見《世說新語箋疏》〈賢媛篇〉第十九，上海古籍出版社。

潘岳妙有姿容，好神情；少時，挾彈出洛陽道，婦人遇者，莫不連
手共縈之。左太沖絕醜，亦復效岳遊遨；於是群嫗共亂唾之，委頓
而返。（《世說新語‧容止篇》）

潘安仁、夏侯湛並有美容，喜同行，時人謂之「連璧」。（《世說新
語‧容止篇》）

裴令公有儁容儀，脫冠冕，麤服，亂頭皆好；時人以為「玉人」。
見者曰：「見裴叔則如玉人山上行，光映照人。」（《世說新語‧容
止篇》）

有人詣王太尉，遇安豐、大將軍、丞相在座；往別屋見季胤、平子。
還，語人曰：「今日之行，觸目見琳瑯珠玉。」（《世說新語‧容止
篇》）

魏尚書何晏好服婦人之服。（《晉書‧五行志》）

以上的記載，可以想見魏晉人士對人本身的審美具有多敏銳的感受。在
別的時代，從史傳記載也有提到男子儀表的，只是多數僅止於形容魁偉堂皇
之貌而已，如上述所舉出的例子，形容男子為「玉人」、「連璧」「琳瑯珠玉」
者，實為罕見。可知魏晉時代對於男性的外觀的審美態度，絕不止於要求具
備英雄氣概而已。

在《顏氏家訓》中也提到一段關於六朝審美態度：〔註110〕

　　梁朝全盛之時，貴族子弟多學無術，至於諺云，上車不落則著作，

　　體中何如責秘書。無不燻衣剃面，敷粉施朱，駕長簷車，跟高齒屐，

　　坐棊子方褥，憑斑絲隱囊，列器玩於左右，從容出入，望若神仙。

「以貌取人」既然可以使天質佳善者贏得世人稱頌，乃至因而雍容顯位，則
刻意求美，乃成為極自然的結果。敷粉施朱、薰衣剃面、高跟齒屐等努力，
無非都是在企求增加在姿態之美。

慧皎的《高僧傳》中也可以看到出家人對於人體形貌的重視，尤其是注
重風姿的俊美，這顯然和魏晉以來的社會風氣是有關的。舉例如下：

支　遁：陳郡殷融曾與衛玠交，謂其神情俊徹，後世莫有繼之者。
　　　　　及見遁，嘆息以為重見若人。（卷四）

竺僧度：雖少出孔微，而天姿秀發。（卷四）

〔註110〕見《顏氏家訓》〈勉學篇〉。

竺法汰：形長八尺，風姿可觀，含吐蘊藉，詞若蘭芳。（卷五）

釋慧遠：性度弘博，風鑒朗拔。容儀端整，風彩灑落，故圖像於室，
　　　　遐邇式瞻。（卷六）

竺道生：性度機警，神氣清穆。（卷七）

釋慧觀：風神秀雅，思入玄微。（卷七）

釋慧通：少而神情爽發，俊氣虛玄。（卷七）

釋僧淵：風姿宏偉，腰帶十圍，神氣清遠，含吐灑落。（卷八）

釋智林：形長八尺，天姿瓌雅，登座震吼，談吐若流。（卷八）

釋慧隆：汝南周顒目之曰：「隆公蕭散森疏，若霜下之松林。」（卷
　　　　八）

竺佛圖澄：身長八尺，風姿詳雅。（卷九）

從上面所援引的例子中，可以發現高僧與士大夫對於外在容貌行儀的標準幾乎是一致的。佛教是以人身為虛幻不實的，照理說是不必在意容貌舉止如何，但是在慧皎的《高僧傳》中特別注重這方面的記載，這反映出當時的風氣是重視容止，同時這也是佛教文化受到中國的文化影響的一個表徵。

從當時的記載也看到，若是僧侶的容貌醜陋，不僅會受到世俗人的輕視，也會被佛門中的僧侶所鄙視的。《高僧傳》中有關的記錄如下：

釋道安：形貌甚陋，不為師之所重。……至鄴入中寺，……眾見形
　　　　貌不稱，咸共輕怪。（卷五〈釋道安傳〉）

懷　度：乃直入齋堂而坐，置蘆圌於中庭。眾以其形陋，無恭敬心。
　　　　（卷十〈懷度傳〉）

釋法平：與弟法等俱出家，止白馬寺。……後兄弟同移祇洹，弟貌
　　　　小醜而聲逾於兄。宋大將軍於東府設齋，一往，以貌輕之。
　　　　（卷十三〈釋法平傳〉）

由上引例證說明，重視人的容止是魏晉以來的社會風氣，在這種風氣的影響下，無論僧侶與俗眾，都受到深刻的影響。

第四節　吟詠佛理的詩作

在六朝的僧侶詩作中，也有許多是對於佛教的義理作闡述的作品。有的作品是純粹在闡述佛理，也有以讚揚佛菩薩的行儀為內容的，也有的作品內

容是藉著詠物來抒情達理。事實上，這類的作品稱之為「佛理詩」，所謂的佛理詩，就是在詩歌中抒發對於佛理的體驗，或是以佛教思想為通篇主旨的詩。所以佛理詩，一般是以「說理」為主要的目的，在行文之中，常可見到對佛教名相的引用。

在六朝詩僧總計 44 名，作品 244 首，題材以佛理詩居多，主題重在宣揚佛教的義理。就目前作品所占的比例，東晉、陳、周、隋都在 90%以上，梁代有 50%。這樣的統計顯示出佛理的宣揚是僧侶從事詩歌創作的主要宗旨。

以說理為主的詩歌風格，主要是在魏晉以後才出現的。大致說來「佛理詩」與「玄言詩」二者有許多近似之處，最主要的是二者之間在內容性質上都以「說理」為主，只是所描寫的對象，一為玄理，一則為佛理。然而在東晉時代許多僧侶的作品，都是玄、佛理並用的，如支遁的作品就是非常典型的例子。

以下分成兩部份來討論佛理詩何以會在六朝時代興起？以及對佛理詩的幾種內容作深入討論。

一、佛理詩興起的背景

魏晉時期，玄學興盛，在文壇上彌漫著談玄說道的清談風氣，尤其東晉南遷之後玄風更盛。時代風氣崇尚玄風，表現在詩歌的創作中就是玄言詩的興起，所以《文心雕龍》云：

> 自中朝貴玄，江左稱盛，因談餘氣，流成文體。是以世極迍邅，而辭意夷泰，詩必柱下之旨歸，賦乃漆園之義疏。〔註111〕

這主要是在說明東晉時代，朝野間好談《老》、《莊》、《易》三玄，而反映在詩歌作品中就是「辭意夷泰」的玄言詩。

與魏晉玄學風氣相應的，是佛教的「般若」學說的宣揚，由於「般若」重視的是「性空」之義，當時許多僧侶援引老莊玄學的思維，而對「空」義有不同的理解，對「般若」性空學說開展出各自的詮釋故有「六家七宗〔註112〕」

〔註111〕見劉勰著，周振甫注《文心雕龍注釋》〈時序篇〉。
〔註112〕六家七宗，根據唐吉藏所記，分別是一「本無宗」代表道安，二「本無異宗」代表竺法琛，三「即色宗」代表支遁，四「識含宗」代表于法開，五「幻化宗」代表竺道壹，六「心無宗」，七「緣會宗」代表于道邃。

之分別。事實上佛教與玄學之間，在當時是互相浸染影響的，〔註113〕當時的僧侶與士大夫之間往來非常密切，談玄論佛可說是當時的時代風氣。劉宋時代何尚之〈答宋文帝讚揚佛教事〉，〔註114〕就非常明白說出當僧侶與文人往來的盛況：

> 渡江以來，則王導、周顗，宰輔之冠蓋；王濛、謝尚，人倫之羽儀；郗超、王坦、王恭、王謐，或號絕倫，或稱獨步，詔氣貞情，又爲物表；郭文、謝敷、戴逵等，皆置心天人之際，抗身煙霞之間；亡高祖兄弟，以清識軌世；王元琳昆季，以才華冠朝。其餘范汪、孫綽、張玄、殷覬，略數十人，靡非時俊。又並論所列諸沙門等，帛、曇、邃者其下輩也，所與比對，則庾元規。自邃以上，護、蘭諸公，皆將亞跡黃中，或不測人也。

這一段文字主要是在說明東晉時代玄佛合流，文人士大夫除了游心於玄理外，也以學佛爲風尚，當時僧侶與俗眾之間往來頻繁，是當時風氣所趨。

在《高僧傳》中所記載的高僧事蹟，除了敘述僧侶的大略事跡，也記載當時與之往來的文士。在《世說新語》中也有許多僧侶與文人往來，並共同研究玄學與佛理事蹟的記載。〔註115〕而且當時許多僧侶本身對於佛典以外的儒道典籍，亦是擅善長的，僧侶所展現出來的風格，和清談名士相比是絲毫也不遜色的。舉例如：

支　遁：幼有神理，聰明秀俊。

〔註113〕 郭朋，《中國佛教史》曾提到：「所謂『般若』學說，就是由『般若』類經典所宣揚的『一切皆空』的學說；……這一思想，同魏晉玄學，可以說是親密的近鄰，好友，它們之間很容易聲氣相通。」台北文津出版社，民國 82 年初版。

〔註114〕 梁僧佑，《弘明集》，台北新文豐。

〔註115〕 〈文學〉21，「殷中軍爲庾公長史。下都王丞相爲之集，桓公、王長史、王藍田、謝鎮西並在。丞相自起解帳帶麈尾，語殷云：『身今日當與君共談析理。』既共清言，遂達三更。丞相與殷共相往返，其餘諸賢略無所關。既彼我相近，丞相乃嘆曰：『向來語乃竟未知理源所歸。至於辭喻不相負，正始之音，正當爾耳。』……」

〈文學〉23：「殷中軍見佛經，云：『理應在阿堵上』」意指玄理應在佛經中見著。

〈文學〉43：「殷中軍讀《小品》，下二百籤，皆是精微，世之幽滯。嘗欲與支道林辯之，竟不得。今《小品》猶存。」《小品》即指《道行經》，殷浩善玄談亦喜研讀佛經。

〈文學〉30：「有北來道人好才理，與林公相遇於瓦官寺，講《小品》。于時竺法深、孫興公悉共聽。」此孫興公即孫綽，爲一玄學家但崇信佛法，常與僧侶往來。

　　支孝龍：少以風姿見重。加以神采卓犖，高論適時。

　　竺僧度：雖少出孤微，而天姿秀發，年至十六，神情爽拔，卓爾異
　　　　　　人。

　　釋慧遠：弱而好書，珪璋秀發。

從這些《高僧傳》中所描述的文辭中，可以透露出當時社會的風氣。

　　僧侶與當時的文士往來密切的風氣，無形之中也促使六朝詩歌中出現過去所未曾見到的佛教色彩。在六朝時所創作的詩歌中，沾染佛教色彩最濃郁的就是「佛理詩」，它的抒情意味很淡，但說理性質瀰漫整篇詩作，這明顯和傳統中國詩歌重視抒情的特質完全不同，這類佛理詩作者有僧侶也有在家的文人居士，在此節中主要側重於僧侶的作品來討論，依其內容大致分成三類來說明。

二、佛理詩的類別

　　東晉南渡之後，佛教亦隨之更興盛，中土善長文學的僧侶漸漸增多，承如孫昌武所言：「從文字的表現說，從道安開始，中土漸多長於文學的僧人。〔註116〕這是由於一些精通外典的文化人加入了僧侶隊伍。」〔註117〕而善於文學的僧侶受到時代風氣的影響，在表現佛理的作品中，偶爾也會參雜玄學的思想在其中，依照《高僧傳》中的記載，在當時僧侶對於儒佛典籍以及佛經都擅長的相當普遍。再者經由文學的方式來傳教，可以收到很大的功效，慧遠大師說過：〔註118〕

　　　　若染翰綴文，可託興於此。雖言生於不足，然非言無以暢一詣之感。

這段話的意思是指藉由文學之美，將心中想要寄托的道理蘊含其中，透過文質兼備的呈現以收興寄之效。所以許多僧侶將佛教思想寄寓於詩歌之中。東晉時代僧侶所流傳下來的作品並不算多，但是就詩歌題材的角度而言，這類佛教色彩濃厚的作品，具有一定的文學意義。

（一）純粹闡釋佛理

　　在僧侶創作的佛理詩中，詩中完全以宣揚佛理為主的，在目前六朝僧詩

〔註116〕在《高僧傳》以及其它文獻中所記載的，如康僧淵、支遁、釋慧遠、竺僧度、
　　　　　帛道猷等皆是善於文學的僧侶。
〔註117〕孫昌武著，《佛教與中國文學》，台北東華書局。
〔註118〕《弘明集》，卷二十七，釋慧遠【與隱士劉遺民等書】。

中數量不算很多，茲列舉如下：〔註 119〕

支 遁	四月八日讚佛詩 詠八日詩 五月長齋詩 八關齋詩
鳩摩羅什	十喻詩
廬山諸沙彌	觀化決疑詩
竺僧度	答苕華詩
寶誌	大乘讚十首 十二時頌 十四科頭　菩提煩惱不二 　　　　　持犯不二 　　　　　佛與眾生不二 　　　　　事理不二 　　　　　靜亂不二 　　　　　善惡不二 　　　　　色空不二 　　　　　生死不二 　　　　　斷除不二 　　　　　眞俗不二 　　　　　解縛不二 　　　　　境照不二 　　　　　運用無礙 　　　　　迷悟不二 偈
智藏	奉和武帝三教詩
慧令	和受戒詩
菩提達摩	付法頌
傅翕	四相詩　生相 　　　　老相 　　　　病相 　　　　死相

〔註 119〕此表格係參考《廣弘明集》，以及《中國歷代僧詩全集》。

	頌	
	貪瞋癡	
	十勸	
	還源詩十二章	
	浮漚歌	
	獨自詩二十章	
	爾時大士語弟子晝夜思維觀察自心生而不生滅而不滅止息攀緣人法相寂是為解脫乃作五章詞	
	行路難二十篇	
	行路易十五首	
	率題六章	
	勸喻詩	
	率題兩章	
	三諫歌	
	頌三首	
曇延	薛道衡見訪戲題方圓動靜四字	
智愷	臨終詩	
亡名	五苦詩	生苦
		老苦
		病苦
		死苦
		愛離
	五陰盛詩	
智命	臨終詩	

　　在上面表格所列舉出來僧侶的佛理詩中，其中以支遁、寶誌以及傅翕的作品數量較多。尤其是傅翕的作品可以很明顯看出主要在宣說佛教中的義理，幾乎所有的作品都是在教化世人要歸依佛陀，信仰佛教，因為在第四章中專門針對傅大士的生平與其重要詩歌作了深入討論，所以在這一章節中就不再一一詳細剖析，僅簡單的介紹。

　　在東晉時代，僧侶詩中作的較為突出的是「玄拔獨悟」的支遁，〔註120〕

〔註120〕《高僧傳》義解篇〈支遁傳〉：「郗超後與親友書云：『林法師神理所通，玄拔獨悟。寔數百來，紹明大法，令真理不絕，一人而已』」。

以及「使道流東國」的慧遠，[註121] 另外就是鳩摩羅什。

支遁的作品中，佛理詩數量不少，如上表中所列舉出的，茲舉實例來看作品的特色，〈八關齋詩〉[註122] 其三：

> 靖一潛蓬廬，悟悟詠初九。廣漠排林篠，流飇灑隙塘。
>
> 從容遐想逸，採藥登崇阜。崎嶇升千尋，蕭條臨萬畝。
>
> 望山樂榮松，瞻澤哀素柳。解帶長林坡，婆娑清川右。
>
> 冷風解煩懷，寒泉濯溫手。寥寥神氣暢，欽若盤春藪。
>
> 達度冥三才，恍惚喪神偶。遊觀同隱丘，愧無連化肘。

〈八關齋詩〉一共有三首，詩前有序說明此次法會乃是支遁與好樂佛道的驃騎將軍何充共同籌辦的。地點是在「吳縣（今江蘇蘇州）土山墓下」，參加者有「道士（即僧人）白衣（指世俗之人）凡二十四人」，時間為一晝夜，十月二十三日清晨為齋始，至次日一早齋畢，「眾賢各去」。此詩中間十二句敘述作者在從容遐想，深感逸樂之後，沿著崎嶇的山路登山採藥，看到山上的青松，不禁怡然而樂，瞻望澤岸蕭索的「素柳」，則哀惋之情油然而生；這空闊而寂靜的山水，無不使作者感到神清氣爽。最後四句寫其冥思與抒發感嘆，為通達度世脫塵之理，必須冥思天地人「三才」，以及陰陽、剛柔、仁義之道，以借助玄學來弘揚佛法。在冥思中，作者恍惚覺得自己的精神已經離開他所寄寓的身體，由此不禁發出「愧無連化肘」的感嘆，可惜自己尚無點化眾生，使其悟道而脫離苦海的手段。這樣的嘆息是發自於內心的，也是非常真誠的。孫昌武先生曾說：「支遁把佛理引入文學，用文學型式來表現，他有開創之功……他融玄言佛理於山水之中，開模山範水之風，功蹟是不可滅的。」[註123]

〈八關齋詩〉三首之一：

> 建意營法齋，里人契朋儔。相與期良辰，沐浴造閑丘。
>
> 穆穆升堂賢，皎皎清心修。窈窕八關客，無楗自網繆。
>
> 寂寞五習真，疊疊勵心柔。法鼓進三勸，激切清訓流。
>
> 悽愴願弘濟，闇堂皆同舟。明明玄表聖，應此童蒙求。

〔註121〕《高僧傳》義解篇〈慧遠傳〉：道安稱讚慧遠云：「使道流東國，其在遠乎！」

〔註122〕八關齋，即「八關齋戒」；「八齋戒」，簡稱「八戒」。為不殺生、不偷盜、不淫欲、不妄語、不飲酒、不眠坐高廣華麗之床、不裝飾打扮及觀聽歌舞、不食非時食。前七項是「戒」，第八項是「齋」。不要求終身受持，而是臨時奉行，時間可長可短，短則一日一夜，長則數日或是數十日。

〔註123〕見孫昌武，《佛教與中國文學》，台北東華書局。

存誠夾室裏，<u>三界</u>讚<u>清修</u>。嘉祥歸宰相，靄若慶雲浮。

這首詩把僧侶與白衣居士共聚一堂，進行八關齋戒的情景描繪出來。他在詩中諄諄勉勵修行者要將心調柔，慈悲濟世，並且希望眾人同乘此舟，到達彼岸。又因為滿室修行者皆是虔誠向道，所以此「清淨的修行」必蒙三界天人所共稱讚。此篇作品佛理流貫字裡行間，如引用了「法齋」〔註124〕、「清心修」、「法鼓」〔註125〕、「三界」〔註126〕、「清修」等佛教色彩濃厚的語言，是相當典型的佛理詩。

在東晉時與慧遠同時，北方姚秦有鳩摩羅什，其作品見於史料中的有〈十喻詩〉以及〈贈沙門法和〉。如〈十喻詩〉：〔註127〕

<u>十喻</u>以喻<u>空</u>，空必待此喻。借言以會意，意盡無會處。既得出長羅，

住此無所住。若能映斯照，<u>萬象</u>無來去。

鳩摩羅什此詩意在指明設喻目的在於借言會意，了悟「空觀」。〔註128〕待一旦意會便得魚忘筌，進入通脫無礙之境，再不必為語言所拘。「住此無所住」，「住」是指事物的實在性，現在既然「住此無所住」實即無生無滅，據《維摩詰經》云：「住即不住，乃真無住也。本以住為有，今無住則無有，無有則畢竟空也。」。所以若能如此觀照世界，世上萬事萬物便不存在甚麼生滅來去。這首詩中也引用佛教的名相，如「空」、「十喻」、「萬象」等，從它的內容以及用語來看都是很典型的佛理詩作。

另一首〈贈沙門法和頌〉：

〔註124〕法齋日，謂每半月末日及六齋日可受持八戒齋之日。《雜阿含經》四十一：「於法齋日及神足月受持齋戒。」

〔註125〕法鼓，是一種譬喻，扣鼓誡兵進眾，以譬佛之說法為誡眾進善者。《法華經‧序品》：「吹大法螺，擊大法鼓。」

〔註126〕三界，指凡夫生死往來之世界分為三。一欲界，有淫欲與食欲之有情住所也。二色界，色為質礙義，有形之物質也，此界在欲界之上，離淫與食二欲之有情住所。三無色界，此界無一色，無一物質的物，無身體亦無宮殿國土，唯以心識住於深妙之禪定故謂之無色界。

〔註127〕十喻，所謂喻是以既知之事實，闡明未知之事理。《摩訶般若波羅蜜經‧序品》：「解了諸法，如幻、如焰、如水中泡、如虛空、如響、如乾婆城、如夢、如影、如鏡中像、如化。」此即是般若十喻。

〔註128〕鳩摩羅什為大乘空觀倡導者，其所譯《大智度論》、《中論》、《百論》、《十二門論》都是在闡明般若空義之主旨。「空」之所以為佛家中心思想，乃是因為佛教認為一切物質現象皆是因緣和合而成，一旦因緣散滅，物質現象也會隨之消滅，故云「緣起性空」，說明世間所有萬物都是依賴因緣和合的，並沒有本來的實質可言。

　　　　心山育明德，流薰萬由延。哀鸞孤桐上，清音贈九天。

此詩主要在歌頌法和的德行。作品的辭藻典雅，將鳩摩羅什重視辭藻的譯經主張，徹底落實在作品中。

　　東晉時僧侶竺僧度的〈答苕華詩〉〔註129〕也是一篇佛理詩，特殊的是這是一首答未婚妻之作。

　　　　機運無停住，〔註130〕倏忽歲月過。巨石會當竭，芥子豈云多。良由
　　　　去不息，故令川上嗟。不聞榮啟期，皓首發清歌。罪福良由己，寧
　　　　云己惱他。

這是宣揚佛教三世輪迴，因果思想的詩。作者在作品中大談佛理，談到大千世界變化無常，芸芸眾生以及天地萬物都在不停的變幻之中，永不止息；如「巨石之大」，亦有竭盡之時，「芥子」雖小，豈可云多一切都只是「空」、「無」而已。正因為感於川流不息，所以孔子才有「逝者如斯夫」的慨嘆，而榮啟期「皓首發清歌」，也只不過聊以「自寬」而已。是故所有罪福都是自己所種下之「因」而結下的「果」，因果報應是絲毫不爽的。這首詩為我們揭示人生的真相就是苦，全詩以宣揚佛理為主。

　　梁寶誌的作品主要是以闡述佛理為主，如〈大乘讚〉十首、〈十二時頌〉、〈十四科頭〉等都是典型宣揚佛理的作品，其中在〈十四科頭〉中一共有十四首作品，小標題分別是菩提〔註131〕煩惱不二、持犯〔註132〕不二、佛與眾生不二、事理不二、靜亂不二、善惡不二、色空不二〔註133〕、生死不二、斷除不二、真俗不二、解縛不二、境照〔註134〕不二、運用無礙以及迷悟不二。從

〔註129〕《高僧傳》記載：「度少孤獨，與母居。求同鄉楊德慎女，女字苕華，未及成
　　　　禮，苕父母繼亡，度母亦卒。度睹世代無常，乃捨俗出家，改名僧度。苕華
　　　　服畢，自維三從之義，無獨立之道，乃與度書並贈詩，度答書報詩，於是專
　　　　精佛法後，不知所終。」
〔註130〕此句意思是說，佛教認為世界一切都是處於剎那變化之中，無有常住之時。
〔註131〕菩提，有事理之二法，理者涅槃，斷除煩惱而證涅槃之一切智，是通三乘之
　　　　菩提。事者一切有為之諸法，斷所知障而知諸法之一切種智，是佛之菩提也。
　　　　煩惱，貪欲瞋恚愚癡等諸惑，煩心惱身謂為煩惱。
〔註132〕持犯，持即保持戒律，有止持與作持二種。犯即侵犯戒律，亦是作犯、止犯
　　　　二種。
〔註133〕色空不二，即色即是空，色者總謂有形之萬物也。此等萬物為因緣所生者，
　　　　非本來實有，故是空也，是謂之色即是空。《般若心經》曰：「色不異空，空
　　　　不異色，色即是空，空即是色。受想行識亦復如是。」
〔註134〕境，指心之所遊履攀緣者，如色為眼識所遊履謂之色境。照，指真如之妙用

以上的標題中所顯示出的就是宣揚佛理的作品，而且在內容部份亦大量引用
佛教的術語。如「迷悟不二」：

> 迷時以空爲色，悟時以色爲空。迷悟本無差別，色空究竟還同。愚
> 人喚南作北，智者達無西東。欲覓如來妙理，常在一念之中。陽焰
> 本非其水，渴鹿〔註135〕狂趁匆匆。自身虛假不實，將空更欲覓空。
> 世人迷倒至甚，如犬吠雷哄哄。

這首詩主要在說明世人多半迷惑顛倒的，猶如「渴鹿陽焰」一般，迷妄誤以
爲陽焰是水而奔馳追逐，事實上「渴鹿陽焰」這成語也是出自佛經的譬喻，
用它來說明凡夫眾生的愚癡是很貼切的。在寶誌的其它詩歌中也是普遍引用
佛教術語與典故，如：

> 法寶喻於須彌，智慧廣於江海。不爲八風〔註136〕所牽，亦無精進懈
> 怠。(運用無礙) 智者造作皆空，聲聞觸途爲滯。大士〔註137〕肉眼
> 〔註138〕圓通，二乘〔註139〕天眼有翳。空中妄執有無，不達色心無
> 礙。菩薩與俗同居，清淨曾無染世。(持犯不二)

這種以闡述佛理爲主的作品，內容上多數會大量引用佛典用語，同時在行文
中和佛經中的漢譯偈頌非常相似，可見這類的佛理詩的起源應該和佛經翻譯
有密切的關係。

（二）讚揚佛德之作

讚揚佛菩薩以及佛教中的居士行誼的作品，在六朝僧侶的詩作中亦可見
到，而這類的作品行文中多數是以宣揚佛理爲主要的內容。支遁就有許多讚
佛之作，如〈四月八日讚佛詩〉，詩歌通篇都是在歌頌佛陀的誕辰，並藉以說
明佛理的殊妙：

　　照十方日照。
〔註135〕渴鹿見陽焰以爲水，譬喻迷妄之心也。《楞伽經》：「譬如群鹿，爲渴所逼，見
　　　　春時焰，而作水想。迷亂馳趣，不知非水。」
〔註136〕八風又作八法。謂此八法，爲世間所愛所憎，能煽動人心，故以風爲喻，稱
　　　　爲八風。八風即：：利、衰、毀、譽、稱、譏、苦、樂。
〔註137〕大士，菩薩之通稱也。或以名聲聞與佛。《四教儀集解》上：「大士者，大非小
　　　　也。士，事也。運心廣大，能建佛事，故云大士，亦名上士。」
〔註138〕肉眼與天眼皆是五眼之一。肉眼是指肉身所具之眼。天眼是色界天人所有之
　　　　眼，人中修禪定可得之，不問遠近內外晝夜皆可得見。
〔註139〕二乘，一聲聞乘，聞佛之聲教，觀四諦而生空智因以斷煩惱。二緣覺乘，根
　　　　機銳利，非由佛之聲教，獨自觀十二因緣而生眞空智因以斷煩惱。

三春迭云謝，首夏含朱明。祥祥今日泰，朗朗玄夕清。<u>菩薩</u>〔註140〕
彩靈和，眇然因<u>化生</u>。〔註141〕<u>四王</u>〔註142〕應期來，矯掌承玉形。
飛天鼓弱羅，騰攉散芝英。綠瀾頹龍首，縹蕊矞流泠。芙渠育神葩，
傾柯獻朝榮。芬津霈四境，甘露凝玉瓶。珍祥盈四八，玄黃曜紫庭。
感降非情想，恬泊無所營。玄根泯靈府，神條秀形名。<u>圓光</u>〔註143〕
朗東旦，<u>金姿</u>〔註144〕豔春精。含和總<u>八音</u>，〔註145〕吐納流芳馨。
跡隨因溜浪，心與太虛冥。<u>六度</u>〔註146〕啓窮俗，<u>八解</u>〔註147〕濯世
纓。慧澤融無外，空同忘化情。

這首詩主要是在四月八日佛陀生日時讚嘆佛陀的莊嚴威儀，詩中並以種種形
容詞來刻畫支遁對於釋迦牟尼佛的景仰之情，在詩歌的後四句是說明佛陀教
化世間的法，是希望眾生可以廣行六度菩薩之行以及八正道，以落實空觀於
生命思維中。這首詩在行文之間夾雜許多佛教的名相，使詩中的佛教氣息更
加濃厚，這種情形在過去傳統中國詩歌中是非常罕見的現象，這和漢譯偈頌
應該有關係。

　　支遁的〈詠八日詩〉三首，和〈四月八日讚佛詩〉有相同的特色，在詩
句之間也運用許多佛教的名相，在讚佛之外也有宣佛理的用意。

　　無名釋的〈淨土詠〉，是一首典型的讚揚佛教所謂淨土勝境的詩，其詩云：

〔註140〕菩薩，具名菩提薩埵，舊譯曰大道心眾生，新譯曰覺有情。謂是求道之大心
　　　　人，故曰道心眾生，求道求大覺之人，故曰道眾生、大覺有情。總名求佛果
　　　　之大乘眾。《大智度論》，卷七：「此中二種菩薩，居家菩薩，善守等十六菩薩
　　　　是居家菩薩……慈氏妙德菩薩等是出家菩薩。」
〔註141〕化生，謂依托無所，忽然而生者，如諸天、諸地獄、及劫初之人是也。《大乘
　　　　義章》：「言化生者，如諸天等，無所依托，無而忽起，名曰化生。若無依托，
　　　　云何得生，如地釋論，依業故生。」這裡是指佛的降生。佛教認為釋迦牟尼
　　　　佛的前世是菩薩，住兜率內院，然後下生人間為佛。
〔註142〕四王，四天王也。六欲天之第一，為四大天王之所住也，故云四王天。在須
　　　　彌山之半，最初之天也。四天王，東方持國天王，南方增長天王，西方廣目
　　　　天王，北方多聞天王。
〔註143〕圓光，指放。自佛菩薩頂上之圓輪光明也。
〔註144〕金姿，即為三十二相之「金色相」。指佛身以及手足均為真金色，如眾寶莊嚴
　　　　之妙金台。
〔註145〕八音，謂如來所得之八種音聲，極好音、柔軟音、和適音、尊慧音、不女音、
　　　　不誤音、深遠音、不竭音。
〔註146〕六度是菩薩修行之道，指布施、持戒、忍辱、精進、禪定、般若。
〔註147〕八解，即八正道。其道離偏邪，故曰正道。即正見、正思維、正語、正業、
　　　　正命、正精進、正念、正定。

金繩界寶地，珍木陰瑤池。〔註148〕雲間妙音奏，天際法蠡〔註149〕
吹。

這裡的淨土即佛土、佛國，沒有任何污濁的垢染，故稱之淨土。在鳩摩羅什
所譯的《佛說阿彌陀經》中有這樣的描述：「極樂國土，七重羅網，七重行樹，
皆是四寶周匝圍繞。……極樂國土，有七寶池，八功德水，充滿其中，池底
純以金沙布地，四邊階道金銀、琉璃、玻璃合成。」這首詩所描述的亦是黃
金為繩界其道側，同時天樂鳴空的景象，純粹是希望此詩以讓世俗之人心生
嚮往而能修習佛法。

（三）藉詠物以抒情通理

　　在佛理詩中有一類的作品是藉由詠物來宣揚佛理的，這類作品和詠物詩
很相近，但是若細看其內容會發現詩歌的行文之間流露出佛教的義理。如惠
標的〈詠山詩〉、〈詠水詩〉、〈詠孤石〉這些作品即屬藉詠物以抒情達理，〈詠
山詩〉：

　　靈山蘊麗名，秀出寫蓬瀛。香鑪帶煙上，紫蓋入霞生。霧捲蓮峰出，
　　巖開石鏡明。定知丘壑裡，併佇白雲情。

這首詩中「靈山」指的是靈鷲山，又名為鷲山，在中印度王舍城南，佛陀曾
於此說法。在中國則沿用其名，在福建福清縣北有鷲峰，浙杭縣之飛來峰也
名靈鷲。至於「蓬瀛」是指蓬萊與瀛州，這都是海中的神山名，相傳是仙人
所居。此詩的開始兩句用「靈山蘊麗名，秀出寫蓬瀛」，在詠山之外又蒙上一
層脫俗的味道，所以詩的最後所描寫的「定知丘壑裡，併佇白雲情」，就是抒
發自己的心境，「白雲情」含有脫離塵俗的意思。

〔註148〕瑤池，古代神話中神仙居所。《穆天子傳》記載周穆王會西王母於瑤池之上。
〔註149〕法蠡，即法螺。為僧侶作法事時之樂器。

第六章　僧侶詩歌的意象及思想表現

　　詩歌是一種以語言爲媒介來表現美感經驗的藝術。在梅祖麟與高友工的文章〈論唐詩的語法、用字與意象〉〔註1〕中，將詩歌語言所傳遞的兩重信息，分別稱之爲「文意」與「詩意」。「文意」指的是詩歌語言本身具有的意義，「詩意」指超然於文意之外，但是比文意更重要的意義。同時梅、高二人把傳遞文意與詩意的語言，稱之爲「論斷語言」與「意象語言」。〔註2〕

　　就詩歌而言，塑造意象的語言是詩歌語言的主體。意象是人們過去的感覺或已被知解的經驗，精神分析學家弗洛依德的學生容格在《論分析心理學與詩歌的關係》中，將意象解釋爲人類心理深層集體無意識的一種歷史積澱。他說：

　　　　每一種原始意象都是關於人類精神和人類命運的一塊碎片，都包含
　　　　著我們祖先的歷史中重複了無數次的歡樂和悲哀的餘，並且總的說
　　　　來始終遵循著同樣的路線生成。它就像心裡深層中一道道深深開鑿
　　　　過的河床，生命之流在這條河床中突然奔湧成一條大江，而不是像
　　　　從前那樣，在漫無邊際而浮淺的溪流中向前流淌。

六朝時代成書的劉勰《文心雕龍》〈神思篇〉：〔註3〕

　　　　是以陶鈞文思……然後使玄解之宰，尋聲律而定墨；獨照之匠，窺
　　　　意象而運斤，此蓋馭文之首術，謀篇之大端。

〔註1〕梅祖麟、高友工著，黃宣範譯，〈論唐詩的語法、用字與意象〉，《中外文學月刊》，第一卷，第十期，民國62月3月，頁61。
〔註2〕梅祖麟、高友工著，〈唐詩的語意研究〉，收入在黃宣範所譯《翻譯與語意之間》，台北聯經出版社。
〔註3〕劉勰，《文心雕龍》〈神思篇〉。

劉勰此說以木匠勘定墨線和運斧取材爲喻，十分形象而且貼切。在詩歌藝術中，這種通過一定的組合關係，表達某種特定意念而讓讀者得之言語之外的語言形象，如「黃葉樹」、「白頭人」等，這就是意象。這類似佛教所說的由六根所造成的六境，包含視覺、聽覺、嗅覺、味覺以及心理的種種感受。

　　劉若愚在《中國詩學》中將意象區分爲「單純意象」與「複合意象」，「單純意象」是喚起感官知覺或引起心象而不牽涉另一事物的語言表現；「複合意象」是牽涉兩種事物的並列或比較，或者一種事物與另一事物的替換，或者一種經驗轉移爲另一種經驗的語言表現。〔註4〕

　　在這一章中所要討論的問題，分別是「玄」這個字的意象以及以玄字爲首的詞彙，在整首詩中它有何作用及象徵意義；以及僧侶詩中的自然界意象語彙所寓含的意義爲何？再者是關於佛教的語彙運用，這些詞彙用在詩歌中起了何種作用？從上述這些討論中，作者試圖探討這些僧侶詩人如何運用這些語彙意象來表現詩的意境與風格。

第一節　僧侶詩中與佛教有關的意象

　　僧侶以出家僧人以及詩人的雙重身份來從事詩歌的創作，所以在詩歌的內容以及語彙上自然會將佛教的用語及思想帶到詩歌之中。在這一節中，筆者試著對僧侶詩中佛教的人物語彙、意譯語詞作歸納，並探討這些語彙的用法。

　　佛教本身是源自印度的外來文化，所以當佛教文化傳入中國時，必須透過翻譯的工作，對譯的方法有「音譯」與「意譯」兩種，「音譯」是將外族的語言裡的詞彙連音帶義都接受過來，這是純粹的外來詞；在漢語的音譯詞中，漢字只是記音的符號，這類的語詞如「菩提」、「比丘」、「兜率」、「伽藍」、「沙門」等是屬於「音譯詞」。

　　所謂「意譯詞」，是指拋棄了外來語詞原有的語音形式，而採用漢語的構詞材料，據漢語的構詞方法構成一個新的語彙，以表示一個新的概念呂叔湘先生曾說：「意譯的詞，因爲利用本國固有的詞去湊合，應歸入合義複詞，而且也不能算是嚴格的外來詞。譯音的詞，渾然一體，不可分離，屬於衍聲的一類。」〔註5〕

〔註4〕劉若愚，《中國詩學》，杜國清譯，台北幼獅文化，頁119。
〔註5〕呂叔湘，《中國文法要略》上卷，頁19，商務印書館。

　　無論是音譯或是意譯詞，或者半音半意所創造的語詞，都是因爲和外來民族的文化交流，吸取他族人民所介紹的新事物與新的概念。語言是抽象思維的負擔者，抽象思維是客觀事物在人腦中的反映，沒有客觀事物的存在，沒有客觀事物在人腦中的反映，作爲抽象思維的負擔者的詞也就不能存在。所以，一個新詞的產生是因爲有新概念的產生，而新概念的產生也總有客觀新事物的產生或者是對客觀事物的新認識爲基礎。就這個層面來說，即使是意譯的詞，因其「義」是屬於外來的，所以仍然和本國的語詞有本質上的區別。

一、佛教的人物意象

　　在六朝的僧詩中出現一類的意象是與佛教的人物有關的，如「佛」、「維摩詰」、「菩薩」、「釋迦」、「四王」與「飛天」等。

佛	寶誌〈十四科頌〉——佛與眾生不二 寶誌〈十四科頌〉——生死不二 寶誌〈十四科頌〉——色空不二 寶誌〈十四科頌〉——境照不二 傅翕〈十勸〉 傅翕〈示諸佛村鄉歌〉 傅翕〈頌〉
佛陀	傅翕〈行路難〉 傅翕〈行路易〉
彌陀	傅翕〈三諫歌〉
菩薩（薩埵）	支遁〈詠八日詩〉 寶誌〈十四科頌〉——持犯不二 寶誌〈十四科頌〉——善惡不二 傅翕〈十勸〉 傅翕〈獨自詩〉
維摩詰	寶誌〈十四科頌〉——解縛不二
四王	支遁〈詠八日詩〉
飛天	支遁〈詠八日詩〉
釋迦	支遁〈詠八日詩〉 寶誌〈十四科頌〉——解縛不二

聲聞	寶誌〈十四科頌〉——持犯不二 寶誌〈十四科頌〉——善惡不二
波旬	
大士	寶誌〈十四科頌〉——持犯不二 智藏〈奉和武帝三教詩〉 傅翕〈行路難〉
世尊	寶誌〈十四科頌〉
如來	寶誌〈十四科頌〉——事理不二 寶誌〈十四科頌〉——斷除不二 傅翕〈頌〉 傅翕〈行路難〉 傅翕〈行路易〉
彌勒	寶誌〈十四科頌〉——斷除不二 菩提達摩〈讖〉
文殊	傅翕〈行路難〉
醫王	傅翕〈勸喻詩〉

（一）與「佛」「菩薩」有關的佛教人物語彙

在六朝僧詩中曾經出現的有「佛」、「醫王」、「大士」、「釋迦」、「菩薩」、「文殊」、「彌勒」等語彙。

「佛」是 Buddha 佛陀之略，又作佛陀、浮圖、休屠、勃陀、部陀等。譯作智者與覺者。即覺知三世一切諸法者，即自覺、覺他、覺行圓滿者，示現於人類歷史上之佛陀，唯有釋迦牟尼佛。

「醫王」是對諸佛菩薩的尊稱。佛菩薩能醫治眾生之心病，故以良醫為喻，而尊稱為醫王。蓋凡夫從無始以來，因煩惱之故沉淪於三途，難以解脫，佛菩薩乃起大悲心了知眾生生老病死等共同之根本煩惱與各別之根機、因緣，而一一施預化益，令得解脫。猶如世間之良醫，善能診察病者，知其病症而治之。《雜阿含經》卷十五，﹝註6﹞以大醫王所具有之四法成就比喻佛菩薩之善能療病，即——善知病、善知病源、善知對治疾病之法與善治病已，令當來更不復發。《大智度論》卷二十二：﹝註7﹞「佛如醫王，法如良藥，僧

﹝註6﹞見《大正藏》，第二卷，No.99。
﹝註7﹞見《大正藏》，第二十五卷，No.1509。

如瞻病人，戒如服藥禁忌」等著名譬喻。

「釋迦」即釋迦牟尼，梵語 Caky mumi，亦即釋迦族出身之聖人。略稱釋迦要牟尼、文尼，又稱爲世尊、釋尊，即佛教教主。「世尊」爲如來十號之一，亦即爲世間所尊重者之意，指世界中之最尊者。即「富有眾德、眾祐、威德、名聲、尊貴者」之意。其中，以「世尊」一語最易解知，故自古以來之譯者多以其爲意譯，我國即爲一例。然在印度，一般用爲對尊貴者之敬稱，並不限用於佛教；若於佛教，則特爲佛陀之尊稱。在六朝僧詩中還有「如來」〔註8〕來指佛陀的。

除了佛之外，在六朝詩中菩薩也是常見的佛教人物如「文殊」、「彌勒」等。

「菩薩」是「菩提薩埵」之略稱，意譯作道眾生、覺有情、大覺有情、道心眾生，指以智上求無上菩提，以悲下化眾生，修諸波羅蜜行，於未來成就佛果之修行者。經典中所舉出菩薩之異名有——開士、大士、尊人、聖士、超士、上人、無上、力士、無雙等。諸經典三舉之菩薩名，有彌勒、文殊、觀世音、大勢至等。大乘僧侶或居士，亦有被尊爲菩薩者，如竺法護被尊爲敦煌菩薩，道安爲印手菩薩。

菩薩又可以稱作「大士」梵語 mahpurua，對佛之尊稱之一。梵語 mahsattva，爲菩薩之美稱。音譯作摩訶薩埵，又作摩訶薩，與「菩薩」同義，經中每用「菩薩摩訶薩」之連稱。菩薩爲自利利他、大願大行之人，故有美稱。一般而言，摩訶薩埵如譯成「大士」時，則菩薩多譯成「開士」，然皆指菩薩而言。

「彌勒」，意譯作慈氏。釋尊曾預言授記，當其壽四千歲（約人間五十七億六千萬年）盡時，將下生此世，於龍華樹下成佛，分三會說法。以其代釋迦牟尼說法，稱作一生補處菩薩，至彼時已得佛格，故亦稱彌勒佛。

文殊，音譯作文殊師利，曼殊室利、滿祖室利，意譯爲妙德、妙吉祥、妙樂、法王子。又稱文殊師利童眞、孺童文殊菩薩。爲我國佛教四大菩薩之

〔註8〕「如來」梵語 tathgata，又作如去，爲佛十號之一。即佛之尊稱。爲乘眞如之道，而往於佛果涅槃之義，又作由眞理而來（如實而來），而成正覺之義，故稱如來。佛陀即乘眞理而來，由眞如而現身，故尊稱佛陀爲如來。《長阿含》，卷十二《清淨經》（大一·七五下）：「佛於初夜成最正覺及末後夜，於其中間有所言說盡皆如實，故名如來。復次，如來所說如事，事如所說，故名如來。」又因佛陀乃無上之尊者，爲無上之無上，故亦稱無上上。又「如來」之稱呼，亦爲諸佛之通號。

一。一般稱文殊師利菩薩，與普賢菩薩同爲釋迦佛之脅侍，分別表示佛智、佛慧之別德，所乘座之獅子，象徵其威猛。

（二）與天界人物有關的語彙

佛教人物中有一類是屬於天道的人物，如魔王「波旬」以及「四王」、「飛天」等都是六朝僧詩中的佛教人物。

「波旬」，經典中又常作「魔波旬」（梵 Mra-ppman）。意譯殺者、惡物、惡中惡、惡愛。指斷除人之生命與善根之惡魔。爲釋迦在世時之魔王名。據《太子瑞應本起經》卷上載，波旬即欲界第六天之主。《大智度論》卷五十六〔註9〕謂，魔名爲「自在天王」。此魔王常隨逐佛及諸弟子，企圖擾亂之；而違逆佛與擾亂僧之罪，乃諸罪中之最大者，故此魔又名「極惡」。窺基之《大乘法苑義林章》卷六（大四五・三四八中）：「梵云魔羅，此云擾亂障礙破壞；擾亂身心，障礙善法，破壞勝事。（中略）又云波卑夜，此云惡者，天魔別名，波旬，訛也，成就惡法、懷惡意故。」

「四王」，指的是東面的持國天王（Dhrtarastra）、南面之增長天王（Virudhaka）、北面之多聞天王（Dhanada）、西面之廣目天王（Virupaksa）。東方持國天王能護持國土，住賢上城；南方增長天王能令眾生善根增長，住善見城；西方廣目天王能淨天眼常觀護閻浮提，住周羅善見城；北方多聞天王能賜福德並知聞四方，住可畏、天敬、眾歸三城。又以上諸城苑林、池塘間均有寶階道互得往返。此四天王與梵天共同守護佛法之事散鑒於諸經中，故古來對四天之信仰極爲興盛。

「飛天」，飛於空中，以歌舞香花供養諸佛菩薩之天人，印度自古以來即盛行飛天之傳說，於各大佛教遺跡中，皆有飛天之壁畫。

（三）「維摩」的人物意象

在六朝僧詩中，「維摩」的人物形象在僧詩中是相當常出現的，也是值得注意的。

《維摩詰經》所描繪的維摩詰是大乘佛教所塑造的一個理想「居士」形象。維摩詰原是印度毘耶離城的富商，他居家修道，號稱維摩居士。他曾以稱病爲由，與釋迦牟尼派來問病的文殊師利菩薩反復論說佛法，其論說佛法義理深奧，深爲文殊菩薩所敬服。他認爲要達到解脫的境界不一定要過嚴格

〔註9〕見《大正藏》，第二十五卷，No.1509。

的出家修行生活，關鍵在於主觀上要遠五欲、無所貪。

維摩詰是以在家的居士身份來修行，集中表現了大乘佛教濟度眾生的菩薩境界。維摩詰這一形象突破了佛教出家的形象，爲佛教的傳播，以及中國文人參禪習佛提供了方便之門，也因此在中國知識階層興起綿延千年之久的居士佛教，同時也產生一大批居士詩人或是在家的「詩僧」。他們以維摩居士爲偶像，《維摩詰經》在南朝時代與《周易》、《老子》、《莊子》（當時稱之爲「三玄」）一併成爲士大夫不離手的書籍。

在傅翕的〈三諫歌〉中，以「彌陀」爲首的意象有「彌陀佛」、「彌陀屋」、「彌陀房」、「彌陀路」、「彌陀鄉」、「彌陀口」。

「佛」、「菩薩」、「四王」等語彙，依中國的語言習慣，偏向於指涉超現實的神格人物，祂們所表徵的是高遠的聖者境界，也是人格最圓滿，佛教徒最崇敬的佛教人物。但是因爲其生命境界超乎一般人的經驗，所以難以具體表現其人格特質與精神境界，但是當詩中用「佛」、「菩薩」、「大士」這些語彙時，多用來象徵最高的涅槃境界或是宗教的體悟境界。六朝僧詩對於人物意象的運用仍是處於不純熟的階段。

僧侶以其方外人的身份從事詩歌創作，但是此時期中，仍未見到與「僧」有關的語彙出現，必須到唐代以後才有與「僧」字有關的語彙。

二、與佛教的建築或地方有關的意象

六朝僧詩中出現的佛教建築物或地方有關的語彙，〔註10〕大致有幾類：

〔註10〕六朝僧詩與佛教建物或地方有關的語彙

兜率	支遁〈詠八日詩〉
須彌	傅翕〈行路易〉
閻浮	支遁〈詠八日詩〉 傅翕〈刪路易〉
鹿苑	傅翕〈行路難〉
地獄	傅翕〈率題〉
阿鼻獄	傅翕〈勸喻詩〉

兜率，梵名 Tuita。又作都率天、兜術天、兜率陀天、兜率多天、兜師陀天、睹史多天、兜駛多天。意譯知足天、妙足天、喜足天、喜樂天。乃欲界六天之第四天，位於夜摩天與樂變化天之間。此天有內外兩院，兜率內院乃即將

1. 以動物意象修飾佛教建物者，如「鷲嶺」、「靈鷲」、「鹿苑」。靈鷲，音譯耆闍窟。位於中印度摩揭陀國王舍城東北。簡稱靈山，或稱鷲峰、靈嶽。山形似鷲頭，又以山中多鷲，故名。如來嘗講法華等大乘經於此，遂成為佛教勝地。我國諸山之號稱靈鷲或靈山者，皆沿襲其名。如福建福清之北有鷲峰、浙江杭縣之飛來峰亦名靈鷲山等。

2. 以有關佛教典故象徵佛教建物者，如「化城」、「雪山」、「靈山」、「法城」、「仙洲」、「涅槃城」、「方等城」、「真如房」、「三菩室」、「彌陀屋」、「彌陀房」、「彌陀鄉」、「王舍城」、「靈竹園」。

3. 以清淨等形容詞修飾佛教建築物者，如「靈境」、「淨地」、「淨域」、「清淨土」、「神宇」。

4. 以「梵」語彙來修飾佛教建物，如「梵宇」、「梵宮」、「梵王宮」、「梵室」、「梵刹」等。「梵」具有清淨之義，從事清淨之行，稱為「梵行」。佛菩薩之音聲，稱作梵音、梵聲。佛堂伽藍又稱梵刹、梵宇。

5. 與金銀珠寶有關的語彙修飾者，如「寶地」、「寶蓮池」、「金堂」、「珍寶殿」。

6. 其他與佛教的地方有關的語彙，如「兜術」〔註11〕、「須彌」〔註12〕、「阿鼻獄」、「閻浮」、「伽藍」、「道揚」、「紫闕」、「天台峻」。〔註13〕

佛教的出世性格，使得這些與佛教有關的語彙，在無形中顯得與一般紅塵俗世形成不同的獨立世界。當詩人以佛教建築物入詩時，往往是藉由描繪建築清淨無染的美感，並藉以烘托自己的心境。如支遁的〈詠八日詩〉：〔註14〕

> 真人播神化，流淳良有因。龍潛兜術邑，漂景閻浮濱。佇駕三春謝，飛轡朱明旬，八維披重葛，九霄落芳津。玄祇獻萬舞，般遮奏伶倫。

成佛者（即補處菩薩）之居處，今則為彌勒菩薩之淨土；彌勒現亦為補處菩薩，顧此宣說佛法，若住此天滿四千歲，即下生人間，成佛於龍華樹下。又昔時釋迦如來身為菩薩時，亦從此天下生人間而成佛。

〔註11〕須彌，又作蘇迷盧山、須彌盧山、須彌留山、修迷樓山。略作彌樓山（梵 Meru）。意譯作妙高山、好光山、好高山、善高山、善積山、妙光山、安明由山。原為印度神話中之山名，佛教之宇宙觀沿用之，謂其為聳立於一小世界中央之高山。以此山為中心，周圍有八山、八海環繞，而形成一世界（須彌世界）。

〔註12〕天台，在今浙江天台縣北，仙霞嶺山脈的東支，為著名的名勝，山上有寺。
見（唐）道宣，《廣弘明集》危三十，台北市：中華書局。
見《古今禪藻集》，卷一。

〔註13〕天台，在今浙江天台縣北，仙霞嶺山脈的東支，為著名的名勝，山上有寺。

〔註14〕見（唐）道宣，《廣弘明集》，卷三十，台北市：中華書局。

淳白凝神宇，蘭泉渙色身。投步三才泰，揚聲五道泯，不為故為貴，

忘奇故奇神。

再如隋玄逵的〈言離廣府還望桂林去留愴然自述贈懷詩〉：〔註15〕「標心之梵宇，運想入仙洲。嬰痾乖同好，沉情阻若抽。」這裡都是藉由神宇、兜術、仙洲、梵宇等語彙，來表達對於佛法的好樂與欣羨之心。

傅翕〈三諫歌〉中，用了許多以「彌陀」為首的語彙，如「彌陀房」、「彌陀屋」、「彌陀鄉」、「彌陀路」、「彌陀口」。

若欲求念彌陀佛，東西南北是西方。

西方彌陀觸處是，面前北後七重行。

或黃或赤或紅白，或大或小或智長。

天蓋正是彌陀屋，木孔木穿彌陀房。

天上空中彌陀路，草木正是彌陀鄉。

日夜前後嘈嘈鬧，正是彌陀口放光。

若欲禮拜彌陀佛，不用思想強干忙。

若不誑人是禮拜，若不求人是道場。

努有自使三功作，殷勤肆力種衣糧。

山河是家無盡藏，草木是人常滿倉。

泥水是人常滿庫，藤蘿是人無底囊。

多作功夫自成就，自行手腳熟嚴裝。

若欲往生安樂國，只是簡物是西方。

三、與佛教的教理有關的意象

僧詩中有一類的語彙是用比喻造詞，這在佛教的意譯的語詞中是相當廣泛的用法，如以「法」為本體的語詞，以「心」為本體的語詞，以「煩惱」為本體者，這些都是相當常見的語彙。

（一）以「心」為本體者

「心」在佛經中用義甚多，可以泛指一切精神現象，與「意」、「識」等概念同，如「心地」、「心樹」、「心波」等詞屬於此義；亦可以作八識之一，第八識「阿賴耶識」之別名，指一切善惡種力含藏之所，如「心田」的用法；也可

〔註15〕見《古今禪藻集》，卷一。

用來指清淨無染之心性，如「心鏡」即屬此義。

心香，這是指心中虔誠如爇香供佛也。梁簡文帝文曰：「窗舒意蕊，室度心香。」

心目，心與目即意識與眼識也。得見色境者，五後之意識與眼識相依而成之，故曰心目。竺法崇〈詠詩〉：「皓然之氣，猶在心目。山林之氣，往而不反。」〔註16〕又《楞嚴經》一曰：「如是愛樂，用我心目。由目觀見如來色相故，心生愛樂。」

心地，心為萬法之本，能生一切諸法，故曰心地。又修行者依心而近行，故曰心地。《大乘本生心地觀經》卷八：「三界之中以心為主，能觀心者究竟解脫，不能觀者究竟沉淪，眾生之心猶如大地。五穀五果從大地生，如是心法生世出世善惡五趣有學無學獨覺菩薩及於如來。以此因緣三界唯心，心名為地。」〔註17〕如唐寒山詩：「我自觀心地，蓮花出淤泥。」

心田，人所造作的業，善與惡的種子隨各人之緣在心內滋長，如田地生長五穀雜糧般。即心能生善惡之苗，故名之。西晉竺法護所譯《諸佛要集經》〈福行品〉：「愚癡著欲舍正法眼。……不護彼禁戒，樂造作諸惡，心田善種子，則無由生長。」〔註18〕

（二）以「法」為本體

「法」為通於一切之語。小者大者，有形者，無形者，真實者，虛妄者，事物其物者，道理其物者，皆悉為法也。《大乘義章》卷十：「法者，外國正音名曰達磨，亦名曇無。本是一音傳之別耳，此翻為法，法義不同。汎釋有二，一自體名法，二者軌則名法。」《經律異相》卷十三引《大智度論》卷二：「諸天禮迦葉足，說偈讚嘆，大德知否？法船欲破，法城欲積，法海欲竭，法幢欲倒，法燈欲滅，說法人去，行道漸少，惡人轉盛，當以大慈建立佛法。〔註19〕」這一段記載中，連用「法船」、「法城」、「法海」、「法幢」與「法燈」五個語彙，形象有力的讚頌佛法的力量與作用。

「法鼓」，佛法能滅惡，使眾生進善，猶如兩軍交戰，激士鬥志之鼓。《菩薩瓔珞經》〈比喻品〉：「以法講授人，如空無所念，法鼓震大千，十善功德具。」

〔註16〕《高僧傳》，卷四〈竺法崇傳〉。
〔註17〕《大正藏》，第三卷，本緣部上，159號。
〔註18〕《大正藏》，第十七卷，經集部四，810號，
〔註19〕《大智度論》見《大正藏》，卷二十五，釋經論部上，1509。

支遁〈八關齋詩〉之一：〔註20〕

　　　　法鼓進三勸，激切清訓流。悽愴願宏濟，閻堂皆同舟。」

　　「法雨」，意指佛法普利眾生如雨能潤澤萬物。謝靈運〈慧遠法師誄〉：

「仰弘如來，宣揚法雨。」《無量壽經》卷上：「澍法雨。」隋吉藏《無量壽

經義疏》：「澍雨有潤澤之功，譬說法能沾利眾生也。」

　　「法雲」，佛法如雲，覆蓋一切。《華嚴經》〈入法界品〉：「深入菩薩行，

樂聞勝法雲。」

　　「法城」其意為正法能夠遮防非法，所以稱之為法城。同時又涅槃的妙

果是可以棲身之所，故曰城。隋慧曉的〈祖道賦詩〉：

　　　　生平本胡越，閩吳各異津。聯翩一傾蓋，便作法城親。

　　「法流」是指正法相續不斷，如水之流。在隋僧玄逵〈贈懷詩〉〔註21〕

　　　　標心之梵宇，運想入仙洲。嬰痼乖同好，沉情阻若抽。

　　　　葉落乍難聚，情離不可收。何日乘杯至，詳觀演法流。

四、關於「空」的語彙及其意象

　　在僧侶詩中亦常見以「空」字為首，主要是屬於形容詞性，主要從事物的

特徵方面進行修飾，如空王、空門、空性、空相、空觀等語彙。

　　「空」字之義是指因緣所生之法，究竟而無實體曰空，《維摩詰經》〈弟

子品〉：「諸法究竟無所有，是空義」。〔註22〕

　　鳩摩羅什的〈十喻詩〉：〔註23〕

　　　　十喻以喻空，空必待此喻。借言以會意，意盡無會處。既得出長羅，

　　　　住此無所住。若能映斯照，萬象無來去。

詩中所云「十喻以喻空，空必待此喻。」亦即設十個譬喻目的在說明空的道理，

《摩訶般若波羅蜜經》〔註24〕〈序品〉：「解了諸法，如幻、如燄、如水中泡、

如虛空、如響、如乾闥婆城、如夢、如影、如鏡中像、如化。」這也就是般若

〔註20〕見（唐）道宣，《廣弘明集》，卷三十，台北市：中華書局。

〔註21〕見《古今禪藻集》，卷一。

〔註22〕關於「空」義，《大乘義章》二曰：「空者就理彰名，理寂名空。」「空者理之

　　　　別目，絕眾相故名為空。」《萬善同歸集》五曰：「教所明空，以不可得故，

　　　　無實性故，是不斷滅之無，」

〔註23〕見《藝文類聚》，卷七十六。

〔註24〕見《大正藏》，卷八，No.223。

十喻，這十個譬喻都是在說明「空」的道理。

「空無」，其意為一切事物均無自性。《維摩詰經》卷九：「觀於空無，而不舍大悲。」註曰：「肇曰：諸法之相，唯空唯無。然不以空無舍於大悲。」支遁的〈詠懷詩〉之二：〔註25〕

> 端坐鄰孤影，眇罔玄思劬。偃寒收神轡，領略綜名書。涉老咍雙玄，披莊玩太初。詠發清風集，觸思皆恬愉。俯欣質文蔚，仰悲二匠祖。蕭蕭柱下迥，寂寂蒙邑虛。廓矣千載事，消液歸空無。無疑復何傷，萬殊歸一塗。道會貴冥想，罔象挺玄珠。悵快濁水際，幾忘映清渠。反鑒歸澄漠，容與含道符。心與理理密，形與物物疏。蕭索人事去，獨與神明居。

詩中「消液歸空無」，是指用道家以金液還丹的方法來養生，以達到空無的境界。

「空寂」，其意是無諸相曰空，無起滅曰寂。《維摩詰經》〈佛國品〉〔註26〕：「不著世間如蓮花，常善入於空寂行。」《心地觀經》一曰：「今者三界大導師，座上跏趺入三昧，獨處凝然空寂舍，身心不動如須彌。」

「空同」，支遁〈詠禪思道人〉：〔註27〕

> 懸想元氣地，研幾革粗慮。冥懷夷震驚，怕然肆幽度。曾筌攀六淨，空同浪七住。逝虛乘有來，永為有待馭。

其中「空同浪七住」是說若於諸法作空觀，則可證得七常住果。〔註28〕

「空相」，由因緣所生之法，無有自性，是空之相狀。《般若波羅蜜多心經》：「是諸法空相不生不滅，不垢不淨，不增不減。」《大智度論》六曰：「因緣生法，是名空相，亦名假名，亦說中道。」〔註29〕

「性空」，指一切有為法，沒有自己固定的特質。《大智度論》卷三十一：「性名自有，不待因緣。」而世上並沒有不待因緣的孤立事物，故說「眾生空、法空，終歸一義，是名性空。」〔註30〕

〔註25〕見（唐）道宣，《廣弘明集》，卷三十。

〔註26〕《大正藏》，卷十四，No.474。

〔註27〕見《廣弘明集》，卷三十。

〔註28〕《楞伽經》，卷四，明七種常住法——菩提、涅槃、真如、佛性、空如來藏、大圓鏡智、庵摩羅識。

〔註29〕《大正藏》，卷二十五，釋經論部上，1509號。

〔註30〕同上引。

上述這些與「心」、「法」、「空」有關的語彙，在六朝僧侶詩中可見到僧侶運用在作品中，與佛教的教理是有密切的關係，而且這些語彙在詩歌中，具有濃厚的佛教氣習。從這些語彙在僧詩中所表現的意味是以說理為主的，因此引用這些語彙的詩作以佛理詩為多。

在僧詩創作的初期，這樣的語彙特色，可以看出佛教在六朝時期的弘傳，以介紹佛教義理為主的情況，在僧詩中可見一些端倪。

第二節　僧詩中的與自然有關的意象

此章節是就語彙的表現功能上來談的，所謂的象徵型意象，是以某一特定的物象暗示人生之某一事實者。亦即所指稱的意義在同一個作者或者是不同作者的許多作品中都被不斷的重複著，成為引出某種現成思路的固定詞彙。

在六朝僧侶詩中有一些語彙，是具有一些象徵意義的，而且這些意象都是與自然有關的，如「海漚鄉」、「滄浪」、「波浪」、「塵累」與「浮漚」等。這些語彙都是借用自然界的現象來說明人世間的紛擾與多變。

另外還有一類是與自然界的植物有關的意象，即以「蓮」出淤泥而不染的特質藉以象徵佛教的清淨無染。如「蓮崖」、「蓮座」、「蓮香」、「蓮華」、「般若蓮」等。

一、「浮漚」的意象

如傅大士的〈浮漚歌〉中關於「浮漚」的意象：

> 君不見驟雨近著庭際流，水上隨生無數漚。一滴初成一滴破，幾回銷盡幾回浮。浮漚聚散無窮已，大小殊形色相似。有時忽起名浮漚，銷盡還同本來水。浮漚自有還自無，象空象實總名虛。究竟還同幻化影，愚人喚作半邊珠。此時感嘆閑居士，一見浮漚悟生死。皇皇人世總名虛，暫借浮漚以相比。念念人間多盛衰，逝水東注永無期。
> 寄言世上榮豪者，歲月相看能幾時？

在這首詩中要討論的「浮漚」這個語彙的用法與涵義。浮漚的意思是水面的泡沫，佛教常用以喻變化無常的人生和世事。

以浮漚譬喻一切法以及世事的遷流變化，無常變遷，這本來是佛家常引用的語詞，在經典中也是相當常見的用法。舉例證如：

唐般刺蜜帝譯《楞嚴經》上說：〔註31〕

如湛巨海流一浮漚，起滅無從。

鳩摩羅什譯《維摩詰所說經》卷中〈觀眾生品〉言：

如智者見水中月，……，如水聚沫，如水上泡，……菩薩觀眾生為

若此。〔註32〕

不空所譯《仁王經》：

諸法緣成，蘊處界法，如水上泡。〔註33〕

以浮漚作譬喻，在唐宋的文學作品或是記載中亦可見到，如《全唐詩》中有十二筆與「浮漚」有關的詩，〔註34〕顧況〈露清竹杖歌〉：「浮漚丁子珠聯聯，灰煮蠟楷光爛然。章仇兼瓊持上天，上天雨露何其偏。」〔註35〕張籍〈和李僕射雨中寄盧嚴二給事〉：「郊原飛雨至，城闕濕雲煙。并點時穿塘，浮漚歌上階。」〔註36〕李遠〈題僧院〉：「不用問湯休，何人免白頭。百年如過鳥，萬事盡浮漚。」〔註37〕以及李洞的〈秋宿梓州牛頭寺〉：「石室僧調馬，餓何客問牛。曉樓歸下界，大地一浮漚。」〔註38〕

寒山與拾得的詩是值得注意，他們是以「浮漚」來比喻人生的變化不定，寒山詩：「貪愛有人求快活，不知禍在百年身。但看陽燄浮漚水，便覺無常敗壞人。」〔註39〕拾得詩：「水浸泥彈丸，思量無道理。浮漚夢幻身，百年能幾幾。」〔註40〕

宋代的文獻中與「浮漚」有關的例子，如：

〔註31〕全名為《大佛頂如來密因修證了義諸菩薩萬行首楞嚴經》，《大正藏》，卷十九，密教部二，No.945。

〔註32〕《大正藏》，卷十四，No.547b。

〔註33〕《大正藏》，第八卷，No.838c。

〔註34〕與「浮漚」有關的詩，顧況〈露清竹杖歌〉，張籍〈和李僕射雨中寄盧嚴二給事〉，李遠〈題僧院〉，李洞〈秋宿梓州牛頭寺〉，姚合〈酬任疇協律夏中苦雨見寄〉，姚合〈奉和門下相公雨中寄裴給事〉，陸龜蒙〈奉酬襲美苦雨四聲重寄三十二句〉，陳陶〈謫仙詞〉，鄭緝〈浮漚為辛明府作〉，寒山〈詩三百三首〉，拾得〈詩〉，召嚴〈沁園春〉。

〔註35〕《全唐詩》，冊八，卷二六五，頁2940，台北市：台灣中華書局。

〔註36〕《全唐詩》，冊十二，卷三八四，頁4327。

〔註37〕《全唐詩》，冊十五，卷五一九，頁5930。

〔註38〕《全唐詩》冊二十一，卷七二二，頁8291。

〔註39〕《全唐詩》冊二十三，卷八○六，頁9073。

〔註40〕《全唐詩》冊二十三，卷八十七，頁9109。

《祖堂集》卷十一〈越山鑒眞大師〉記載，越山因睹雪峰寫眞而有偈曰：

　　眞是本源，頂是方圓，彌淪不懷，實相無邊，恆沙劫數，古今現前。

　　漚起漚滅，空手空拳，此之相貌，三界亦然。〔註41〕

《景德傳燈錄》卷十五〈澧州夾山善慧大師〉：〔註42〕

　　勞持生死法，唯向佛邊求。目前迷正理，撥火見浮漚。

《景德傳燈錄》卷二十三〈襄州洞山守初大師〉：〔註43〕

　　水上浮漚呈五色，海底蛤蟆叫月明。

《景德傳燈錄》卷五〈司空山本淨禪師〉：〔註44〕

　　見道方修道，不見復何修？道性如虛空，虛空何處修？遍觀修道者，

　　撥火覓浮漚。但看覓傀儡，線斷一時休。

《祖堂集》卷九〈落浦和尙〉有〈浮漚歌〉：〔註45〕

　　秋天雨滴庭中水，水上漂漂見漚起，前者已滅後者生，前後相續何

　　窮已。本因雨滴水成漚，還因風激漚歸水，不知漚水性無殊，隨他

　　轉變將爲異。外明瑩、內含虛，內外玲瓏若寶珠，正在澄波看似有，

　　及乎動著又如無。有無動靜事難明，無相之中有相形，祇知漚向水

　　中出，豈知水亦從漚生！權將漚體況余身，五蘊虛纂假立人，解達

　　蘊空漚不實，方能明見本來眞。

在上述的記載中，「浮漚」一詞有幾層的涵義，一是以「浮漚」來比喻人世間的遷流變化以及萬法皆歸空無；二是比喻佛法的實相是本空的，非修習可得；再者是譬喻法性本是空寂，並以此來喻指實相與三界皆空。

在傳大士的〈浮漚歌〉中，由「浮漚」的特質是「浮漚自有還自無，象空象空總名虛」、「浮漚聚散無窮已」，他觀察到浮漚生滅變化非常迅速，而體悟到人生是虛幻不實的，也體察到人間的盛衰流轉之迅速。

關於浮漚的意象，在《寶藏論》亦曾提到：〔註46〕

　　譬如水流風聲成泡，即泡是水，非泡滅水。譬如泡壞爲水，水即泡

〔註41〕　《祖堂集》，第十一卷，〈越山鑒眞大師〉。

〔註42〕　《景德傳燈錄》，宋釋道原編著，新文豐出版公司，民國82年一版六刷。

〔註43〕　《景德傳燈錄》，卷二十三，頁455。

〔註44〕　此首偈頌亦記載於《祖堂集》，卷三，〈司空山本淨和尙〉。又見於《景德傳燈錄》，卷五，頁99。

〔註45〕　《祖堂集》五代南唐靜禪師與筠禪師合編，第九卷，〈落浦和尙〉。

〔註46〕　《大正藏》，第四十五卷，147c。

也，非水離泡。

這裡的論述相當符合浮漚的特質，即生滅變化非常的迅速，是念念不住的，所以眞正有修行者，透徹人生是虛幻不實的實相，又見到「浮漚」的生滅無常，故發出「一見浮漚悟生死」如此之慨嘆。

二、以「塵」爲首的意象，來比喻紅塵俗世的紛擾

以「塵」字爲首的語彙意象，也是值得留意的，如「塵累」、「塵有封」、「塵染」、「埃塵」等語彙的涵義與用法，及其象徵的意義爲何，在下文中將作較深入的討論。

「塵」字在《說文》：「塵，鹿行揚土也，從鹿，從土。」段玉裁注：「群行則塵土甚，引申爲凡揚土之偁。」《左傳‧成公十六年》：「甚囂，且塵上矣。」塵作塵土與灰塵，這是就其本義來說。

《老子》第四章：「和其光，同其塵」河上公章句：「常與眾庶同垢塵，不當自別殊。」〔註47〕就這段記載而言，「塵」是作世俗而言，這樣的用法在陶淵明的〈歸園田居〉五首之二「白日掩荊扉，虛室絕塵想。」此處的「塵想」就是指世俗的想法。

在佛教中稱人間爲塵，謂一切世間之事法，染污眞性者爲「塵」。《法界次第》：「塵即垢染之義，謂此六塵能染污眞性故也。」

六朝僧詩中，如支遁〈詠利城山居〉：〔註48〕

> 五嶽盤神基，四瀆湧蕩津。動求目方智，默守標靜仁。苟不宴出處，
> 託好有常因。尋元存終古，洞往想逸民。玉潔箕巖下，金聲瀨沂濱。
> 捲華藏紛霧，振褐拂埃塵。跡從尺蠖屈，道與騰龍伸。峻無單豹伐，
> 分非首陽眞。長嘯歸林嶺，瀟灑任陶鈞。

「埃塵」除了指塵埃、灰塵之外，亦隱含著塵世的凡情俗事之意。與上句中的「紛霧」是同樣的意涵，都是影射人世之間的紛紛擾擾與無奈。

又如慧遠〈五言奉和王臨賀喬之〉：

> 超遊罕神遇，妙善自玄同。徹彼虛明域，曖茲塵有封。眾阜平寥廓，
> 一岫獨凌空。

此處「塵有封」所指的就是塵境、塵世。佛教稱人間爲塵，封是指界域。所

〔註47〕《老子釋譯》，第四章，頁19。
〔註48〕見（唐）道宣，《廣弘明集》，卷三十，台北市：中華書局。

以這首詩中的「塵封」，亦含有紛擾的俗世之意。

同樣是慧遠之作的〈五言奉和張常侍野〉：

　　竭來越重垠，一舉拔塵染。遼朗中天盼，向豁遐瞻兼。

此「塵染」所指的就是塵世的染污，是就著佛教的定義來說明的。

三、與「蓮」有關的佛教意象

六朝僧詩中與自然界的植物有關的意象，即是以「蓮」出淤泥而不染的特質藉以象徵佛教的清淨無染。如「蓮崖」、「蓮座」、「蓮香」、「蓮華」、「般若蓮」等。

傅大士〈行路難〉之四：「若捨塵勞更無法，喻如蓮花生淤泥。如來法身無別處，普遍三界苦泥犛。」

蓮華，通常於夏季開花，味香色美，生於污泥之中，而開潔淨之花。印度古來即珍視此花。佛教亦珍視之，如佛及菩薩大多以蓮華為座。《觀無量壽經》載，阿彌陀佛及觀音、勢至二菩薩等，皆坐於寶蓮華上；眾生臨終時，彼佛等蓮臺來迎九品往生之人。又後世佛、菩薩等像，大多安置於蓮華臺上；蓮華亦常作為供養佛、菩薩之具。

在經典中，形容佛眼之微妙，即以其葉為喻；口氣之香潔則以其花為喻。青蓮華為千手觀音四十手之右一手所持物，此手即稱青蓮華手。又據梁譯《攝大乘論》卷十五記載，蓮花有香、淨、柔軟、可愛等四德，而以之比喻法界真如之常、樂、我、淨四德。於《華嚴經》、《梵網經》等蓮華藏世界之說。

蓮華在僧侶詩中所呈現的象徵意義，就是清淨無染以及高潔的意味，當僧侶在運用這樣的語彙時，在詩中就富有濃郁的方外之味。

四、僧詩中其它與佛教有關的語彙

僧侶詩中也用其它語彙來譬喻人生的苦厄與紛擾，如「波浪」、「塵累」、「海漚鄉」、「滄浪」等。如支遁〈詠大德詩〉：〔註49〕

　　邁度推卷舒，忘懷附圓象。交樂盈胸襟，神會流俯仰。大同羅萬殊，
　　蔚若充甸網。寄旅海漚鄉，委化同天壤。

這裡「海漚」是指海水裡的泡沫，和「浮漚」的用法是相同的，「海漚鄉」則

〔註49〕見（唐）道宣，《廣弘明集》，卷三十，台北市：中華書局。

是譬喻人事起滅無常的世間，是變幻莫測，猶如泡沫般生滅無定。

再如「滄浪」，出自支遁〈五月長齋詩〉〔註 50〕中，其詩云：「誰謂冥津遠，一悟可以航。願爲海遊師，櫂枻入滄浪。騰波濟漂客，玄師會道場。」

從上述的討論中，「浮漚」、「塵」等自然語彙，本來都只是自然界的現象，後來都轉化成佛教的用語，喻指人世之間的紛紛擾擾以及人生的變化不定，這是六朝僧侶詩的語言特色之一。

這些佛教語彙用在僧詩中，所表現的是異於世俗紅塵的出世思想，詩僧將大自然的現象，轉化成人本身的感受，主要是受佛教思想的影響。

第三節　六朝僧侶詩中的其它意象

受到六朝玄風暢行風氣的影響，六朝僧詩中出現許多以「玄」爲首的字，如「玄津」、「玄中經」、「玄谷」、「玄芳」等，有屬於自然的語彙，也有與人生有關的語彙。

「玄」字之義有很多，如《後漢書》〈張衡傳〉李賢注引桓譚《新論》說：「揚雄作《玄書》，以爲玄者天也，道也。」李賢注又解釋〈思玄賦〉篇名：「玄訓，道德之訓也。」同樣在一個注中，但是所述「玄」字之意，便有「天」、「道」、「道德」三種，其字義之紛紜可想而知。

在《說文解字》〔註 51〕中：

> 玄，幽遠也。黑而有赤色者爲玄。象幽而入覆之也。

「黑而有赤色」應該是「玄」的原始含義。這種顏色很深，因此「玄」即具有「深」義，如《楚辭·九章·惜往日》：〔註 52〕

> 臨沅湘之玄淵兮，遂自忍而沉流。

同時這種顏色常被用來形容遠處的幽暗不明的狀態，故「玄」又有「遠」義，如《南史·宋本紀上》：〔註 53〕

> 夫玄古權輿，悠哉邈矣，其詳靡得而聞。

在現代漢語中，「深遠」常在抽象意義上使用，在古代也是如此，如《老子》第六十五章：「玄德，深矣，遠矣！」王弼的注又重複一遍：「玄德深矣，遠

〔註 50〕見（唐）道宣，《廣弘明集》，卷三十，台北市：中華書局。

〔註 51〕《說文解字注》，段玉裁注，漢京文化，1980 年 1 版。

〔註 52〕《楚辭補注》，洪興祖，藝文印書館，1986 年 7 版。

〔註 53〕《宋書》〈本紀〉，卷二，〈武帝中〉，頁 46。

矣！」這表明「玄」具有「深」、「遠」之義。

有關於「玄」的用法，如《老子》第一章：「玄之又玄，眾妙之門。」《莊子》〈天地篇〉：〔註54〕「玄古之君天下，無爲也，天德而已矣。」《文心雕龍・時序》：〔註55〕「自中朝貴玄，江左稱盛，因談餘氣，流成文體。」從以上這些文獻中，「玄」中的含義有很多，有深厚、幽遠、深奧、神妙以及清靜等義。所以「玄學」即是一種「深遠」之學。

中國古代哲學中這種抽象往往是形而上的抽象，中國古代的形而上學又往往是一種內省的與直覺體悟的學問，所以玄學之深是用內省的以及思辨的方式，超出形上而達到極其抽象的程度。

在六朝僧侶詩中，有許多作品運用以「玄」爲首的語彙，筆者試著檢視所有的作品，並且將有關「玄」字的語彙，依著語彙的內涵，作大致的分類，如下表：

自然的意象〔註56〕	玄谷　玄芳　玄夕　玄冥 玄風			
人生的意象〔註57〕	玄聖　玄役　重玄　玄思　玄機 玄運　玄老　玄局　玄匠　玄中經 玄篇　玄裝　玄旨　玄古　玄表聖 玄津			

在上表所列出的這些語彙中，先就自然的語彙來討論，自然的意象主要是取材於自然界的物象，包括花、鳥、草、木、山、水、風、雲、雨、雪、日、月、星辰等等。〔註58〕就上表所列的「玄谷」、「玄芳」、「玄夕」與「玄風」等詞彙，就是在大自然的山谷、芳草以及微風等景物之前加「玄」字。如支遁〈詠懷詩〉之四：「慨矣玄風濟，皎皎離雜純。」〈五月長齋詩〉：「匠者握神標，乘風吹玄芳。」〈四月八日讚佛詩〉：「三春迭云謝，諸夏含朱明。祥祥令日泰，朗朗玄夕清。」這幾首詩都是支遁的作品，在六朝其它的僧侶

〔註54〕《莊子集解》，郭慶藩輯，華正書局，1979年。

〔註55〕《文心雕龍》，劉勰著，計有功、王雲五主編，商務印書館，1975年。

〔註56〕這一類意象主要取材於自然界的物象。

〔註57〕這一類意象主要是取材於人類的社會活動。如人物、用具、時間、地點、事件、典故等等。

〔註58〕此定義係參考陳植鍔著，《詩歌意象論》，第六章「意象的分類」，中國社科出版社，1992年11月2版。

詩中並未見到如支遁的用法，這應該和支遁的創作背景有關。在上一章中曾討論到支遁的這些作品都是屬於「佛教玄言詩」。

《世說新語・文學》：〔註59〕

> 舊云：王丞相過江，止道聲無哀樂、養生、言盡意三理而已。然宛然關生，無所不入。

東晉初期玄談之風沿襲西晉而來，玄談的中心是圍繞上述三個議題開展的，由這三個主要論題，再引申出其它的議題。在談論老莊玄理的同時，加進佛理的談論。當時在江左傳播佛理的，有許多重要的僧侶，如康僧淵、支敏度、康法暢、竺道潛、于法蘭、于法開、支遁等人。隨著佛學在江左的迅速弘傳，佛學便漸漸取代老莊義理，關於名士與僧人談論玄理的記載很多。如《世說新語・文學》：〔註60〕

> 支道林、許、謝盛德，共集王家。王謂諸人：「今日可謂彥會，時既不可留，此集固亦難常。當共言詠，以寫其懷。」許便問主人有《莊子》不？正得〈漁父〉一篇。謝看題，便各使四座通，作七百許語，敘致精麗，才藻奇拔，眾咸稱善。於是四座各言懷畢。謝問曰：「卿等盡否？」皆曰：「今日之言，才不自竭。」謝後精難，因自敘其意，作萬餘語，才峰秀逸。既自難，加意氣擬托，蕭然自得，四座莫不厭心。支謂謝曰：「君一往奔詣，故復自佳耳。」

支道林、許詢、謝安在王濛家的玄談，主要是談《莊子》。雖然未言明是否雜入佛理，然支道林在白馬寺釋《莊子》逍遙義已經將佛理摻入其中。而且當時支公因論逍遙義而名大震，則此次之以七百餘言釋〈漁父〉，當亦以佛理釋老莊。

另外還有關於支道林釋逍遙義的記載，《世說新語・文學》：〔註61〕

> 王逸少作會稽，初至，支道林在焉。孫興公謂王曰：「支道林拔新領異，胸懷所及乃自佳，卿欲見不？」王本自有一往俊氣，殊自輕之。後孫與支共載往王許，王都領域，不與交言。須臾支退，後正值王當行，車已在車。支語王曰：「君未可去，貧道與君小語。」因論《莊

〔註59〕見《世說新語箋疏》，（宋）劉義慶著，（梁）劉孝標注，余嘉錫箋疏，上海古籍出版社，1993 年 12 月 1 刷。

〔註60〕見《世說新語箋疏》，（宋）劉義慶著，（梁）劉孝標注，余嘉錫箋疏，上海古籍出版社，1993 年 12 月 1 刷。

〔註61〕見《世說新語箋疏》，（宋）劉義慶著，（梁）劉孝標注，余嘉錫箋疏，上海古籍出版社，1993 年 12 月 1 刷。

> 子》〈逍遙遊〉。支作數千言，才藻新奇，花爛映發。王遂披襟解帶，
> 留連不能已。

在當時名僧與士大夫之間的交往，大多從談論玄理開始，接著再談論佛理，這應該也是弘傳佛理的一種方式。

　　遑論是談玄理或是佛理，所涉及的是形而上的種種問題，就佛理言之，如支遁的〈即色遊玄論〉，孫綽的〈喻道論〉、〔註62〕《小品般若經》等，多充滿著思辯的色彩。理智的思索與情感的體認同時並存於當時文人的生活當中，再者他們的生活方式已經沒有西晉士人的放蕩與世俗化，因此也造就他們的文學天地轉向超脫以及思辨色彩較爲濃厚的領域，這也是玄言詩盛行的根本原因之一。玄言詩的寫作，乃是當時生活中談玄與談論佛理的一種模式，所以玄言詩所包含的內容，有老、莊以及佛理。

　　支遁是一位對玄學有深厚素養的人，以玄理來匯通佛法爲其所長，從《世說新語》中可以見到許多關於這方面的記載。〔註63〕支遁的一些玄言詩，帶有濃厚的老莊玄學的色彩，同時亦蘊含豐富的佛理在其中。

　　支遁頗有詩文之才，《世說新語》中稱支遁「才藻新奇，華爛映發」。〔註64〕玄言詩人孫綽《道賢論》中將當時七位名僧與竹林七賢相匹配，其中便將支遁比況作向子期，「支遁、向秀，雅當莊老，二子異時，風好玄同。」這段記載顯示支遁不僅有佛德之聲，而且有名士之譽。《高僧傳》中提到：「凡遁所著文翰，集有十卷，盛行於世。」〔註65〕可以見得支遁著述之多，支遁好作玄言詩，今存十八首。他的作品多以佛理、玄言入之，有著濃厚的偈頌味。如〈詠懷詩〉五首之五：〔註66〕

> 坤基范簡秀，乾光流易穎。神理速不疾，道會無陵騁。超超介石人，
> 握玄攬機領。余生一何散，分不諮天挺。沉無冥到韻，變不揚蔚炳。
> 冉冉年往梭，悠悠化期永。翹首希玄津，想登故未正。生途雖十三，
> 日已造死境，顯得無身道，高栖沖默靖。

這首詩中支遁塑造一個超俗的人物形象，「超超介石人，握玄攬機領」，這是描

〔註62〕梁僧佑著《弘明集》，卷三〈喻道論〉，台北新文豐出版，1986年3月再版。
〔註63〕在《世說新語》中關於支遁的記載約有五十條左右，詳見附表。
〔註64〕見《世說新語箋疏》〈文學篇〉，（宋）劉義慶著，（梁）劉孝標注，余嘉錫箋疏，上海古籍出版社，1993年12月1刷。
〔註65〕（梁）慧皎，《高僧傳》〈支遁傳〉。
〔註66〕（唐）道宣編，《廣弘明集》，卷三十，臺灣中華書局。

繪耿直孤高離世脫俗，對世俗無所追逐的超脫者的形象。據《世說新語》所言，支遁其人「器朗神俊」，〔註67〕「神眼黯黯明黑」，「稜稜露其爽」，〔註68〕有異人風度。這篇作品基本上去除了偈頌的意味，在此首詩中用了「玄機」與「玄津」兩個詞彙，「玄機」即深奧玄妙的義理，也就是詩中所謂的「神理」，「玄津」指的是渡口，支遁將玄理寄託於山水之間，此種寫法不僅體現玄言詩的風貌，同時此種興寄的原則對後世的山水詩作也產生不小的影響。沈曾植〈與金太守論詩書〉提到：「康樂總山水，老莊之大成，開其先者支道林。」此見解頗有道理。

　　另外是就人生的意象而言，這一類的意象主要是取材於人類的社會活動，如人物、用具、時間、地點、事件以及典故等等。〔註69〕屬於這一類的語彙有「玄聖」、「玄役」、「玄思」、「玄老」、「玄篇」、「玄局」等等。

　　這一類的語彙基本上來說都含有神妙的意味，也就是受老莊的影響相當深遠，如「玄聖」一詞，是在支遁的〈詠八日詩〉之一中：

　　　　大塊揮冥樞，昭昭兩儀映。萬品誕遊華，澄清凝玄聖。釋迦乘虛會，

　　　　圓神秀機正。交養衛恬和，靈知溜性命。動爲務下尸，寂爲無中鏡。

「玄聖」出自《莊子・天道》：「夫虛靜恬淡，寂寞無爲者，萬物之本也。……以此處上，帝王天子之德也；以此處下，玄聖素王之道也。」〔註70〕其意指有道德而無位的聖人。在支遁的另一首詩〈八關齋詩〉中，則用「玄表聖」來指稱「玄聖」，意思都是一樣的。

　　與老莊思想有關的語彙還有「重玄」，支遁〈詠懷詩〉：

　　　　傲兀乘尸素，日往復月旋。弱喪困風波，流浪逐物遷。

　　　　中路高韻益，窈窕欽重玄。重玄在何許，探眞遊理間。

「中路高韻益，窈窕欽重玄。」此兩句是描述支遁二十五歲出家爲僧，故言中路。支遁出家爲僧，同時又是著名的玄學家，在佛理之外又習老莊，即「高韻益」。至於「重玄」者，語出《老子》：「玄之又玄，眾妙之門。」〔註71〕另

〔註67〕《世說新語箋疏》〈賞譽〉第八。
　　　　《支遁別傳》曰：「遁任心獨往，風期高亮。」
〔註68〕《世說新語箋疏》，〈容止〉第十四，頁624。「謝公云：『見林公雙眼黯黯明黑。』孫興公亦云：『見林公稜稜露其爽。』」
〔註69〕此定義參考陳植鍔《詩歌意象論》，第六章「意象的分類」，中國社會科學出版社出版社，1992年11月2版。
〔註70〕郭慶藩輯《莊子集釋》，卷五十，外篇〈天道〉第十三，頁457，台北華正書局。
〔註71〕《老子釋譯》，朱謙之、任繼愈編著，頁6，里仁書局，1985年3月。

外同樣在〈詠懷詩〉中有「涉老咍雙玄，披莊玩太初。」此「雙玄」是指《老子》一書中有、無兩個概念，「常無欲以觀其妙，常有欲以觀其徼。」〔註72〕這「有」與「無」同出而異名，同謂之「玄」。同一首詩中「罔象掇玄珠」，這是源自《莊子·天地》：「黃帝遊乎赤水之北，登乎崑崙之丘而南望，還歸，遺其玄珠。使知索而不得，使離朱索而不得，〔註73〕使喫詬索而不得。〔註74〕乃使象罔，象罔得之。」〔註75〕記黃帝遺失玄珠，讓智者去找未得；讓眼力好的去找也未找到；最後讓無心的人去找卻找到了。這裡的「玄珠」是比喻道的本體，「罔象」是無心之謂。

在慧遠大師的〈五言奉和王臨賀喬之〉詩中：

> 超遊罕神遇，妙善自玄同。徹彼虛明域，曖茲塵有封。

其中「超遊罕神遇，妙善自玄同。」在《莊子·養生主》中：「臣以神遇而不以目視。」〔註76〕「神遇」是指精神層面的接觸；至於「玄同」一詞源出《老子》：「和其光，同其塵，是謂玄同。」〔註77〕亦即與天地萬物混同為一。

除了上述與老莊有關的語彙之外，還有是與佛法有關的語彙，如「玄局」、「玄中經」等。廬山諸道人的〈遊石門詩〉：

> 矯首登靈闕，眇若凌太清。端坐運虛輪，轉彼玄中經。神仙同物化，
> 未若兩俱冥。

此詩中「運虛輪」是指縱談佛家與道家的空虛無為的理論；而「轉彼玄中經」詩句中，「玄中經」是指玄教中的經籍，也就是佛經。而轉是轉讀之義。《高僧傳》卷十三：「天竺方俗，凡是歌詠法言皆稱為唄。至於此土，詠經則稱轉讀，歌讚則號為梵唄。」〔註78〕

何以佛經會被稱作「玄中經」呢？這和東晉以後玄風盛行，談玄之名士與名僧的交往日趨密切有關，佛理引入玄談之中，用佛學之繁瑣細緻的思辨方法闡釋玄學的義理。兩晉之際盛行的佛學為大乘般若學，其重要典籍有《放光般若經》與《道行般若經》等，為當時的僧侶所鑽研，亦為名士所傾慕。

〔註72〕同上引。
〔註73〕玄珠非色，不可以目取也。
〔註74〕喫詬，言辨也，離言不可以辨索。聰明喫詬，失真愈遠。
〔註75〕郭慶藩，《莊子集釋》，〈天地篇〉第十二，頁 414，台北華正書局，民國 76 年 8 月。
〔註76〕郭慶藩，《莊子集釋》，卷二，〈養生主〉第三，頁 119。
〔註77〕《老子釋譯》，第六章。
〔註78〕（梁）慧皎，《高僧傳》，第十三章。

如《世說新語》所載：〔註79〕

> 有北來道人，好才理，與林公相遇於瓦官寺，講《小品》。時竺法深、
> 孫興公悉共聽，此道人語，屢設疑難，林公辯答清晰，辭氣俱爽。
> 此道人每輒摧屈。孫問深公：「上人當是逆風家，向來何以都不言？」
> 深公笑而不答。林公曰：「白旃檀非不馥。焉能逆風？」深公得此義，
> 夷然不屑。

這一段文字，說明佛學已經被引入清談之中。《小品》即是《道行般若經》的
異譯。支道林與竺法深均深研《小品》，所以孫綽稱竺法深為「逆風家」。依
余嘉錫《世說新語箋疏》：「言法深學義不在道林之下，當不至從風而靡，故
謂之逆風家。」〔註80〕而支道林喻己義為「白旃檀非不馥，焉能逆風？」這
是援引佛經故事，《世說新語》劉孝標注：「《成實論》曰：『波利質多天樹，
其香則逆風而聞。』」〔註81〕支道林這樣的譬喻是說自己的義理深奧，雖逆風
家如竺法深亦不得不折服。這樣的描述，描繪出支道林與竺法深對《小品》
均有精深的造詣。

　　般若倡「性空」，與玄學倡「貴無」，在哲理上相契合。當時佛家大多釋
佛之「性空」與玄學「本無」為同義。如六家七宗影響最大的本無宗，其領
袖為道安與慧遠，二人的學問都兼綜佛玄。梁僧佑《出三藏記集序》：〔註82〕

> 自晉氏中興，三藏彌廣，外域勝賓，稠疊以總。至中原慧士，煒畢
> 而秀生。提、什舉其宏綱，安、遠振其奧領；渭濱務逍遙之集，盧
> 岳結般若之臺。

提、什是指僧伽提婆和鳩摩羅什；安、遠是指道安和慧遠。當時中外僧侶均能
弘綜佛玄，所以僧佑以「逍遙」、「般若」並提，同喻佛法。在東晉時，佛學大
師道安與慧遠的般若學，以般若釋老、莊，均富玄學意味。所以在如此的背景
之中，以「玄中經」稱佛經似乎是很自然的事。

第四節　六朝僧詩的思想表現

　　詩歌作品是文學中最精緻的體裁，它植根於人類的生命體驗中，而宗教

〔註79〕《世說新語箋疏》，〈文學〉第四。
〔註80〕《世說新語箋疏》，〈文學〉第四，頁218。
〔註81〕《世說新語箋疏》，〈文學〉第四，頁217。
〔註82〕見梁僧佑，《出三藏記集》。

則是人們精神生活中相當重要的部份。佛教傳入中國之後，到了東晉以後，對思想與文學層面都產生影響，而且也慢慢的融入一般人的日常生活中。

就六朝的僧侶言之，以闡述佛理爲主的作品很多，其思想的表現以宣揚佛理爲主，大致可以分成五種思想表現：

1. 「苦諦」思想的呈現
2. 「慈悲」的人世關懷
3. 「萬法皆空」與「諸行無常」的思想
4. 修行悟道的思想
5. 因果思想

一、「苦諦」思想的呈現

所謂「諦」，即眞理之意。「苦諦」是指人生的各種痛苦。這是佛教最根本的教義。

在佛教中，所謂苦是指一切逼迫身心的煩惱。《增一阿含經》卷十四：

〔註83〕

> 彼云何名爲苦諦？所謂生苦、老苦、病苦、死苦、憂悲惱苦，愁憂苦痛不可稱記。怨憎會苦、恩愛別離苦；所欲不得，亦復是苦。取要言之，五盛陰苦，是謂苦諦。云何苦習諦？所謂受愛之分，習之不倦，意常貪著，是謂苦習諦。彼云何苦盡諦？能使彼愛滅盡無餘，亦不更生，是謂苦盡諦。彼云何爲苦出要諦？所謂賢聖八品道，所謂等見、等治、等語、等業、等命、等方便、等念、等定。

從上述這段文字來看，原始佛教所謂的「苦」，包含了生、老、病、死等世間常見的四種苦。外加怨憎會、愛別離、求不得以及五陰熾盛等四苦，即爲「八苦」。其中五陰熾盛最值得注意，因爲它是其它七種苦的眞正原因。

在佛教的解釋，現實生活中，苦是一種廣泛存在的現象，是任何人都擺脫不了的。佛教修行的最終目標是要解脫苦對眾生身心的逼迫。佛教的所有教義也是圍繞著探討人生何以受苦，以及如何來解脫苦而展開，在佛教的基本教義「四諦」中，第一個就是「苦諦」。

〔註83〕《大正藏》，第二卷，阿含部下，125 號。

　　佛教認為人的一生，自出生至死亡，充滿各種痛苦與煩惱。這些苦與煩惱可以從多種角度來分析，所以有二苦、三苦、五苦、八苦、八萬四千苦等各種說法。

　　《大智度論》卷十九：〔註84〕

　　　　內苦名老病死等，外苦名刀杖寒熱饑渴等。有此身故有是苦。

二苦即內苦與外苦，由自己身心所引起的各種痛苦和煩惱，稱為內苦；由客觀外界各種因素而引起的，稱為外苦。

二、苦

內苦	1. 身苦 ── 由疾病引起的眾生生理方面的痛苦
	2. 心苦 ── 由生理和心理原因所引起的各種煩惱痛苦
外苦	1. 由社會原因造成的痛苦
	2. 由自然原因造成的痛苦

　　八苦是佛經上最常見的說法。《大般涅槃經》上說：〔註85〕

　　　　八相為苦，所謂生苦、老苦、病苦、死苦、愛別離苦、怨憎會苦、
　　　　求不得苦、五陰盛苦。

八苦是佛教對人的生命現象進行種種分析而得出的結論，是佛教人生觀與生命價值觀的基礎。

　　隋靈裕的〈悲永殞〉：〔註86〕

　　　　命斷辭人路，骸送鬼門前。從今一別後，更會在何年。

這首詩作所表現的是對於死亡的恐懼以及無奈。死亡是生命的終結，死後的情形，又是茫然不可知的。《中阿含經》上說：〔註87〕

　　　　諸賢！死者，謂彼眾生、彼彼眾生種類，命終無常，死喪散滅，壽
　　　　盡破壞，命根閉塞，是名為死。

眾生死亡之時，身心受到種種痛苦折磨，存者與亡者皆是如此，尤其是在世的親人所要面對是無法相見的苦痛，故云「死苦」。

　　另一首作品是智愷的〈臨終詩〉，此詩所談的內容也是與「死苦」有關的，

〔註84〕　《大正藏》，卷二十五，釋經論部上，1509號。
〔註85〕　《大正藏》，卷十二，涅槃部，374號。
〔註86〕　《續高僧傳》，卷九〈靈裕傳〉。
〔註87〕　《大正藏》，第一卷，阿含部上，26號。

其詩云：〔註88〕

> 千秋本難滿，三時理易傾。石火無恆燄，電光非久明。
>
> 遺文空滿笥，徒然昧後生。泉路方幽噎，寒隨向淒清。
>
> 一隨朝露盡，唯有夜松聲。

這首作品將面對臨終死亡時，那種淒涼與感嘆之情，表現的淋漓盡致，作者用了一個譬喻「石火無恆燄，電光非久明」，以石火與電光的迅速消逝，無法恆常不變的存在世間，來比喻人的生命亦復如是。作者更將死後的黃泉路，作了這樣的描述「泉路方幽噎，寒隨向淒清。一隨朝露盡，唯有夜松聲。」將那種寂寞孤獨的悽慘之相，傳神的表現出來，這就是死亡之苦相。

釋亡名的〈五苦詩〉，〔註89〕將生苦、老苦、病苦、死苦、愛離之苦，當作深入的闡述，如〈愛離〉：

> 誰忍心中愛，分爲別後思。幾時相握手，嗚噎不能辭。
>
> 雖言萬里隔，猶有望還期。如何九泉下，更無相見時。

愛別離，是說眾生於所喜愛的人或事物，往往彼此分開，無法如願相聚。《中阿含經》云：〔註90〕

> 諸賢！愛別離苦者，謂眾生實有內六處，愛眼處，耳、鼻、舌、身、意處，彼異分散，不得相應，別離不會，不攝、不集、不和合爲苦。如是外處，更樂、覺、想、思、愛，亦復如是。諸賢！眾生實有六界，愛地界，水、火、風、空、識界，彼異分散，不得相應，別離不會，不攝、不集、不和合爲苦，是名愛別離。

上述所列出的種種，都會給人帶來心理上的痛苦，故云愛別離苦。

二、慈悲思想的表現

慈悲，與樂曰慈，拔苦曰悲，慈悲是稱菩薩愛護眾生之意。

> 《大智度論》：「大慈，與一切眾生樂；大悲，拔一切眾生苦。大慈以喜樂因緣與眾生，大悲以離苦因緣與眾生。」〔註91〕

慈心是希望他人得到快樂，慈行是幫助他人得到快樂；悲心是希望他人解除

〔註88〕見《廣弘明集》，卷三十。

〔註89〕見《廣弘明集》，卷三十。

〔註90〕《大正藏》，第一卷，阿含部上，26 號。

〔註91〕《大正藏》，卷二十五，釋經論部上，1509 號。

痛苦，悲行是幫助他人解除痛苦。要幫助他人得到快樂，就應該把他人的快樂視同自己的快樂；要幫助他人解除痛苦，就應該把他人的痛苦視同自己的痛苦。這就是佛教所提倡的「無緣大慈，同體大悲。」

　　　《大智度經》卷二十引《明罔菩薩經》：「大悲是一切諸佛菩薩之根本，是般若波羅密之母，諸佛之祖母。菩薩以大悲心故得般若波羅密，得般若波羅蜜故得作佛。」〔註92〕

大乘佛教以慈悲為根本，其宗旨是普渡眾生，同時，慈悲作為般若的基礎，以及修行的契機，將佛教由求個人的解脫轉向求眾生的解脫，自利之外也求利他，所以慈悲思想成為深入社會生活，以及普渡眾生的積極宗教思想。

　　大乘佛教認為，為普渡眾生、救濟人類脫離生死苦海，乃是慈悲善行的極致。而「菩薩」乃是大乘佛教道德理想的典型。菩薩行是要求自覺覺他、自利利他。上求佛道是自利，下化眾生是利他，但只有舍己利人，拔苦與樂才能證得涅槃，成就佛果，所以重點仍是利他。如為中國人所熟知的「地藏王菩薩」，曾立下「地獄未空，誓不成佛；眾生渡盡，方證菩提」的廣大宏願，甘願置身於地獄救拔惡道眾生。又如「觀世音菩薩」主張「隨類渡化」，聞聲救苦不分貧富貴賤。祂們的表現即是佛教的慈悲精神。

　　在六朝僧侶詩中，有許多作品亦是以「慈悲」思想為闡述的對象，如康僧淵〈代答張君祖詩〉：〔註93〕

　　　大慈順變通，化育曷常停。幽閒自有所，豈與菩薩並。

　　　摩詰風微指，權道多所成。悠悠滿天下，孰識秋露情。

這首詩是中「大慈順變通，化育曷常停」，是針對張君祖〈贈沙門竺法頵三首〉詩中「外物豈大悲，獨往非玄同」而言的，這二句的涵意是說佛教化人類，因應變化不拘一格。這裡的「大慈」是特指佛。佛本身所展現的精神，就是大慈大悲的表現。

　　另外傅大士的〈十勸詩〉，〔註94〕一共有十首作品，這十首詩的出發點都是自慈悲的角度來談的，舉例如：

　　　勸君一，專心常念波羅密，勤修六度向菩提，五濁三塗自然出。

六度即六波羅密，指布施、持戒、忍辱、精進、禪定、智慧。這是完成佛教

〔註92〕《大正藏》，卷二十五，釋經論部上，1509號。
〔註93〕見《廣弘明集》，卷三十。
〔註94〕《中國歷代僧詩全集》，晉唐五代卷上，頁57。

自我道德修養的六條途徑。「波羅密」含有「濟度」與「到彼岸」的意思，六度是相互聯繫與相互促進的，只要六度齊修，便能具有菩薩的高尚品德，亦即大慈大悲的精神。

再如〈十勸詩〉之十中，詩云：

　　勸君十，相勸修行須在急。一朝命盡入黃泉，父娘妻子徒勞泣。

作者普勸眾生要趕緊修行佛法，以求解脫之道，因為生命無常，而且相當短暫，這首詩的中心主旨仍是以慈悲思想為主，希望眾生習佛以脫離苦海。

三、「空」與「諸行無常」思想的表現

「諸行無常」是佛教「三法印」〔註95〕之一。世界萬事萬物都是處在不斷的生滅流轉之中，一切都在不停的運轉者，一切都是變化無常的。人的生命是如此，其他一切事物也是這樣，宇宙萬有都是處於變化無常之中，故云「諸行無常」。

「無常」與「諸行」的表現，而其實質則為「空」。因緣所生之法，究竟而無實體曰空。佛教所談的「空」，並非一無所有之意，更不是對於客觀現象的視而不見，如鳩摩羅什譯《金剛經》云：「一切有為法，如夢幻泡影，如露亦如電，應作如是觀。」〔註96〕一切諸法，皆無自性，若色若心乃至聖凡因果之法，雖種種不同，但求其體性，是畢竟皆是空。

佛家宣揚「無常」的道理，其目的在教眾生看清世間萬事萬物的真實本相，不要執著「無常」為「常」，因此而產生貪欲，而作執著的追求。

僧侶詩中表現「無常」思想的作品，如無名法師的〈過徐君墓詩〉：〔註97〕

　　延陵上國返，枉道訪徐公。死生命忽異，懽娛意不同。

　　始往邙山北，聊踐平陵東。徒解千金劍，終恨九泉空。

　　日盡荒郊外，煙生松柏中。何言愁寂寞，日暮白楊風。

這首所寫的是春秋時吳國的季扎與徐君的事，〔註98〕詩人感慨人的生命無

〔註95〕三法印，依《望月佛學大辭典》，一切之小乘經，以三法印印之，證其為佛說。其內容為諸行無常、諸法無我與涅槃寂靜。

〔註96〕全名《金剛般若波羅蜜經》，《大正藏》，第八卷，般若部四，235號。

〔註97〕《文苑英華》，卷三〇六。

〔註98〕據《史記、吳太伯世家》：「季扎之初使，北過徐君。徐君愛季扎劍，口弗言，季扎心知之，為使上國，未獻。還至徐，徐君已死，於是乃解其寶劍，繫之徐君冢樹而去。」

常，「死生命忽異，歡娛意不同」，對於生命的殞落無定，無法掌握的恐懼，在詩中作了抒發。類似這樣的詩歌，在六朝僧侶作品，是常見的。如靈裕〈哀速終〉：〔註99〕

> 今日坐高堂，明朝掛長棘。一生聊已竟，來報將何息？

這首作品是作者在臨終前所寫的作品，對於生命即將消逝所發的歎息。據《靈裕傳》所載：「於時鄴下昌言裕師將過逝矣。道俗雲合，同稟歸戒。訪傳音之無從，裕亦信福命之有盡，乃示誨善惡，勵諸門人。」〔註100〕除了〈哀速終〉，作者同時還作〈悲永殯〉這首，這二首作品的主題思想是一樣的，都是對生命的無常，感到傷痛。

竺僧度〈答苕華詩〉：〔註101〕

> 機運無停住，倏忽歲時過。巨石會當竭，芥子豈云多。良由去不息，
> 故令川上嗟。

佛教認為世界的一切都處於剎那變化之中，沒有常住不變之時，故詩云：「機運無停住，倏忽歲時過。」

四、因果思想

自佛教傳入中國之後，佛教的因果報應思想對中國人的思想觀念產生很大的影響，其理論基礎是「業感緣起論」。此論認為宇宙間的萬事萬物都是有情識的眾生的業因感召而生成。唐實又難陀譯《十善業道經》：〔註102〕

> 一切眾生，心想異故，造業亦異，由是故有諸趣輪轉。

輪轉趨向的好壞是依所造的「業」的善惡來決定。

眾生所造之業，依其性質分為善、惡與無記。善業能感召善果，惡業則感召惡果，無記業即非善非惡中性的業，無記業對果報不起作用。眾生造業必然承受相應果報，業力千差萬別，感召的果報亦大相不同，但概括言之為有漏與無漏二果。「有漏」是指生死輪迴，「無漏」是指超脫生死輪迴。有漏果是有漏業因所致，有漏業因分善惡兩類，善有善報，可在六道輪迴中得人天果報；惡有惡報，則是的三惡道──畜生、餓鬼與地獄。無漏果是無漏善

〔註99〕見《續高僧傳》，卷九，〈靈裕傳〉。
〔註100〕《續高僧傳》，卷九，〈靈裕傳〉。
〔註101〕《高僧傳》，卷四，〈竺僧度傳〉。
〔註102〕《大正藏》，第十五卷，經集部二，600號。

業所感果報，可成就佛、菩薩與阿羅漢。

佛教之言因果報應的思想，重在勸人畏因。佛教因果報應說的道德教化作用，是側重在人們自己內心的約束，同時能夠自願爲自己修善除惡，積累功德。安世高《阿難問事佛吉凶經》：〔註103〕

善惡迫人，如影逐形，不可得離。罪福之事，亦皆如是，勿作狐疑，
自墮惡道。

東漢三國時期，因果報應思想在當時的社會有非常大的影響，當時特別注重宣傳因果報應，輪迴轉生以及勸人爲善，以免死後墮入惡道。

兩晉南北朝時，佛教因果報應的思想在中國社會中，影響非常深遠。當時許多佛教學者撰寫有關於因果報應的思想，如慧遠撰〈明報應論〉〔註104〕和〈三報論〉，〔註105〕僧含撰〈業報論〉，法愍撰〈顯驗論〉，卞堪撰〈報應論〉等，都對因果報應的理論進行闡發，其中尤以慧遠提出的〈三報論〉最爲重要。

六朝僧詩中，關於因果報應思想的作品，亦有之。如傅大士的〈貪瞋癡〉，竺僧度〈答笘華詩〉，寶誌〈十四科頭〉等詩，都是在闡述因果報應的思想。如竺僧度〈答笘華詩〉：〔註106〕

今生雖云樂，當奈後生何？罪福良由己，寧云己恤他。

這首詩中，作者認爲現世的快樂並非恆久不變的，因爲死後有輪迴，今生所造的善惡業，在來生必然會有報應。作者提出來生的禍福，是由自己這一生所造的業來決定，別人是無法施捨替代的。

寶誌〈十四科頭〉——斷除不二，詩云：

愚人妄生分別，流浪生死猖狂。智者達色無礙，聲聞無不徊惶。法
性本無瑕翳，眾生妄執青黃。

詩中提到眾生因爲有分別心之故，所以招致在生死六道中輪迴不停。有智慧的人，通達事理明白一切有形相的事物，都是虛假不實的，所以不致在生死中輪迴不休，這所討論的就是因果報應的思想。

再如傅大士的〈貪瞋癡〉：

〔註103〕《大正藏》，第十四卷，經集部一，492號。
〔註104〕（梁）僧佑，《弘明集》，卷五，台北：新文豐，1986年。
〔註105〕（梁）僧佑，《弘明集》，卷五，台北：新文豐，1986年。
〔註106〕《高僧傳》，卷四，〈竺僧度傳〉。

　　不須貪，看取遊魚戲碧潭。只是愛他鉤下餌，一條線向口中含。

　　不須瞋，瞋則能招地獄因。但將定力降風火，便是端嚴紫磨身。

　　不須癡，癡被無明六賊欺。惡業自身心所造，愚迷卻披畜生皮。

佛教稱貪瞋癡是一切煩惱的根本，荼毒眾生的身心甚為劇烈，又稱之為「三毒」、「三不善根」。詩中將貪瞋痴所造成的結果呈現出來，如「惡業自身心所造，愚迷披卻畜生皮」，所論及的是愚癡，若眾生執迷不悟，則會招致墮落畜生道的惡果，而這樣的惡果是自身所感，非別人可以代受的。

　　隋朝的無名釋〈禪暇詩〉是典型的宣揚因果思想的作品，其詩云：

　　峨峨王舍城，鬱鬱靈竹園。中有神化長，巧誘入幽玄。

　　善人募授福，惡人樂讎怨。善惡升沉異，薰蕕別露門。

此詩將「善有善報，惡有惡報」的思想表露無遺。尤其是「善惡升沉異，薰蕕別露門。」所表現的是善人升往善道，惡人墮落至惡道，是差別很大的。

五、宗教生活的體驗與宗教關懷

　　在六朝時期，與宗教生活有關的活動是「八關齋戒」，八關齋戒是佛教信眾的基本活動。目的是每月六次，即八日、十四日、十五日、二十三日、二十九日以及三十日，受持八種戒——一天一夜不殺生、不偷盜、不淫、不妄語、不飲酒、不以華蔓裝飾自身、不歌舞觀聽、不坐臥高廣大床以及不非時食。

　　八關齋為印度佛教原有的活動，很早就傳到中國來。目前關於中國居士舉行八關齋最早的資料是支遁的〈八關齋詩〉的序：

　　間與何標騎期，當為合八關齋。以十月二十二日，集同意者在吳縣
　　土山墓之下。（二十）三日清晨為齋始，道士白衣凡二十四人，清合
　　肅穆，莫不靜暢。至（二十）四日朝眾賢各去。余即樂野室之寂，
　　又有掘藥之懷，遂便獨往。於是乃揮手送歸。有望路之想，靜拱虛
　　房。悟外身之真，登山採藥，集巖水之娛。遂援筆染翰以慰二三之
　　情。

在這裡支遁所描寫的八關齋是一項正式的宗教活動，參加的人都必定是誠懇的佛教徒。

　　八關齋的活動在南朝以後，變成他們生活的一部份，連不信佛的大臣也

必須要參加。如《宋書》〈袁粲傳〉所記載：〔註107〕

> 孝建元年，世祖率群臣並於中興寺八關齋。中食竟。愍孫別與黃門
> 郎張淹更進魚肉食，尚書令何尚之奉法素進謹，密以白世祖，世祖
> 使御史中丞王謙之糾奏，並免官。

與八關齋活動有關的詩作，以支遁的〈八關齋詩三首〉為早的作品，其詩云：

> 建意營法齋，里仁契朋儔。相與期良晨，沐浴造柔丘。
> 穆穆升堂賢，皎皎清心修，窈窕八關客，無棣自綢繆。
> 寂寞五習真，疊疊勵心柔。法鼓進三勸，激切清訓流。
> 悽愴願宏濟，瞰堂皆同舟。明明玄表聖，應此童蒙求。
> 存誠夾室裡，三界讚清修。嘉祥歸宰相，靄若慶雲浮。
> 三悔啟前朝，雙懺暨中夕。鳴禽戒朗旦，備禮寢玄役。
> 蕭索庭賓離，飄飄隨風逝。蹦蹦歧路隅，揮手謝內析。
> 輕軒馳中田，習習陵電擊。息心投伴步，零零振金策。
> 引領望征人，悵恨孤思積。咄矣形非我，外物固已寂。
> 吟詠歸虛房，守真玩幽賾。雖非一往遊，且以閒自釋。

支遁的這幾首詩寫於東晉康帝建元元年（AD343）十月八日八關齋會以後，當時支遁是三十歲，序文中提到齋會乃支遁與喜好佛道的何充共同籌辦，地點在吳縣〔註108〕土山墓下，參加者有道士（即僧人）白衣（指世俗之人）凡二十四人，作者「既樂野室之寂，又有掘藥之懷，遂便獨往」，「靜拱虛房，悟外身之真；登山採藥，集巖水之娛」。詩中作者發自內心抒發自己的感想，與八關齋的儀式無關。孫昌武在《佛教與中國文學》〔註109〕一書中指出支遁「把佛理引入文學，用文學形式來表現，他有開創之功。」

綜合言之，六朝僧侶詩的思想表現，主要有苦諦思想的呈現，「萬法皆空」思想以及「諸行無常」思想的表現，還有慈悲思想與因果報應思想等。這些思想在詩歌中真實的反映，可以看到在六朝時代，佛教的教義在中國的弘傳已經是相當普遍。

〔註107〕《宋書》，卷八十九，〈袁粲傳〉。
〔註108〕今江蘇蘇州市。
〔註109〕孫昌武《佛教與中國文學》，頁65，台北市：東華書局，1989年12月。

第七章　六朝僧侶詩的價值與影響

　　佛教源自印度，在東漢時自西域傳入中國，[註1]隨著外來的僧侶將佛經由梵語翻譯成漢語，對中國傳統思想以及文學造成很大的影響。以六朝的僧侶詩歌來看，有幾點非常顯明的影響：

1. 六朝僧侶詩中外來譯語的運用
2. 偈頌與六朝僧侶詩形式的會通
3. 六朝僧侶詩內容的拓展
4. 修辭技巧與表現手法

這些特色與過去傳統詩歌迥然不同，主要的原因可能是受到佛典傳譯的影響，同時也與僧侶與文人往來的頻繁有關。以下分為四節來討論之。

第一節　六朝僧詩的語言特色

　　在六朝僧侶的作品中，引用佛典用語是一大特色，這在六朝以前的作品中是不曾見到的現象。在六朝詩作中所以會出現這樣的現象與佛典翻譯有相當密切的關係。

　　依目前收錄最豐富，使用最方便的漢文大藏經是總共分為一百冊的日本

〔註1〕　《三國志》《魏書》〈烏丸鮮卑東夷傳〉所引述魚豢《魏略・西戎傳》：「昔漢哀帝元壽元年，博士弟子景盧受大月氏王使伊存口受浮圖經……」所謂「浮圖」即是佛陀。《後漢書・楚王英傳》記載楚王英的奉佛「楚王誦黃老之微言，尚浮屠之仁祠，潔齋三月與神為誓，何嫌何疑，當有悔吝。其還贖以助伊蒲塞、桑門之盛撰。」其中「伊蒲塞」即「優婆塞」指的是男居士，「桑門」即是出家的沙門。

《大正新脩大正藏》〔註2〕（簡稱《大正藏》）的前五十五冊正編。〔註3〕據編者統計，正編共收佛典 2236 部，9006 卷。但實際上應該為 2265 部，8978 卷，其中正目 2184 部，8877 卷，副目 81 部，101 卷。其中雜有日本、朝鮮撰述共 59 部，79 卷，除去這些，《大正藏》正編所收漢文佛典的總數為 2206 部，8899 卷。依翻譯的朝代來看，大致的情形如下：

《大正藏》所收錄歷代佛經的卷數

朝　　代	佛經部數	佛經卷數
東漢	80 部	105 卷
三國	65 部	97 卷
西晉	142 部	284 卷
東晉	51 部	294 卷
東晉列國	106 部	789 卷
南北朝	245 部	958 卷
隋	125 部	660 卷
唐	692 部	3745 卷
宋	368 部	1335 卷
夏遼	2 部	3 卷
元	28 部	88 卷
明	21 部	65 卷
清	7 部	7 卷
失譯〔註4〕	274 部	469 卷

從上述所統計的數據可以看到，漢譯佛典翻譯的主要時期是東漢至宋代，總數有 2148 部，8736 卷。依據漢語史的分期東漢與魏晉南北朝為中古漢語時期，〔註5〕隋唐五代為中古漢語過渡到近代漢語的階段，宋代至清代則為近代漢語時期。如此漢譯佛典的語言正好所反映的是整個中古時期以及中古

〔註 2〕（日）高楠順次郎等編輯，東京：大藏出版株氏會社，1965 年再刊版，台北：新文豐出版社，1983 年影印版。

〔註 3〕《大正藏》後四十五冊續編主要收錄日本撰述與目錄圖像，故不取。

〔註 4〕失譯部份絕大多數都是隋以前的譯作。

〔註 5〕此種分期係依據日本學者太田辰夫《漢語史通考》，江藍生、白維國譯，重慶出版社出版。

向近代過渡的漢語。

　　佛教在中國的弘傳，一方面靠僧團的傳教活動，一方面則要靠著佛典的傳譯與流通。而中國文學和文人接受佛教的浸染，與佛經的翻譯與弘傳更有密切的關係。尤其兩晉之後，佛教廣泛而深入地流傳到文人之中，文人們研習佛典漸成風氣，對於中國知識階層而言，佛典精密的義理以及恢宏的想像力與審美表現，這是相當具有吸引力。所以佛典對中國的文人以及僧侶而言，影響是非常深遠的。

　　首先從佛經翻譯的概況來看，《宋高僧傳》卷三論，贊寧以譯經師的語文能力作爲標準，將中國歷代的譯經分爲三期：

　　　　初則梵客華僧，聽言揣意，方圓共鑿，金石難和，宛配世界，擺名
　　　　三昧，咫尺千里覿面難通。

　　　　次則彼曉漢談，我知梵說，十得八九，時有差違，至若怒目看世尊，
　　　　彼岸度無極矣。

　　　　後則猛顯親往，奘空兩通，器請師子之膏，鵝得水中之乳，内監對
　　　　文王之問，揚雄得紀代之文，印印皆同，聲聲不別，斯謂之大備矣。

梁啓超依照以上的觀點，同樣分爲三期，且條目更爲具體：〔註6〕第一是外國人主譯期，以安世高、支婁迦讖爲代表；第二中外人共譯期，以鳩摩羅什、覺賢、眞諦爲代表；第三，本國人主譯期，以玄奘、義淨爲代表。

　　梁啓超〈佛典之翻譯〉一文云：「佛典翻譯，可略分，爲三期。」〔註7〕

　　　　自東漢至西晉，則第一期也。

　　　　東晉南北朝爲譯經事業之第二期。就中更可分前後期，東晉二秦，
　　　　其前期也。劉宋元魏迄隋，其後期也。

　　　　自唐貞觀至貞元，爲翻譯事業之第三期。

五老舊侶〈佛教譯經制度考〉一文云：「中國佛教的譯經事業自後漢至元代歷一千一百多年，從譯業發展的過程說，大概可以分爲四個時代。」

　　　　第一，原始時代，自佛教傳來以後，經過後漢，三國而至西晉。

　　　　第二，自西晉經東晉而至羅什以前。

〔註6〕見《佛學研究十八篇》〈翻譯文學與佛典〉一文，台灣中華書局。
〔註7〕梁啓超對於譯經史的分期，有兩種不一樣的分法，分別見於〈翻譯文學與佛典〉以及〈佛典之翻譯〉二文之中

第三，自羅什以後，經真諦到玄奘時代。

第四，衰頹時代。〔註8〕

小野玄妙《佛教經典總論》一書的分期法，大致是承襲中國佛經目錄的形式，而略加歸納爲四期：

一、古譯時代：包括後漢、魏吳、西晉。

二、舊譯時代之前期：包括東晉、劉宋、南齊。

三、舊譯時代之後期：包括梁、陳、隋。

四、新譯時代：包括唐、五代、趙宋、元以後。

從上述的分期法中，可以觀察到事實上從東漢開始一直到隋朝，翻譯佛經的工作已經完成大部份。佛經漢譯對於漢語的影響，最明顯的是語詞和表現手法的大量輸入，從日本出版的望月《佛教大辭典》，共有條目三萬五千多條，近代人丁福保所編《佛學大辭典》亦收有佛教語詞近三萬條，亦即有三萬五千多個漢字的佛教概念。這些詞語在漢語中並沒有同等地普及，但即使普及了十分之一，也就意味著因著譯經輸入了三千五百個新詞語。這些「漢晉迄唐八百年間諸師所造，加入吾國系統中而變爲新成份者」〔註9〕大大地豐富漢語辭彙，同時也奠定佛教語詞在漢語辭彙發展史的地位。

佛經的翻譯，首先使漢語中出現大量與佛教相關的詞語。這些詞語又因爲隨著佛教的傳播，逐漸由專門用語融入到人們日常語言中，如「佛」是梵文 Buddha 的譯音，全稱爲「佛陀」，意爲智者〔註10〕與覺者，〔註11〕釋迦牟尼出家後苦行六年，終於在菩提樹下證悟，成就佛道。「菩薩」，梵語 Bodhisattva，全稱爲「菩提薩埵」，意譯是「覺有情」，即「上求菩提，下化有情」的人，或譯「大士」，即發大心的人。佛經中最初出現的「菩薩」，是本生經典〔註12〕對釋尊修行尚未成佛的稱呼，待大乘佛教興起後廣泛用作大乘思想與精神實行者的稱呼。佛教深入民間以後，民眾把一般崇拜的神像如城

〔註 8〕此未標明年代，大概指宋代及以後而言。

〔註 9〕見梁啓超〈佛典與翻譯文學〉。

〔註10〕智者，指有智慧者，《法華經・藥草喻品》：「我是一切智者」，這裡特指佛陀。

〔註11〕覺者，梵語佛陀，有覺察與覺悟之二義。以之自覺、覺他與覺行圓滿者，謂之覺者，此三缺一，則非覺者。《大乘義章》二十末曰：「既能自覺，復能覺他，覺行圓滿，故名爲佛。言自覺則異於凡夫，云言覺他，明異二乘；覺行圓滿，彰異菩薩，是故獨此偏名佛矣。」

〔註12〕本生經，十二部經之一。如來說昔爲菩薩時所行行業之經文。《俱舍光記》十八曰：「言本生者，謂說菩薩本所行行。」

隍、土地公也稱「菩薩」。還有如「阿羅漢」，是梵語 Arhat 的音譯，意譯有多義，一、應供，即當受眾生供養之義，是釋迦如來十號之一。〔註 13〕二殺、賊，即殺煩惱賊。三、不生，即永入涅槃，不再受生死果報的意思。對於上所舉的名詞，人們雖不陌生，但未必明確了解它的意義。

佛經的大量流傳，豐富了最普遍、最直接的文化——語言與詞彙。我們日常使用的許多語言，如「世界」、「眞空」、「實際」、「究竟」、「種子」、「轉變」、「相對」、「絕對」等，以及四字成語如「本來面目」、「不可思議」、「一針見血」、「心心相印」、「心花怒放」、「頑石點頭」、「井中撈月」、「五體投地」等，皆出自佛經，或與佛教密切相關。

關於佛教詞語與漢語詞彙發展的關係，可以從兩個方向來作觀察：

一、由縱的方面來看，佛教的語詞融入漢語是源遠流長

從東漢開始，佛經翻譯的工作已經開始，所以在東漢的一些漢語文獻已經出現佛教的語詞，《後漢書・光武十王傳》記載漢明帝給楚王英的詔書中：「楚王誦黃老之微言，尚浮屠之祠，潔齋三月，與神爲誓，何嫌何疑，當有悔吝？其還贖以助伊蒲塞，桑門之盛撰。」不到五十字的批語，就用了「浮屠」、「桑門」以及「伊蒲塞」等音譯詞。張衡的〈西京賦〉〔註 14〕中：「名蒨流眄，一顧傾城，展季桑門，誰能不營？」用了「桑門」這個詞。但是因為東漢時期佛經絕大部份是直譯，文詞較晦澀難懂，大致而言，一般的文學創作受到佛學影響不大。

東晉以後，佛教盛行，佛經多用意譯，流傳甚廣，玄學與佛教結合，文人雅士喜歡談論佛法，在詩文創作中亦常引用佛典用語，以點綴潤色表情達意。如王巾的〈頭陀寺碑文〉〔註 15〕是一篇僅一千兩百多字的文章，而其中所用的佛教名詞竟有五十多個，如「陰法雲於眞際則火宅晨涼，曜慧日於康衢則重昏夜曉」，在這一句中「法雲」、「眞際」、「火宅」、「慧日」均爲意譯的佛詞，又「奄有大千遂荒三界」共八字的句子中，即有「大千」〔註 16〕與「三

〔註 13〕十號，天竺俗法有十名，天上利根尚有百名，大日如來於天上成道，故應之而立百八號，釋尊於人界成道，故亦應之而立十號。十號爲如來、應供、明行具足、正遍知、善逝、世間解、無上士、調御丈夫、天人師、佛世尊。

〔註 14〕見《文選》，卷二

〔註 15〕見《文選》南朝王巾〈頭陀寺碑文〉。

〔註 16〕「大千」即「三千大千世界」的略語。

界」兩個詞語。另外梁朝沈約的文章〈南齊禪林寺尼淨秀行狀〉〔註17〕一共有二千五百多字，有佛教語彙約一百三十個。其它在六朝志怪小說如《搜神記》、《拾遺記》，以及《世說新語》等書中，佛教用語已是常見的現象。

　　至於六朝時期僧侶的詩歌作品，在作品中引用佛典用語則是非常頻繁的現象，如最早的僧詩是康僧淵的〈代答張君祖詩〉：

　　　波浪生死徒，彌綸始無名。捨本而逐末，悔吝生有情。胡不絕可欲，
　　　反宗歸無生。達觀均有無，蟬蛻豁朗明。逍遙眾妙津，棲凝於玄冥。
　　　大慈順變通，化育曷常停。幽閒自有所，豈與菩薩并。摩詰風微指，
　　　權道多所成。悠悠滿天下，孰識秋露情。

在這一首詩中就用了「生死」、「有情」、「無生」、「大慈」、「菩薩」、「摩詰」、「權道」等佛教用語，如「波浪」雖然非佛典用語，但在此詩中是比喻世俗，佛教認為世間如同大海，是波浪翻滾紛擾不安的。「生死徒」是指一般凡夫眾生在生死中輪迴不已。「有情」是梵語「薩埵」的意譯，也就是指眾生。「大慈」指的是佛菩薩廣大的慈悲心。這些佛教用語的引用，基本上必須對於佛經相當熟悉者才能運用自如，也方能在詩歌創作時，適當的援引入作品中。再如「摩詰風微指，權道多所成。」是針對張君祖贈詩「不見舍利佛，受屈維摩公。」而言的，「摩詰」又稱維摩詰，是釋迦牟尼佛在家弟子，精通大乘教義，曾稱病，釋尊遣弟子舍利弗等去問疾，問答間摩詰揭示「空」、「無相」〔註18〕等大乘教義，舍利弗等為其所屈。若非作者熟悉這些故事，焉能對答如流呢？

　　再如支遁的「四月八日讚佛詩」：

　　　三春迭云謝，首夏含朱明。祥祥令日泰，朗朗玄夕清。菩薩彩靈和，
　　　渺然因化生。四王應期來，矯掌承玉形。飛天鼓弱羅，騰擢散芝英。
　　　綠瀾頹龍首，縹藥羿流泠。芙蕖育神葩，傾柯獻朝榮。芬津霈四境，
　　　甘露凝玉瓶。珍祥盈四八，玄黃曜紫庭。感降非情想，恬泊無所營。
　　　玄根泯靈府，神條秀形名。圓光朗東旦，金姿豔春精。含和總八音，
　　　吐納流芳馨。跡隨因溜浪，心與太虛冥。六度啟窮俗，八解灌世音。
　　　慧澤融無外，空同忘化情。

支遁這首詩主要是在四月八日佛誕節時，讚頌佛陀的作品。既是讚佛之作，

〔註17〕見（唐）道宣，《廣弘明集》中。

〔註18〕無相，謂真理之絕眾相。《無量義經》：「無量義者，從一法生。其一法者，即無相也。」

詩中自然也用了許多佛典用語，如「菩薩」、「四王」、「甘露」、「圓光」、「八音」、「六度」、「八解」以及「慧澤」等詞語。其中有些詞語，如「八音」指的是如來所得的八種音聲——極好音、柔軟音、尊慧音、不女音、不誤音、深遠音、不竭音等八音，此語詞的涵意必須是對佛學有研究者，才能知悉其中的意義。「八解」指的是八解脫，佛經上說到這是八種禪定能夠使人解脫貪欲束縛。「四王」指的是帝釋天的四個外將——東方持國天王、南方增長天王、西方廣目天王、北方多聞天王。「六度」即六波羅密，包括布施、持戒、忍辱、精進、禪定、智慧六種能使修行者達到涅槃境界的方法。從上面所舉出的佛典用語，可以看出支遁對佛教義理相當的深入，所以在創作詩歌時，自然而然就融於作品中。

有些作品則是以闡述佛理為主，如支遁的〈五月長齋詩〉、〈八關齋詩〉，寶誌的〈大乘讚十首〉、〈十四科頭〉，智藏的〈奉和武帝三教詩〉，傅大士的〈四相詩〉、〈十勸〉、〈還源詩〉十二章、〈浮漚歌〉、〈獨自詩〉二十章、〈行路難〉二十篇、〈行路易〉十五首等等，這類作品在行文之中都大量的引用佛經用語。由於這類作品的內容，主要是在宣揚佛教的義理，以及頌揚佛德，所以行文中自然會引用佛經用語，再者，作者的身份是僧侶，對於佛經應該是相當嫻熟的，故當他們在創作時，將佛典用於詩歌中是很自然的。

以闡述佛理為主的作品，因為是以說理為主，所以詩中援引佛教語彙是普遍的現象。舉例如寶誌〈大乘讚〉十首之一：

　　　大道常在目前，雖在目前難睹。
　　　若欲悟道真體，莫除色身言語。
　　　言語即是大道，不假斷除煩惱。
　　　煩惱本來空寂，妄情遞相纏繞。
　　　一切如影如響，不知何惡何好。
　　　有心取相為實，定知見性不了。
　　　若欲作業求佛，業是生死大兆。
　　　生死業常隨身，黑闇獄中未曉。
　　　悟理本來無異，覺後誰晚誰早。
　　　法界量同太虛，眾生智心自小。
　　　但能不起吾我，涅槃法食常飽。

在中國能詩文的僧侶進行創作時，必然會在詩中表現對佛教教義的認識。所

以在作詩時自然在詩中大量說理。而且佛家是從根本上來說佛理，而且又是關心人生問題的，所以詩歌中在闡述佛理之外，又有現世的生命關懷與哲理機趣。在寶誌的這首詩中提到「業」這個名詞，依據丁福保《佛學大辭典》所載，「業」的梵語是羯摩 Karma，是指身、口與意三者，所造作的善惡業及無記業，而所造的善或惡業，必然會招感樂與苦的結果。其在過去者，稱之為宿業；在現在者，稱之為現業。故詩中云「若欲作業成佛，業是生死大兆。生死業常隨身，黑闇獄中未曉。」

又如曇延〈薛道衡見訪戲題方圓動靜四字〉這首詩，其詩云：

> 方如方等城，圓如智慧日。動如識波浪，靜類涅槃室。

這首詩的內容很特殊，作者就「方圓動靜」四字，來說明大乘佛教的教理。其中在每一句中都用了佛教用語，如「方等」、「智慧」、「識波浪」以及「涅槃」等。「方等」是說大乘佛教中道之理是生佛平等的，因此「方等」亦是一切大乘經典之通名與總名。「方如方等城」是以眾多大乘經典堆積起來形成的方城狀，來戲題「方」這個字。「圓如智慧日」這句是以智慧圓滿如日，能夠照了一切，來戲題「圓」字。「智慧」〔註19〕即是所謂的「般若」，決斷曰智，簡擇曰慧，智慧即是對一切事通達無礙，光明圓滿如日光。「動如識波浪」，意指這個紛紛擾擾的人世，是無邊的苦海，猶如大海的波浪一般。最後「靜類涅槃室」，「涅槃」意譯為「滅度」，指脫離一切煩惱，而進入寂靜無礙的境界，此境界亦是學佛者修行的最高境界。

至於南北朝以後信奉佛教的大文學家，如王維、白居易、柳宗元等，他們的作品無論在思想內容，還是語言形式上，都受佛教的影響，其詩文中佛教術語處處可見，如王維〈過盧四員外宅看飯僧共題七韻〉這首詩中，包含有「青眼」、「青蓮」、「香積」、「上人」、「錫杖」、「檀越」、「趺坐」、「焚香」、「法雲地」、「淨居天」、「因緣法」、「次第禪」等佛教語詞。而以寫通俗詩聞名的王梵志、寒山以及拾得等人的詩，佛教用語更是其中的主要內容，如寒山詩：

> 癡屬根本業，無明煩惱坑；輪迴幾許劫，只為造迷盲。

又如：

〔註19〕《大乘義章》，卷九：「照見名智，解了稱慧，此二各別。知世諦者，名之為智。照第一義者，說以為慧，通則義齊。」《法華經義疏》卷二曰：「經論之中多說慧門鑒空，智門照有。」

　　　　十善化四天，莊嚴多七寶；七寶鎮隨身，莊嚴甚妙好。

詩中「癡」、「業」、「無明」、「煩惱」、「輪迴」、「劫」、「十善」、「四天」、「七寶」、「莊嚴」均爲佛教的語詞，至於初唐詩人王梵志的詩中，就有可稱作佛教專用名詞的一百二十個左右。〔註20〕

　　佛教語詞融入在詩歌作品之中，在唐代以後是相當普遍的現象，但溯其本源，應該是在六朝的僧侶詩開始的。所以佛教傳入中國後，對中國文學的影響之一是佛典用語的運用。

二、從文學的橫面來觀，佛教詞語融入漢語的層面廣

　　佛教詞語在漢語各個領域內幾乎都有，主要是反映在哲學、文學、民俗以及日常用語中。

　　佛教爲中國文學帶來新的文體和新的意境，同時也爲中國文學輸入大量的語彙，首先因爲佛典的翻譯與流傳，佛教典籍中不少優美的典故和具有藝術美的新詞語，被引進六朝以後的文學作品中，其中源於佛教的新詞語，幾乎佔了漢語史上外來成語的百分之九十以上，大大地豐富我國文學語言的寶庫，有的甚至成爲人們常用的穩定的基本詞彙。

　　有些佛教詞語甚至還成爲文學理論術語，舉例如下：

　　「境界」，唯識學中有所謂的「境界說」，此說被借鑒、發揮，形成中國文學理論中的「境界」說。

　　「取境」，由唯識家的「唯識無境」，即境由識變而發展爲文學家之「取境說」，指主觀不同，同樣的事物可以創造出不同的境界。唐皎然《詩式》「取境」云：「取境之時，須至難至險，始見奇句，成篇之後，觀其氣貌，有似等閑不思而得，此高手也。」

　　「造境」，佛教以萬法由心所生，心識有創造功能。〔註21〕文學家引申指心識有創造詩境的功能。唐呂溫《呂衡州集》卷三：「研情比象，造境皆會。」

　　「緣境」，佛家以爲「萬法唯識」，但亦認爲緣境又能生出新的識。〔註22〕文學界指從詩境中發出新的詩情，唐皎然《詩式》：「詩情緣境發。」

〔註20〕據張錫厚《王梵志詩校輯》。
〔註21〕《大乘廣五蘊論》：「云何識蘊？謂於所緣，了別爲性。亦名心，能采集故。亦名意，意所攝故。」
〔註22〕佛教之緣境，指本所緣慮的對象「境」，又成爲一種緣。

　　佛教詞語也影響中國古代哲學的詞彙。佛教認爲一切物質世界都是心靈世界所顯現的表相，物質世界是按著「成住壞空」〔註23〕這樣一大劫的程序發展的，一切物質現象都是變幻無常的，惟有眞如〔註24〕不生不滅，無始無終，恆久不變。由此之故，性相、性空、眞如、實相、無常、無我、法性等一系列諸命題相繼出現，這些詞也就成了中國古代哲學史上探討現象與本質關係問題的常用詞。

　　檢視日常生活之中常用的佛教語詞，以及常用的典故，有許多是源自於佛教的。源自於佛教的常用典故有「火宅」、「化城」、「諸天」、「一絲不掛」、「三千大千世界」、「天龍八部」、「天花亂墜」、「當頭棒喝」、「醍醐灌頂」、「拈花微笑」、「現身說法」、「眾盲捫象」、「泥牛入海」、「借花獻佛」、「井中撈月」等等。

　　從佛教用語演化成爲日常用語的，如「世界」。「如實」、「實際」、「知識」、「悲觀」、「煩惱」、「方便」、「婆心」、「平等」、「相對」、「絕對」等詞語，以及四字的成語如「一針見血」、「一彈指間」、「三生有幸」、「不二法門」、「不即不離」、「五體投地」、「拖泥帶水」、「不可思議」、「快馬加鞭」、「六根清淨」、「冷暖自知」、「僧多粥少」、「菩薩心腸」、「曇花一現」等。還有「苦海無邊，回頭是岸」、「放下屠刀，立地成佛」、「種瓜得瓜，種豆得豆」等。

　　南朝僧侶智愷寫的〈臨終詩〉，詩云：

　　　千秋本難滿，三時理易傾。石火無恆燄，電光非久明。遺文空滿笥，

　　　　徒然昧後生。泉路方憂噎，寒隨向淒清。一隨朝露盡，唯有夜松聲。

這首詩中作者用「石火無恆燄，電光非久明」，來比喻人生的過程，最後每個人都必須經歷的階段，就是走向死亡之路。尤其是人生進入臨終的階段，大部份的人都是孤獨而恐懼的，即使功成名就之人，依然不免一死。所以作者詩中寫道「一朝隨露盡，唯有夜松聲。」在傅大士的〈十四科頌〉其中的〈生死不二〉詩中，和智愷的〈臨終詩〉所說的主題非常接近，其詩云：

　　　世間諸法如幻，生死猶如雷電。法身自在圓通，出入山河無間。顛

　　　　倒妄想本空，般若無迷無亂。三毒本自解脫，何須攝念禪觀。

詩中也引用不少的佛教語彙。

〔註23〕這是「四劫」，即成劫、住劫、壞劫與空劫。

〔註24〕眞如，眞者眞實之義，如者如常之義，諸法之體性，離虛妄而眞實，故云眞，常住而不變不改，故云如。《唯識論》二曰：「眞謂眞實，顯非虛妄，如謂如常，表無變易，謂此眞實於一切法，常如其性，故曰眞如。」或云自性清淨心、佛性、法身、如來藏、實相、法界、法性、圓成實性，皆是同體而異名。

在我們的日常所用的語彙之中，時時有佛教語詞出現，只是人們習以爲常，不去明察，其中使用最多的是時間詞，然而漢語中最常用的時間詞並非漢語所有，而是因著佛經的翻譯，從佛教引進變化而來。

表示「時之極微者」——刹那、一念、一瞬、彈指、須臾。這些詞語中，有的是意譯，有的是音譯，在佛經裡，用以稱頌佛菩薩功德無量法力無邊，能以超人的速度行事，都是有某些規定的量。如：

> 「刹那」，依據《俱舍論》卷十二：「極微字刹那……如壯士一疾彈
> 指，六十五刹那，如是名爲一刹那量」。

「念」，「刹那」的意譯，或謂「九十刹那爲一念」，〔註25〕或謂「六十刹那爲一念」。〔註26〕

「彈指」，本爲彈擊手指，在佛經裡這個動作表示許諾，歡喜的心情或是警告別人，無論示何意，因只需極短的時間，故引申爲時之極微。據《大智度論》卷三十：「一彈指頃有三十念。」另外有一說法：「二十瞬名爲一彈指」。〔註27〕「彈指」是大於「念」和「瞬」的時間詞。

「瞬」，本爲漢語所有，常言道「萬世猶一瞬」，一瞬是指轉眼間。《摩訶僧祇律》卷七：「二十念名爲一瞬，二十瞬名爲一彈指」所以「瞬」是大於「念」小於「彈指」的時間單位。

這些時間詞，融入漢語之中常混雜在一起，表示極短暫的時間。

從上面的論述之中，佛經傳譯豐富漢語的表現力，不但在文化生活和社會生活中起了相當大的影響，同時對詩歌的創作也影響深遠。

第二節　六朝僧詩與中國詩歌形式的會通

佛教以一種外來文化的姿態進入中國，和傳統的儒家以及道家的文化相接觸，經歷了由依附、衝突到相互融合的過程，這樣的過程亦是佛教中國化的過程。佛教之所以能夠爲中國傳統文化所接納，主要是由於中華民族具有兼容並包的胸懷，也是因爲佛教文化本身內涵豐富，具有中國文化所缺乏的內容，可以對傳統文化發揮補充的作用。

〔註25〕依據《仁王經》云：「九十刹那爲一念。」
〔註26〕依據《往生論注》，卷上：「六十刹那爲一念」。
〔註27〕據《僧祇律》，卷七：「二十瞬名爲一彈指。」

　　而以敘事和說理爲內容的詩歌，在漢代以前的詩歌作品中是相當罕見的，但是在佛典中的偈頌，以敘事和說理爲內容是相當普遍。當佛經翻譯事業日漸興盛，佛教傳播日益廣遠之時，無形中佛經的形式以及思想內容，亦會對文學有所影響。

　　梁啓超先生在民國十一年所作的演講──〈印度與中國文化之親屬的關係〉，曾經提到〈孔雀東南飛〉可能是受到〈佛本行贊〉等翻譯佛經之影響。〔註 28〕陸侃如先生撰〈孔雀東南飛考證〉一文，亦認爲此詩必受印度文學影響方能產生。李師立信先生則認爲「在極難看到敘事詩的我國詩壇，在絕少有上百句長篇詩歌出現的漢代詩壇，除了把〈孔雀東南飛〉這種異數和長篇故事偈頌聯想在一起之外，我們幾乎沒有辦法去解釋〈孔雀東南飛〉出現的原因。」〔註 29〕

　　〈孔雀東南飛〉一詩的出現和佛經中長篇的偈頌有關係，同樣地，六朝時的僧侶詩，及佛理詩的形式與內容亦和漢譯偈頌有關。

　　但是佛典中的「偈頌」與我國的詩歌並不完全相同。依李師立信的看法，他認爲中國詩歌的抒情傳統，和佛經的偈頌的敘事、議論、說理等內容，有本質上的差異；再者就篇幅而言，中國的詩歌率多短篇，但佛經偈頌動輒一、二百句，甚至有多至九千多句的，如北涼曇無讖所譯的《佛所行讚》。〔註 30〕另外是中國的詩歌爲韻文，絕大部份的詩都是押韻的，而佛經的偈頌則是以不押韻爲常，尤其是早期的譯經，其偈頌幾乎全不押韻。因此偈頌雖然是用中國詩歌習用的四、五、六、七言的齊言形式，但是與中國詩歌的風貌與實質並不相同。

　　這些佛經的偈頌在梵文的原典裡，它們本來是正式的詩歌，只不過漢譯的人，文學修養不夠，所以譯成不押韻的情形，若從廣義來看，偈頌應該也看成是詩歌。

一、漢譯佛典中的偈頌

　　在佛典十二分教〔註 31〕中，其中有兩個部份是韻文，分別是「伽陀」和

〔註28〕見梁啓超《飲冰室文集》，第四十。

〔註29〕「論偈頌對我國詩歌所產生之影響──以孔雀東南飛爲例」，此文收錄在《文學與佛學的關係》，學生書局印行。

〔註30〕見《大正藏》，第四卷，No.192。

〔註31〕一切經分爲十二種類之名。據《大智度論》三十三之說，一修多羅，此云契經，經典中，直說法義之長行文。二祇夜，譯作應頌，應於前長行之文重宣

「祇夜」。

「伽陀」，即梵語 gatha，又作伽陀、伽他、偈陀；意譯爲「孤起頌」、「諷頌」，〔註32〕是宣揚佛理獨立的韻文，即偈前無長行文（佛經中的散文部份）；或者是偈前已有散文，然而散文所說的內容和偈文的涵義是不同的。此外因爲伽陀不重覆闡釋長行文內容的性質，又稱爲不重頌偈。

「祇夜」即梵語 geya，又作竭夜、祇夜經，其義亦有詩歌、歌詠之涵義，意譯則爲「重頌」、「應頌」、「重頌偈」，或云「偈」，應前長行之文，重宣其義也，亦即在韻散等結合的經文中重宣長行文的內容。〔註33〕

「祇夜」和「伽陀」二者的差別在於雖然皆是韻文形式，然祇夜者，重覆述說長行經文之內容，伽陀則否，故有不重頌偈、孤起頌等之異稱。但佛典中有二者混用的情形，並非截然分明的，所以在漢譯佛經時統稱爲「偈頌」。

在漢譯佛典中，有多處提及偈頌的定義以及種類，但是各經的說法不盡相同，茲舉數例如下：

1. 《大智度論》卷三十三〔註34〕

一切偈名祇夜，六句、三句、五句，句多少不定，亦名祇夜，亦名伽陀。諸經中偈名祇夜。

亦即在《大智度論》中，祇夜與伽陀是無差別的，都是指諷頌之義。

2. 南本《大般涅槃經》云：〔註35〕

其義者，即頌也。三伽陀，譯作諷頌又作孤起頌，不依長行，直作偈頌之句。四尼陀那，譯作因緣，經中說見佛聞法因緣，以及佛說法教化因緣之處。五伊帝目多，譯本事，佛說弟子過去世因緣之經文。六闍多伽，此譯本生，佛說自身過去世因緣之經文也。七阿浮達摩，譯未曾有，記佛現種種神力不思議事之經文。八阿波陀那，譯作譬喻，經中說譬喻之處也。九優婆提舍，譯作論義，以法理論義問答之經文。十優陀那，譯自說，無問者佛自說之經文。十一毗佛略，此譯方廣，說方正廣大之真理之經文。十二和伽羅，此譯授記，於菩薩授記成佛之經文也。

〔註32〕《顯揚聖教論》，卷六云：「諷頌者，謂諸經中非長行直說，然以句結成，或二句，或三句，或四句，或五句，或六句。」（《大正藏》31，509a）《妙法蓮華經玄義》，卷六下曰：「伽陀者，如龍女獻珠，喜見說偈，孤然特起。」（《大正藏》33，775a）

〔註33〕《大乘義章》一曰：「祇夜，此翻名爲重頌偈也，以偈重頌修多羅中所說法義，故名祇夜。」（《大正藏》44，470a）其中「修多羅」，是指佛經中以散文述說教義的部份。《顯揚聖教論》，卷六：「應頌者，謂諸經中，或於中間、或於最後，以頌重顯，及諸經中不了義說，是爲應頌。」（《大正藏》31，508c）

〔註34〕見《大正藏》，卷二十五，No.306c。

何等名爲伽陀經？除修多羅及諸戒律，其餘有說四句之偈，所謂「諸惡莫作，諸善奉行，自淨其意，是諸佛教」，是名伽陀。

在此經中，伽陀所意指的是長行文以及戒律以外，諸經典中的四句偈。

　　3.《阿毗達摩順正理論》卷四十四：〔註36〕

言應頌者，謂以勝妙緝句言詞，隨述讚前契經所說，有說亦是不了義經。……言諷頌者，謂以勝妙緝句言詞，非隨述前而爲讚是詠，或二、三、四、五、六句等。

在這裡提出，應頌與諷頌皆是以勝妙言詞，讚嘆佛教的義理。但是應頌是隨著長行文而說；至於諷頌的內容亦是以詠嘆爲主，但並非重複長行文所敘述的內容。兩者之間是有差別的。

　　4.《妙法蓮華經玄義》卷一：〔註37〕

或四、五、六、七、八、九言偈，重頌世界陰入等事，是名祇夜。

或孤起偈，說世界陰入等事，是名伽陀。

以上所舉出的幾個例子是在說明偈頌的定義有許多說法，但可以明確掌握的是，偈頌是以詩句方式來呈現的。

　　《鳩摩羅什傳》〔註38〕記載：

天竺國俗，甚重文制，其宮商體韻，以入弦爲善，凡覲國王，必有讚德。見佛之儀，以歌嘆爲貴。經中偈頌，皆其式也。

可知古時天竺，即是以詩歌這樣的形式歌詠讚嘆，而此詩歌所指的就是偈頌。

　　《大智度論》卷十三：

菩薩欲淨佛土，故求好音聲。欲使國土中眾生聞好音聲，其心柔軟。心柔軟，故受化易。是故以音聲因緣供養佛。

佛說法是令眾生離苦得樂，而佛法的弘傳無非是希望眾生得益，受持佛法。宣揚教義用韻文的形式，除了易於讀誦外，且其音聲也較爲悠揚，易收攝人心，令眾生容易接受佛法，所以在三藏十二部中多運用偈頌的形式。

　　再者，《成實論》謂：

何故以偈頌修多羅？答曰欲令義理堅固，如以繩貫華，次第堅固。

〔註35〕見《大正藏》，卷十二，No.693c。
〔註36〕見《大正藏》，卷二十九，No.595a。
〔註37〕《妙法蓮華經》，卷一下，見《大正藏》卷三十三，No.688b。
〔註38〕見（梁）慧皎，《高僧傳》，卷二。

又欲嚴飾言詞，令人喜樂，如以散華或持貫華，以爲莊嚴，又義入
偈中，則要略亦解。或有眾生樂直言者，有樂偈說，又先直說法，
後以偈頌，則義明了，令信堅固。又義入偈中，則次第相著，亦可
讚說。〔註39〕

從這一段文字記載，知道偈頌有其創作因緣，一方面是爲了使經文未竟之處，
義理能更加清楚，而且在長行文之後反複的宣說，可以加深人們的印象，讓
其信念更加堅定。再者，由於偈頌的言辭多半是虔敬，莊嚴，當吾輩在讀頌
時也會使人在心中有喜悅的感覺。

蔣維喬先生曾說：「印度文體，往往用三字句、四字句、五字句、六字句、
七字句的韻語，以便記誦。」〔註40〕偈頌以詩句的形式來宣揚佛法，有另一
層的因素是便於記憶誦讀。

二、頌的特殊形式及其與詩歌的關係

佛經的偈頌大致可以分爲「祇夜」與「伽陀」，「祇夜」之性質是重複宣
說長行文所言之教義，長行文是以散文的形式呈現，祇夜則是齊言的形式，
兩者合在一起是「齊散結合」〔註41〕的形式。這在中國文學史上，可以說是
相當少見的例子，這不僅豐富了既有的文體結構，也同時對中國的詩歌產生
影響。

在中國詩歌中，無論是古體詩或是近體詩，篇幅超過百句以上的作品不
多，如〈孔雀東南飛〉與蔡琰〈悲憤詩〉這樣的作品是相當罕見的。但是在
漢譯偈頌中，長篇巨製與形式雄偉的作品，卻佔有極大的份量。如《佛所行
讚》〔註42〕這部經中，全部都以五言偈頌的方式來描述佛陀的行誼與身相，
總共有九千一百一十三句。《法句譬喻經》，〔註43〕一共分成三十九品，全部
都是以四言或五言或六言的偈頌形式表現，共有三千一百句。如此長篇巨著，
成千上萬句的詩作，在中國文學中是未曾見到的。再如西晉竺法護所譯的《佛

〔註39〕見《成實論》，卷一，《大正藏》卷三十二，No.244c。
〔註40〕蔣維喬《佛學綱要》，天華出版社，民國79年12月初版三刷。
〔註41〕在漢譯偈頌中，齊言的形式佔極大的比例，雜言的形式相當罕見，故以偈頌
的大部份爲主，稱之爲齊言；至於長行文大部份是散文。所以稱偈頌與長行
文結合的情況，爲「齊散結合」。
〔註42〕見《大正藏》，第四冊，北涼曇無讖所譯。
〔註43〕見《大正藏》，第四冊，吳維祇難等人所譯。

五百弟子自說本起經》，〔註44〕這部經一共分為三十品，整部經都是以五言或是七言的形式來表現，一共有二千零三十二句之多。

在中國詩歌裡，漢魏六朝的詩都是古詩的體製，古詩在句式上是沒有一定的長短限制，大部份視內容來決定長短，而且也沒有嚴格的平仄規定，用韻上也較近體詩自由，只求聲調自然以及音韻的和諧。若從這個角度來觀察，佛經的翻譯偈頌不講求平仄、字數以及韻腳的特點，與古詩的確有相近之處。但是佛經翻譯偈頌百句以上的長篇巨製，這樣的形式特色卻是中國詩歌中未曾見到的情形。

再者東漢至六朝的翻譯偈頌，於形式結構上是多變而且無一定的規律。有三言、四言、五言、六言、七言、八言、九言等所組成的偈頌，除了齊言的偈頌外，雜言的偈頌形式也有許多。

六言的偈頌如《月明菩薩經》：〔註45〕

> 與血肉安隱施，割血肉施與人。
> 即得愈無復恐，是供養佛所譽。
> 德中德最安隱，未來當作佛者。
> 斷貪淫去瞋恚，一切人皆除愈。

這是描述太子割髀取肉與血，供養一位髀上生大惡瘡的比丘，而此比丘食後病癒，太子所作的偈頌。其意在說明斷貪淫去瞋恚，是修行過程中很重要的一環。

七言的偈頌如《佛說維摩詰經》：〔註46〕

> 清淨金華眼明好，淨教滅意度無極。
> 淨除欲瘕稱無量，願禮沙門寂然跡。
> 既見大聖三界將，現我佛國特清明。
> 說最法言決眾疑，虛空神天得聞聽。
> 經道講受諸法王，以法佈施講說人。
> ……
> 以知世間諸所有，十力哀現是變化。
> 眾睹希有皆歡佛，稽首極尊大智現。

八言的詩句在中國詩歌中，極為少見，但在佛經中卻有這樣的例證，如《法

〔註44〕見《大正藏》，第四冊，西晉竺法護所譯。
〔註45〕《大正藏》，第三冊，，No.169，411c，吳支謙譯。
〔註46〕《大正藏》，第十四冊，No.474，吳支謙譯。

句譬喻經》：〔註47〕

> 沙門何行如意不禁，步步著粘但隨思走。
> 袈裟披肩爲惡不損，行惡行者斯墮惡道。
> 截流自持折心卻欲，人不割欲一意猶走。
> 爲之爲之必強自制，捨家而懈意猶復染。
> 行懈緩者誘意不除，非淨梵行焉至大寶。
> 不調難誡如風枯樹，自作爲身曷不精進。

至於五言的偈頌則是最常見的句式，在中國傳統的詩歌中，三、四、五言是漢代極爲常見的一種詩歌句式。如漢樂府中的郊廟歌辭，有許多三言的詩篇；四言爲詩經以來的傳統形式；至於五言在偈頌中使用的最爲普遍，幾乎有一半以上的偈頌都是五言的。

至若九言的偈頌，相當罕見，目前找到一例，《修行本起經》卷下：〔註48〕

> 如今人在胎不爲不淨
> 如今在淨不爲不淨污
> 如今若不爲多無有數
> 假今如是誰不樂世者
> 如今人老形不若干變
> 如今善行者不爲惡行
> 如今愛別離不爲苦痛
> 假今如是誰不樂世者
> 如今病瘦無復有大畏
> 如今後世無有諸惡對
> 如今墮地獄無有苦痛
> 假今如是誰不樂世者
> 如今年少形不變壞者
> 如今所不可不以著心
> 如今死至時無有眾畏
> 假今如是誰不樂世者
> ……

〔註47〕 《大正藏》，第四冊，No.211，晉法炬法立譯。
〔註48〕 《大正藏》第三卷，No.184，後漢竺大力康孟詳譯。

如今諸陰蓋不爲怨家

如今諸六入無有苦惱

如今一切世間爲不苦

假令如是誰不樂世者

這首偈頌一共有四十句，都是以排比的句式來表達，最主要是在七言之上加上二字「如今」，形成九言的排比句式。偈頌的內容是在敘述人世之間的生、老、病、死、愛別離、怨憎會與求不得，以及五陰熾盛八苦。由於人世有此八苦，造成許多憂悲苦惱，因此看透的人就會興起厭離之心，尋求眞正的解脫之道。

總而言之，佛經翻譯偈頌的形式，是多變而無規律的。同時在句數上也無規則可循，少則兩句，多則上千句。與中國傳統詩歌在形式與句數上有著極大的不同。

第三節　佛典的修辭技巧與表現手法

在漢譯佛經中，常常是運用相當誇張與鋪排的表現手法，尤其是時間的無窮盡以及空間的延伸，這是中國文學中所缺乏的。在中國文學中，《莊子》書中的大鵬鳥是「搏扶搖而上者九萬里」，〔註49〕這般的境界已經是高不可測，但是仍有具體的數字「九萬里」，而從北溟到南溟的飛行仍侷限在這個地球上。至於佛經就迥然不同，時間單位由極小的單位刹那，〔註50〕至無量阿僧祇劫〔註51〕這樣的大單位；至若空間一談便是三千大千世界，〔註52〕數量

〔註49〕見《莊子》〈逍遙遊〉。

〔註50〕刹那，指極短的時間。即現今二十四小時中之六百四十八萬分之一，相當於七十五分之一秒。據《仁王般若經》上載：「一念爲九十刹那，一刹那中有九百生滅。」又《俱舍論》，卷十二：「何等名爲一刹那量？眾緣和合，法得自體頃，或有動法，行度一極微，對法諸師說，如壯士一疾彈指頃，六十五刹那，如是名爲一刹那量。」

〔註51〕阿僧祇，梵語 asamkhya，意爲無量數、無央數；劫，爲極長遠之時間名稱，有大、中、小三劫之別。此阿僧祇劫，爲菩薩修行成滿至於佛果所須經歷的時間。

〔註52〕三千大千世界，係爲古代印度人之宇宙觀。謂以須彌山爲中心，周圍環繞四大洲及九山八海，稱爲一小世界，乃自色界之初禪天至大地底下之風輪，其間包括日、月、須彌山、四天王天、三十三天、夜摩天、兜率天、化樂天、他化自在天、梵王天等。此一小世界以一千爲集，而形成一個小千世界，一千個小千世界集成中千世界，一千個中千世界集成大千世界，此大千世界因

則是俱胝〔註53〕、億、那由它〔註54〕等，這些概念在現實中都是難以思量的。

如《妙法蓮華經》上云：

> 譬如五百千萬億那由它阿僧祇三千大千世界，假使有人磨爲微塵，過
>
> 於東方五百千萬億那由它阿僧祇國乃下一塵，如是東行，盡是微塵。

這裡是用譬喻的方式來說明範圍與數量，「阿僧祇」的數目已經相當大，在前面還加上「五百千萬億那由它」，像這樣的形容手法，在傳統的中國文學中是極爲罕見的。

佛典在藝術的表現上，有幾點特色是中國文學中所缺乏的，以下從幾個層面來討論佛經的表現手法：

一、「譬喻」

佛陀說法多用譬喻的方法，爲使人易於理解教說之意義內容，常常是借用現成的故事或是舉出事例。一般而言，譬喻大多舉示現今之事實，然亦有舉示假設之例證。如以滿月比喻某人之容光煥發，以眼前之小物推比大物，或以粗境粗法喻顯細境細法。在佛典中有經典即是以「譬喻」爲經典名稱，如：《法句譬喻經》〔註55〕、《雜譬喻經》〔註56〕、《百喻經》〔註57〕、《佛說譬喻經》，〔註58〕以及《佛說箭喻經》〔註59〕等。其它經典雖未以「譬喻」名之，但在經典中亦用許多譬喻，如《法華經》即是。

《法華經‧序品》中說：〔註60〕

> 我以無數方便，種種因緣，譬喻言辭演說諸法。

《大智度論》卷二十二：〔註61〕

由小、中、大三種千世界所集成，故稱三千大千世界。

〔註53〕俱胝，意譯爲億，乃印度數量之名。玄應音義卷五載，俱胝，即中土所稱之「千萬」，或「億」。

〔註54〕那由他，印度數量名稱，意譯爲兆。又作那庾多、尼由多、那術、那述。就印度一般數法而言，阿庾多爲一萬，那由多則爲百萬。

〔註55〕《大正藏》，第四卷，本緣部下，No.211。

〔註56〕《大正藏》，第四卷，本緣部下，No.204。《雜譬喻經》在《大正藏》中，有三種版本，分別是後漢、支婁迦讖譯，以及道略集，與失譯三種。另外還有《舊雜譬喻經》，道略集，以及《眾經撰雜譬喻》，鳩摩羅什譯，道略集。

〔註57〕《大正藏》，第四卷，本緣部下，No.209。

〔註58〕《大正藏》，第四卷，本緣部下，No.217。

〔註59〕《大正藏》，第一卷，阿含部上，No.94。

〔註60〕《大正藏》，第九卷，法華部，No.262。

若不樂世間，爲説三法印：無常、無我、涅槃。依隨經法，自演作
義理譬喻，依嚴法施。

南本《大般涅槃經》卷二十七提到：〔註62〕

善男子，喻有八種：一者順喻，二者逆喻，三者現喻，四者非喻，
五者先喻，六者後喻，七者後喻，八者遍喻。

從這些敘述中可以看到佛教對譬喻的重視。

《大般涅槃經》卷二十九〈獅子吼菩薩品〉，〔註63〕依譬喻方式不同，分
爲八類：

1. 順　喻

依事物生起之順序所作之譬喻。依《大般涅槃經》所說：

天降大雨，溝瀆皆滿。溝瀆滿故小坑滿。小坑滿故大坑滿，大坑滿
故小泉滿。小泉滿故大泉滿。大泉滿故小池滿。小池滿故大池滿。
大池滿故小河滿。小河滿故大河滿。大河滿故大海滿。如來法雨亦
復如是。眾生戒滿，戒滿足故不悔心滿。不悔心滿故歡喜滿。歡喜
滿故遠離滿，遠離滿故安隱滿。安隱滿故三昧滿，三昧滿故正知見
滿。正知見滿故厭離滿，厭離滿故呵責滿。呵則滿故解脫滿。解脫
滿故涅槃滿。是名順喻。」〔註64〕

2. 逆　喻

逆於事物生起之順序所作之譬喻。如《大般涅槃經》所說：

大海有本所謂大河，大河有本所謂小河，小河有本所謂大池，大池
有本所謂小池，小池有本所謂大泉，大泉有本所謂小泉，小泉有本
所謂大坑，大坑有本所謂小坑，小坑有本所謂溝瀆。溝瀆有本所謂
大雨。涅槃有本所謂解脫，解脫有本所謂呵責，呵責有本所謂厭離，
厭離有本所謂正知見，正知見有本所謂三昧，三昧有本所謂安隱，
安隱有本所謂遠離，遠離有本所謂喜心，喜心有本所謂不悔，不悔
有本所謂持戒，持戒有本所謂法雨。是名逆喻。〔註65〕

〔註61〕《大正藏》，第二十五冊，釋經論部上，No.1509。
〔註62〕《大正藏》，第十二卷，涅槃部，No.375。
〔註63〕《大正藏》，第十二卷，涅槃部，No.375。
〔註64〕《大正藏》，第十二冊，No.536。
〔註65〕《大正藏》，第十二冊，No.536。

事實上，逆喻即是順喻之反，由果溯因，由大而小言之。《雜阿含經》〔註66〕中有一以不澆灌培育樹，乃至伐其根本，借以比喻十二因緣的還滅門。其文曰：

> 猶如種樹初小軟弱，不愛護，不令安隱，不壅糞土，不隨時灌溉，冷暖不適，不得增長。若復斷根截枝，段段斬截，分分解析，風飄日炙，以火焚燒，燒以成糞，或颺以疾風，或投之以流水。比丘於意云何？……心不縛著則愛滅，愛滅則取滅，取滅則有滅，有滅則生滅，生滅則老病死憂悲苦惱滅。

3. 現 喻

以當前之事實所作之比喻。如《大般涅槃經》所說：

> 眾生心性如彌猴，彌猴之性捨一取一，眾生心性亦復如是最著色聲香味觸法，無暫住時。是名現喻。

《雜阿含經》世尊以身邊的土石作比喻，對比丘說法，其內容為，

> 此手中土石為多？彼大雪山土石為多？比丘白佛言：世尊，手中土石，甚少少耳。雪山土石，甚多無量百千巨億……。佛告比丘：其諸眾生，於苦諦如實知者……如我手中所執土石；其諸眾生，於苦聖諦不如實知……如彼雪山土石無數無邊。〔註67〕

4. 非 喻

指以假設之事件所作之譬喻即今修辭學上所說的「假喻」。是一種例證與舉例的性質，此種舉例證之喻，在經典中亦隨處可見，而且多是以說故事型態出現。如《大般涅槃經》所說：〔註68〕

> 如我昔告波斯匿王。大王，有親信人從四方來，各作是言。大王，有四大山，從四方來，欲害人民。王若聞者當設何計？王言，世尊設有此來無逃避處，惟當專心持戒布施。我即讚言善哉大王，我說四山即是眾生生老病死。生老病死常來切人。云何大王，不修戒施。王言世尊，持戒布施得何等果？

我言，大王於人天中多受快樂。王言：世尊尼拘陀樹持戒布施，亦於人天受安隱耶？

〔註66〕《大正藏》，第二冊，No.79，《雜阿含經》，卷十二。
〔註67〕《大正藏》，第二冊，No.113。
〔註68〕《大正藏》，第十二冊，No.536。

我言：大王尼拘陀樹不能持戒修行布施，如其能者則受無異。是名非喻。

5. 先　喻

即先說譬喻，後舉所欲喻顯之教法。如《大般涅槃經》所說：〔註69〕

我經中說譬如有人貪著妙花，採取之時爲水所漂。眾生亦爾貪受五欲。爲生死水之所漂沒。是爲先喻。

《雜阿含經》卷四十七：〔註70〕

譬如人家多男子少女人，不爲盜賊數數劫奪，如是善男子，數數下如牛乳頃，於一切眾生修習慈心，不爲諸惡鬼神所欺。

6. 後　喻

先說教法，後舉譬喻。如《大般涅槃經》所說：〔註71〕

如法句說莫輕小罪，以爲無殃，水渧雖微，漸盈大器是名後喻。

《雜阿含經》卷十云：〔註72〕

無常想修習多修習，能斷一切欲愛色愛無色愛慢無明；譬如比丘：如人刈草手攬其端舉而抖擻，萎枯悉落取其長者。

7. 先後喻

即先說一譬喻，再說佛法，後再舉一譬喻亦說此佛法。如《大般涅槃經》所說：〔註73〕

譬如芭蕉生果則死，愚人得養亦復如是，如騾懷妊，命不久全。

《雜阿含經》卷十二云：〔註74〕

若於結所繫法，隨生味著，顧念心縛則愛生，愛緣取，有緣生，生緣老病死憂悲苦惱，如是如是純大苦聚集。如人種樹初小軟弱愛護令安，壅以糞土，隨時灌溉，冷暖調適，以是因緣，然後彼樹得增長大。如是比丘，結所繫法，味著將養，則生恩愛，愛緣取，取緣有，有緣生，生緣老病死憂悲苦惱，如是如是純大苦聚。

〔註69〕《大正藏》，第十二冊，No.536。
〔註70〕《大正藏》，第二冊，No.344。
〔註71〕《大正藏》，第十二冊，No.536。
〔註72〕《大正藏》，第二冊，No.270。
〔註73〕《大正藏》，第十二冊，No.536。
〔註74〕《大正藏》，第二冊，No.79。

8. 遍　喻

譬喻內容全部契合所欲喻顯的事項之全部內容；亦即逐一設喻，並逐一說明教法，如以植物為喻，逐一說其萌芽乃至開花、結果，以之逐一比喻佛弟子之出家乃至成道。如《大般涅槃經》所說：〔註75〕

> 三十三天，有波利質多樹，其根入地深五由延。高百由延，枝葉四布五十由延，葉熟則黃，諸天見已心生歡喜，是葉不久必當墮落，其葉既落復生歡喜，是枝不久必當變色，枝既變色復生歡喜，是色不久必當生庖，見已復喜是庖不久，必當生嘴，見已復喜是嘴不久必當開剖，開剖之時，香氣周遍五十由旬，光明遠照八十由延，爾時諸天夏三月時在下受樂。善男子，我諸弟子亦復如是。葉色黃者，喻我弟子念欲出家。其葉落者，喻我弟子剃除鬚髮。其色變者，喻我弟子白四羯磨受具足戒。初生庖者，喻我弟子發阿耨多羅三邈三菩提。香者，喻於十方無量眾生受持禁戒。光者，喻於如來名號無礙周遍十方。夏三月者，喻三三昧。三十三天受快樂者，喻於諸佛在大涅槃得常樂我淨。

遍喻也就是全喻，將譬喻中的每一條目，皆以佛理比附之。

9. 分　喻

除以上八種譬喻之法，《大涅槃經》亦有載分喻之法，即只能譬喻部份之義，而未能顯現全貌。如：

> 我所喻道是少分喻，非一切也。〔註76〕如經中說面貌端正猶月盛滿，白象鮮潔猶如雪山。滿月不得即同於面，雪山不得即是白象。〔註77〕

從上述的譬喻方式中，可以看出佛陀說法對於譬喻的運用以及重視。

另外佛經中還有許多是以一連串五花八門的形象來表達佛理，或者是修證境界的譬喻，此種稱之為「博喻」。如《大品般若經》卷一所舉的「十喻」：〔註78〕

> 解了諸法如幻、如燄、如水中月、如虛空、如響、如乾闥婆城、如夢、如影、如鏡中像、如化。

〔註75〕《大正藏》，第十二冊，No.536。
〔註76〕《大正藏》，第十二冊，No.374，頁539。
〔註77〕《大正藏》，第十二冊，No.374，頁396。
〔註78〕《大正藏》，第八冊，頁413。

這十個譬喻都是在顯示一切現象的存在，是悉無本體、一切皆空。

1. 如幻喻

大品般若經》卷三：〔註79〕

> 須菩提，於意云何？幻師幻作種種物，若象若馬若牛若羊若男若女，
> 於意云何？是幻有業因緣，用是業因緣墮地獄乃至生非有想非無
> 處，不也，世尊。是幻法空無事實，云何嘗有因緣……。

如幻喻，是指魔術師以幻術變化出種種物，以此喻來說明諸法本非實有，但以見聞之故，能識別諸相，此稱「如幻假有，如幻即空」。《大智度論》卷六云：〔註80〕

> 佛言諸法相雖空，凡夫無聞無智故，而於中生種種煩惱，煩惱因緣
> 作身口意業，業因緣作後身，身因緣受苦受樂，是中無有實作煩惱，
> 亦無身口意業，亦無有受苦樂者，譬如幻師作種種事。幻譬喻示眾
> 生一切有為法空不堅固。

眾生之煩惱與造業，都如同魔術師之不斷幻作種種情況之無實，應該究竟明白一切有為法空而不堅固的本質，而不在生死中輪迴不息。

2. 如餤喻

餤，指的是塵影，日光照射時，因風吹動而令塵埃散飛，譬如在曠野中，因見塵影，人於遠方觀之，其幻影如真實之樹林、泉水，誤以為水，遂生執取之心。又謂煩惱纏縛眾生，流轉於生死曠野之中，令生男女等相而致愛著沉淪。其實都是虛妄不實的。

《大智度論》卷六云：〔註81〕

> 如炎者，炎以日光風動塵故，曠野見如野馬，無智人初見如水。男
> 相女相亦如是……。曠野中轉無智慧者，謂為一相為男為女是名如
> 炎。
> 復次，若遠見炎想為水，近則無水想。無智人亦如是。若遠聖法不
> 知無我，不知諸法空，於陰界入法空性法中，生人相男相女相，盡
> 聖法則知諸法實相，是時虛誑種種妄想盡除，以是故說諸菩薩知諸
> 法如炎。

〔註79〕《大正藏》，第二十五冊，頁101。
〔註80〕《大正藏》，第二十五冊，No.1509，頁102。
〔註81〕《大正藏》，第二十五冊，No.1509，頁102。

3. 如水中月喻

又作水月喻。譬如月在空中，影現於水，愚昧之人，見水中月，歡喜欲取；謂實相之月，猶如法性，在於實際之虛空中，然在凡夫心中則現爲我與我所之相，且執此幻相以爲實。《大智度論》卷六云：〔註82〕

> 如水中月者，月實在虛空中，影現於水；實法相月，在如法性實際
> 虛空中；而凡夫人心，水中有我，我所相現，以是故名如水中月。
> 復次如小兒見水月歡喜欲取，大人見之則笑；無智人亦如是，身見
> 故見有吾我，無實智故見種種法，見已歡喜欲取諸相……諸得道聖
> 人笑之。

4. 如虛空喻

《大智度論》卷六：〔註83〕

> 如虛空者，但有名而無實法，虛空非可見法，遠視故眼光轉見縹色，
> 諸法亦如是，空無所有。

虛空是但有假名而無實體，非可見之物，不可以眼見而界定範圍，同時不可以手觸而具體存在，如遠視天如青色似乎有實色，但是飛上極高遠處則一無所見。謂凡夫之輩，遠離無漏眞實智慧，故捨棄實相，而執著於差別之現象，遂見彼我、屋舍等種種雜物。

5. 如響喻

《大智度論》卷六：〔註84〕

> 如響者，若深山狹谷中，若深絕澗中，若空大舍中，若語聲，若打
> 聲，從聲有聲名爲響。無智人謂爲有人語聲，智者心念是聲無人作，
> 但以聲觸故，更有聲名爲響。

在深山峽谷，從聲有聲，謂之爲響（回音），無智之人謂爲實有人語音聲；此譬喻謂諸法皆空，爲誑相而已。

6. 如乾闥婆城

《大智度論》卷六：〔註85〕

> 如乾闥婆城者，日初出時見城門樓櫓宮殿行人出入，日轉高轉滅，

〔註82〕《大正藏》，第二十五冊，No.1509，頁102。
〔註83〕《大正藏》，第二十五冊，No.1509，頁102。
〔註84〕《大正藏》，第二十五冊，No.1509，頁102。
〔註85〕《大正藏》，第二十五冊，No.1509，頁102。

此城但可眼見而無有實，是名乾闥婆城。……復次乾闥婆城非城，
人心想爲城。凡夫亦如是，非身想爲身，非心想爲心。

乾闥婆城，意譯爲尋香城，即指海市蜃樓。在海上、沙漠或是曠野之中，因
爲日光折射的關係，所幻化出的城郭、宮殿以及行人，日轉高而後轉滅。以
此來比喻身心我見，皆爲顚倒虛幻。

7. 如夢喻

《大智度論》卷六：〔註86〕

如夢者，如夢中無實事，謂之有實。覺已知無而還自笑。……人亦
如是，無明眠力故，種種無而見有。

夢中本來並無實事，然而夢中喜怒哀樂似乎樣樣眞實，待大夢初醒時，方知
一切皆爲虛幻。人生亦復如是，若大夢覺醒見到自己本來面目時，方知一切
皆空。

8. 如影喻

《大智度論》卷六：〔註87〕

如影者，影但可見而不可捉，諸法亦如是。眼情等見聞覺知實不可
得。……復次如影人去則去，人動則動，人住則住；善惡業影亦如
是，後世去時亦去，今世住時亦住，報不斷故罪福熟時則出。

如影喻，又作光影喻。光映則影現，可見但不可捉，又影但隨形，眾生若起
我執執形爲實，則業行造作也就如同影子之緊隨而不相離。是以當解諸法如
影空無實體。

9. 如鏡中像喻

《大智度論》卷六：〔註88〕

如鏡中像者，如鏡中像非鏡作、非面作、非執鏡者作，亦非自然作，
亦非無因緣作。……復次如鏡中像，實空不生不滅，誑惑凡人眼。
一切諸法亦復如是，空無實不生不滅，誑惑凡夫人眼。

要得見鏡中人，必須有鏡、面、持鏡之人以及光等條件，是故鏡中人是因緣
和合而生，因緣散則無。一切諸法亦復如是，皆是從因緣而生，無有實體。

〔註86〕《大正藏》，第二十五冊，No.1509，頁102。
〔註87〕《大正藏》，第二十五冊，No.1509，頁102。
〔註88〕《大正藏》，第二十五冊，No.1509，頁102。

10. 如化喻

《大智度論》卷六：〔註89〕

> 諸神通人神力故，能變化諸物。天龍鬼神輩得生報力故，能變化諸
> 物。如化人無生老病死，無苦無樂異於人生。以是故空無實，一切
> 諸法亦如是皆無生住滅，以是故說諸法如化。

如諸天以及仙人等以神通力假變人形，但此人卻無生滅苦樂之實；由其神通變化所顯之物皆無實體，變化來亦可變化去。此喻諸法無有生滅，如化而成亦無實有是空。

上述空之十喻，主要是由日常生活的經驗，透過眼睛所見的虛幻世界——幻、燄、水中月、虛空、乾闥婆城、鏡中像、化；還有透過耳朵所聽聞的——響；以及大家共同有的生活經驗——夢。由種種的虛妄不實的變化來說明「空」義，即一切的事物都沒有固定永恆不變的實體。

另外還有《維摩詰經》「十喻」，〔註90〕以譬喻人身的空與無常。

1. 是身如聚沫，不可撮摩。
2. 是身如泡，不得久立。
3. 是身如炎，從渴愛生。
4. 是身如芭蕉，中無有堅。
5. 是身如幻，從顛倒起。
6. 是身如夢，為虛妄見。
7. 是身如影，從業緣現。
8. 是身如響，屬諸因緣。
9. 是身如浮雲，須臾變滅。
10. 是身如電，念念不住。

佛經中常用譬喻的方法，或是借用現成的故事或是舉出事例，這就使得說法的語言具有藝術性。同時用故事以及傳說等材料，用形象和譬喻說法較生動，也易於被眾人所接受，亦方能達成佛陀教化眾生的目的。

二、誇飾的運用

佛經傳入中國之後，以「好大不經，奇譎無已」，〔註91〕「深妙靡麗」

〔註89〕《大正藏》，第二十五冊，No.1509，頁102。
〔註90〕《維摩詰經》，卷上，〈方便品〉第二，《大正藏》十四冊，No.475，頁539中。

〔註92〕帶給人極大的震憾。如《華嚴經》〈廬舍那佛品〉〔註93〕所描寫的世界概況：

> 此世界海上方，次有世界海，名離寶光海莊嚴，中有佛刹名樂行清淨，佛號無礙功德稱離闇光王……在於上方妙音勝蓮華藏獅子座上結跏趺座，如是等十億佛刹塵數世界海中，有十億佛刹塵數等大菩薩來，一一菩薩各將一佛世界塵數菩薩以爲眷屬，一一菩薩各與一佛世界微塵數等妙莊嚴雲，悉皆瀰復充滿虛空，隨所來方結跏趺座。彼諸菩薩次第座已，一切毛孔各出十佛世界微塵數等一切妙寶淨光明雲，一一光中各出十佛世界微塵數菩薩……

像上述這段經文如此誇張的描述手法，在佛經是相當常見的，而其中所描寫的境界往往是吾輩難以思議的境界。

《法華經》的〈譬喻品〉〔註94〕中，有「火宅喻」，文中對宅屋的朽壞以及火蔓延的情景，還有長者的利誘逃出火宅，都做了相當細膩以及誇張的描寫。在此舉例如下：

> 譬如長者，有一大宅，其宅久故，而復頓弊。堂舍高危，柱根摧朽，樑棟傾斜，基陛隤毀。……於後宅舍，忽然火起，四面一時，其炎俱熾，棟樑椽柱，爆聲震裂，摧折墮落，牆壁崩倒，諸鬼神等，揚聲大叫。雕鷲諸鳥，鳩槃荼等，周章惶怖，不能自出。惡獸毒蟲，藏竄孔穴，毗舍闍鬼，亦往其中。薄福德故，爲火所逼，共相殘害，飲血噉肉。野乾之屬，並已前死，諸大惡獸，競來食噉。臭煙烽烞，四面充塞，蜈蚣蚰蜒，毒蛇之類，爲火所燒，爭走出穴，鳩槃荼鬼，隨取而食。又諸惡鬼，頭上火燃，飢渴熱惱，周章悶走。其宅如是，甚可怖畏，毒害火災，眾難非一。是時宅主，在門外立，聞有人言：汝諸子等，先因遊戲，來入此宅，稚小無知，歡愉樂著……

這一段描寫，利用幻設與鋪排，使整個場景相當的完整而生動。這個「火宅喻」是以家宅遭遇大火，幼兒仍在宅中遊玩，不知脫離危險，長者乃施設方便，告以門外有幼兒所喜愛之羊車、鹿車、牛車等三車，藉以誘出門外，

〔註91〕《後漢書》，卷八十八〈西域傳論〉。

〔註92〕牟子〈理惑論〉《弘明集》，卷一。

〔註93〕《大正藏》，第九冊，No.279，《大方廣佛華嚴經》，唐實叉難陀譯。

〔註94〕《大正藏》，第九冊，No.262，《妙法蓮華經》，卷三，姚秦鳩摩羅什譯。

遂共乘大白牛車脫離火宅。此譬喻以火宅來比喻三界爲「五濁」、「八苦」等苦惱所聚，無法安住；幼兒比喻眾生，貪著三界眈於享樂之生活，不知處境之危險。長者是比喻佛，羊車比喻聲聞乘，鹿車比喻緣覺乘，牛車比喻菩薩乘，大白牛車比喻一佛乘。

這種宗教境界的創造，與中國傳統誇而有節，飾而不誣的理性精神是完全不同的。

《華嚴經》〈入法界品〉〔註95〕提到菩薩度化眾生的情況：

> 或以名號教化，或以憶念教化，或以音聲教化，或以圓滿光明教化，
> 或以光明網教化，隨者所應，悉現其前。現處處莊嚴，不離佛所，
> 不離樓閣座而普現十方。或放化身雲，或現無二身，遊行十方，教
> 化眾生。……或現種種色身音聲教化眾生，或現諸語言法，種種威
> 儀，種種菩薩行，種種巧術，一切智，明爲世間鐙，普照眾生業報
> 莊嚴，分別諸方悉行圓滿菩薩諸行。

這裡明確的提出在宣揚佛理時，必須運用豐富的想像以及各種善巧方便。所以佛經中對於地獄的極苦之狀，作了相當詳細的描寫，如《地藏菩薩本願經》卷三〈觀眾生業緣品〉：

> 復有夜叉執大鐵戟，中罪人身，或中口鼻，或中腹背，拋空翻接，
> 或置床上。復有鐵鷹，啗罪人目。復有鐵蛇，絞罪人頸，百肢節內，
> 悉下長釘，拔舌耕犁，抽腸剉斬，烊銅灌口，熱鐵纏身，萬死千生，
> 業感如是。

像這般對地獄的情景作如此深刻與誇張的描寫，在中國古代的文學中是未曾見到的，所以當佛典漢譯之後，自然會對中國文學的內容有影響。

三、高度的想像與神通變化

牟子的〈理惑論〉中提到：〔註96〕

> 佛者，謚號也。猶名三皇神、五帝聖也。佛乃道德之元祖，神明之
> 宗緒。佛之言覺也，恍惚變化，分身散體，或存或亡，能小能大，
> 能圓能方，能老能少，能隱能彰，蹈火不燒，履刃不傷，在污不染，
> 在禍無殃，欲行則飛，坐則揚光，故號爲佛也。

〔註95〕《大正藏》，第九冊，No.279，《大方廣佛華嚴經》，唐實叉難陀譯。
〔註96〕梁僧祐《弘明集》，卷一。

牟子這段敘述是在說明佛是具有神通威力的人，其神變遠遠超過中國的聖人。這種「神通變化」是佛經的一大特色。

　　在佛經中提到諸佛菩薩皆具「三明」，〔註97〕與「六神通」〔註98〕——神境通、天眼通、天耳通、他心通、宿命通以及漏盡通。同時佛具有「三身」〔註99〕——法身、報身、應化身，所以二千多年前降生於印度的釋迦牟尼佛，說法四十九年，八十歲入涅槃，只不過是真實法身佛的一種示現而已。所以世尊雖然入涅槃，但是佛的法力是變化無邊的，是以「種種變化施作佛事，一切悉睹無所罣礙，於一念頃一切現化，充滿法界」〔註100〕

〔註97〕三明，又作三達、三證法。達於無學位，除盡愚闇，而於三事通達無礙之智明。一者宿命智證明，即明白了知我及眾生一生乃至百千萬億生之相狀之智慧。二者生死智證明，即了知眾生死時生時、善色惡色，或由邪法因緣成就惡行，命終生惡趣之中；或由正法因緣成就善行，命終生善趣中等等生死相狀之智慧。三者漏盡智證明，即了知如實證得四諦之理，解脫漏心，滅除一切煩惱等之智慧。

〔註98〕六神通，又作六通。指六種超人間而自由無礙之力。一神境通，又作神足通，即自由無礙，隨心所欲現身之能力。二天眼通，能見六道眾生生死苦樂之相，及見世間一切種種形色，無有障礙。三天耳通，能聞六道眾生苦樂憂喜之語言，及世間種種之音聲。四他心通，能知六道眾生心中所思之事。五宿命通，能知自身及六道眾生之百千萬世及所作之事。六漏盡通，斷盡一切三界見思惑，不受三界生死，而得漏盡神通之力。（以上天眼通、宿命通、漏盡通並稱為三明。）

〔註99〕三身，身即聚集之義，聚集諸法而成身，故理法之聚集稱為法身，智法之聚集稱為報身，功德法之聚集稱為應身。《金光明經》所說之三身，化身是指如來昔在因地修行，為一切眾生修種種法至修行滿，因修行力故，得自在而能隨應眾生現種種身。應身，是指諸佛為令諸菩薩得通達，並體得生死涅槃味，以為無邊佛法而作本，故示現此具足三十二相，八十種好之身。法身，指滅除一切諸煩惱等障而具足一切之諸善法故。

〔註100〕《大正藏》，第九冊，No.279，《大方廣佛華嚴經》，卷一，唐實叉難陀譯。

第八章　結　論

　　六朝從公元三世紀初到七世紀初，這段時期南北對峙，戰禍連連，社會動蕩不安，階級矛盾尖銳。就整個社會而言，政治分崩離析，割據勢力擁兵自重；在意識形態的領域，儒術一尊的格局被打破，取而代之的是佛教與玄學思想。

　　漢末魏晉南北朝是中國政治上最混亂，社會上最痛苦的時代，在這樣的政治社會背景之下，六朝進入一個「人的覺醒」時期，以及「文的自覺」時代。而受到佛教傳入中國的影響，以及文士與僧侶的往來，與當時文壇上迷漫著玄言詩風，中國文學在六朝時期，出現了僧侶詩歌的作品，這是在魏晉以後才出現的情形，也是文學發展過程中，值得關注的現象。

　　六朝時期佛教的弘傳，與當時動蕩不安的社會有密切的關係。從東漢末年以來，頻繁的政權更迭，以及戰禍不斷，所以當現實環境中，天災與人禍伴隨而至，人的生命受到嚴重的威脅時，佛教講求善惡報應以及尋求極樂蓮邦的教義，可以為當時苦難的老百姓，指出一條希望與光明的路子。猶如暗室中的一盞明燈，給予苦難的心靈，點燃希望之燈，六朝長期處於動蕩的局勢中，是佛教得以迅速弘傳的原因之一。

　　魏晉玄學是在中國社會經濟制度發生重大變化的情況下，取代漢代正統儒家的經學。同時玄學是門閥士族所提倡的唯心主義學說。由於玄學專務清談，不涉世務，加之它的抽象思維形式，較為繁瑣。因此雖曾風靡一時，但卻未能深入影響社會的各個階層。

　　永嘉之亂後，社會動蕩，戰亂兵革四起，在此背景之下，漢魏之際已衰弱的儒學元氣未恢復，玄學亦在學術界的反思之中，亂世之際，社會迫切需

要的是一種能夠滿足各階層的靈丹妙藥。佛學的各種學說，一方面可以與統治階級原有的思想溝通，並滿足他們精神上自我慰藉的需要。加上當時玄學名士對佛學尚無全面深刻的認識與研究，對佛經望文生義，將佛教視作玄學的同義詞，也因此名士與名僧的往來日趨頻繁。

同時東晉皇權衰弱，由門閥大族輪流執掌政權，時局動蕩不安，名士處於此環境中憂慮惶恐，在此種情況之下，佛教的因果報應與彼岸說，廣受名士的接納。東晉君臣和一般名士熱衷研習佛學，同時借助佛教的教義解決玄學遇到的諸多疑難，研討佛理成為風尚。

魏晉時期大乘佛教所呈現的廣泛適應性與雅俗共賞性，以及佛教對中國傳統文化缺陷的彌補，使得佛教在南北朝時期受到中國封建統治階層的推崇。兩晉以後一直到南北朝時期，佛教逐漸中國化並且廣泛流傳至中國。這一時期的文壇上，佛教的教義與信仰也漸漸的為文士所接受，文士與僧侶之間往來的情況非常的普遍，如東晉時的支遁、道安、慧遠等僧侶，與文人的往來非常頻繁，《世說新語》與《高僧傳》書中，都可以找到許多關於文人與僧侶往來的記錄。

東晉時，由於佛教義理研究風氣的暢行，加上當時社會上老莊玄學談風的盛行，文士與僧侶的往來日趨密切，於是佛教與中國文化交流的機會也相對增多，也間接造就僧詩的創作。同時這種情形造成兩個層面的影響，一是僧侶的佛學修養，多少會影響文士信奉佛教，文士進而躬自力行佛教的儀式，甚至還創作讚佛與讚僧的作品。另一方面，就僧侶本身而言，文人的文學造詣與思維方式也影響著僧人的想法。所以在這樣的情況下，僧侶也會以詩歌創作的模式來表達他們的心靈世界。

僧侶作詩與佛教的弘傳亦有關係。自魏晉中華教化與佛學結合以來，重要之事有二端，一為玄理之契合，一為文學之表現。玄理之契合，即以玄理解釋佛學，這是佛學引入中國的一大特點；文學之表現，就是用文學語言來宣揚佛教的義理，其主要方式之一是以詩來闡述佛理。就詩歌方面而言，從僧傳與詩文選集中的統計，六朝僧侶詩作約有二百五十多首作品。雖然作品數量不算多，但這些詩作是僧詩的濫觴，在文學史上是有重要意義的。

六朝時期僧侶作詩是中國文學史上很特殊的現象，僧人寫詩的風氣，應自東晉開始，目前以橫跨西晉與東晉的僧侶佛圖澄，他算是最早作詩的僧人，但是內容只有三句，是屬於寓言性質的詩。到東晉與南北朝僧侶的詩作，已

經呈現多樣的風貌，內容相當廣泛，有山水詩、玄言詩、宮體詩以及佛理詩等等，僧詩創作一直到唐代達到巔峰。

六朝僧侶的詩歌，包含的內容相當豐富，有——玄言詩、山水詠懷詩、宮體詩與佛理詩與讖詩。由於僧侶的特殊身份，所以在詩作上也自然呈現出不同於文士詩歌的風格與思想。

玄言詩的主要特點在於以詩歌的形式來談玄，它除了以老莊玄學爲內容外，還加上佛家的「三世之辭」與佛理在詩歌中。佛學在東漢時來到中國，到了東晉時期已經相當普遍，僧侶與上層貴族以及文士之間相當頻繁，文士學習佛法的風氣很盛行，佛理亦隨之成爲清談時重要的內容。東晉時盛行的「格義佛教」即是一種玄學化的佛教，當時佛經的講習與佛理的探討，更是以清談的形式進行。

東晉時的清談名士很重視佛理，他們以爲佛理與玄學的旨趣相通，都可以透徹宇宙與人生的道理。所以如孫綽、許詢與郗超等清談名士，都好樂佛經，佛理進入清談，亦是勢之所趨。再加上東晉時許多僧侶善於清談，如支遁即是代表，當這些思想表現於詩作，則產生具有玄言味道的「佛理玄言詩」。

文士與僧侶的交往，是玄學與佛學交融的表徵，而佛理玄言詩的創作，即是在文士與僧人的往來贈答而開展的詩作。這類贈答的詩，以東晉時名士張君祖與竺法頵及康僧淵之間的贈答詩，是目前所見最早的作品。

僧侶的詩歌作品中，大量的使用玄言的句子，以支遁爲首。在佛理與玄言詩融合時，相當注重的是「得意忘言」。在《高僧傳》中，對《老》、《莊》、《易》有涉略的僧侶，主要是收錄在〈義解篇〉中，所謂的「義解」，重點即在於如何由「言」到「意」，而言意之辨是魏晉玄學的中心議題。六祖慧能以下的禪宗，以「不立文字」、「見性成佛」爲特徵，從歷史演變的角度來看，正是魏晉以後玄學與佛學交融會通的結果。

玄言詩興盛百年之後，劉宋初山水詩代之而起。宋代詩人曾寫道：「可惜湖山天下好，十分風景屬僧家。」〔註1〕這詩句中道出一項事實，即僧侶與山水間有著不解之緣，而僧侶對於自然山水的喜好是魏晉以來佛學與玄學交融的結果。

六朝僧侶創作山水詩的代表，主要是支遁與慧遠。支遁的作品中除了對山水自然的景色作描寫，也流露出他對於山水的喜好。《歷代三寶記》卷七中

〔註1〕《清獻集》，卷十，（宋）趙抃，〈次韻范師道龍圖三首〉之一。

提到支遁「以山居爲得性之所」。他在〈上書告辭哀帝〉一文中亦提到「貧道野逸東山，與世異榮，茱蔬長阜，漱流清壑。」〔註2〕由這些記載可見支遁的生活與自然是非常接近的。而支遁的詩歌基本上所呈現出來的是山水詩的雛形。

慧遠大師及其周圍的僧俗雅士，在晉宋之際的山水審美意識嬗變中扮演重要的角色。在慧遠大師的詩歌中，如〈奉和劉隱士遺民〉、〈奉和王臨賀喬之〉、〈奉和張常侍野〉等詩作中，可以看到慧遠常用自然的景色描寫來反映心理的狀態，或是藉以呈現佛理，通常他筆下的山水、雲等自然景色，都具有特殊的象徵意義。支遁與慧遠等僧侶所寫的山水之作，對於謝靈運的山水詩乃至山水詩特色的形成，是有一定的影響力，這是詩歌史上值得關注的課題。

齊梁時在文壇上興起一種專門以吟詠豔情爲主的詩風，在文學史上被稱作「宮體詩」。宮體詩最典型的特色是「輕豔」的詩風，主要是因爲詩歌的表現通常是以輕豔的字句來刻劃女性的嬌美姿態。鍾嶸在《詩品》下品所評論的齊惠休上人、道猷與釋寶月三位僧侶的詩作，可以說是六朝僧侶作宮體詩的代表。

僧侶豔情詩的創作與佛教傳入有很大的關係，其原因有三方面的 —— 佛經中的豔情描寫、《維摩詰經》中亦僧亦俗的表現以及六朝時重視威儀容貌的社會風氣。

佛教發源於印度，印度的文學對於色情的描寫是相當大膽的，由於植根於印度文學的傳統，佛經以及佛教文學中也會出現一些豔情的描寫。佛教是反對淫欲的，但是並不避免對淫欲的描寫，佛陀說這些故事主要的目的在於以這些故事來警醒眾生，若不修習善道會招致的惡報。東晉以後，由於翻譯的進步與思想界的改變，加上翻譯者忠於原典，所以翻譯者把佛經中一些極爲輕豔的文字，如實的轉譯過來，如竺法護所譯《普曜經》卷六〈降魔品〉即具體描述魔女的美貌。但從另一層面來思考，佛教的傳入，同時也助長社會上的弊俗，僧侶佛徒受佛經影響也好爲豔情詩。

齊梁時代經學衰頹，名教的束縛力量經過魏晉玄學與佛教傳入的影響變得愈來愈弱，反而是佛教的力量愈來愈增強，梁武帝時甚至尊佛教爲國教。許多讀書人都兼修佛教，佛教思想對當時的社會生活以及思想文化的影響相

〔註2〕見《全晉文》，卷一五七，支遁〈上書告辭哀帝〉。

當大。

　　尤其當時士大夫的生活方式，深受《維摩詰經》中維摩詰居士亦僧亦俗表現的影響。一則他影響僧侶與士大夫的淫靡放蕩，因為維摩詰居士示範一個理論性的榜樣。另一方面，對於個體擺脫名教的束縛，以及注重主體情感是一種增上緣。

　　六朝時代受到道家思想的影響，當時的人對於體態之美相當注重，對外在形貌的重視遠超過對道德的強調。在慧皎的《高僧傳》中可以看到出家僧侶對於人體形貌的重視，尤其是注重風姿的俊美，這顯然是與魏晉以來的社會風氣是有關的。

　　佛教是以人身為虛幻不實的，依照常理是不必在意容貌舉止如何，但是在慧皎《高僧傳》中特別注重這方面的記載，這反映出當時的風氣是重視容止的，這同時也是佛教文化受到中國文化影響的一個表徵。

　　僧侶的詩作中，有一類是作品是以闡述佛理為主的，其內容包括純粹闡述佛理，或讚揚佛菩薩的行儀，還有藉詠物來抒情達理，這類作品稱之為「佛理詩」。所謂「佛理詩」，就是在詩歌中抒發對於佛理的體驗，或者是以佛教思想為通篇主旨的詩歌。因此佛理詩一般而言是以說理為目的，在行文之中，常常引用佛教的名相。

　　以說理為主的詩歌風格，主要是在魏晉以後才出現的。魏晉時期，玄學興盛，文壇上彌漫著談玄說道的清談風氣，尤其是東晉南遷以後玄風更盛。時代風氣崇尚玄風，表現在詩歌的創作中就是玄言詩的興起，當時與魏晉玄風相應的，是佛教的般若學說的宣揚。事實上佛教與玄學之間，在當時是互相影響的，當時的僧侶與士大夫之間的往來非常密切，談玄論佛可說是當時的時代風氣。

　　僧侶與當時的文士往來密切的風氣，無形之中也促使六朝詩歌中出現過去所未曾見到的佛教色彩。在六朝所創作的詩歌中，佛教色彩最為濃郁的就是「佛理詩」，它的抒情意味很淡，但說理性質彌漫整篇作品中，這和傳統中國詩歌重視抒情的特質完全不同。

　　佛理詩大致可分三個類別——純粹闡述佛理、讚揚佛德之作與藉詠物以抒情達理。佛理詩以宣揚佛理為主，目的在教化眾生歸依佛陀，信仰佛教，所以引用佛教語彙的情況是相當普遍的，同時在行文中與佛經的漢譯偈頌非常相似。

　　僧侶以出家僧人以及詩人的雙重身份來從事詩歌的創作，所以在詩歌的內容以及語彙上自然而然會將佛教的用語與思想帶到詩歌之中。僧詩中常見以比喻造詞的語彙，這在佛教的意譯的語詞中是相當廣泛的用法，如以「法」為本體的語彙，以「心」為本體的語彙，以及以「煩惱」為本體的語彙，這些都是相當常見的語彙。

　　「心」在佛經中用義很多，可以泛指一切精神現象，與「意」、「識」的概念相同，如「心地」、「心波」屬於此義；也可以作八識之一，即第八識「阿賴耶識」之別名，指一切善惡種子含藏之所，如「心田」即是，亦可用來指清淨無染之心性，如「心鏡」。

　　「法」為通於一切之語。凡一切小者大者，有形無形，真實者，虛妄者，悉皆為法。如《大乘義章》卷十：「法者，外國正音名曰達磨，亦名曇無。本是一音傳之別耳，此翻為法，法義不同。泛釋有二，一自體名法，二者軌則名法。」

　　在僧侶詩中常見以「空」為首的語彙，主要是從事物的特徵來進行修飾，如「空王」、「空門」、「空性」、「空觀」與「空相」等語彙。「空」字之義是指因緣所生之法，究竟而無實體。如鳩摩羅什〈十喻詩〉：「十喻以喻空，空必待此喻。」即設了十個譬喻來說明空的道理。十喻即是鳩摩羅什所譯《摩訶般若波羅蜜經》序品中所云：「解了諸法，如幻、如燄、如水中泡、如虛空、如響、如乾闥婆城、如夢、如影、如鏡中像、如化。」〔註3〕這十個譬喻都是在說「空」的道理。

　　以「空」為首的佛教語彙，或以「心」為首的語詞，在僧侶詩歌作品中都是相當常見的。

　　以「玄」為首的語詞在六朝僧侶詩歌中也是很常見的。有關「玄」字的語彙，依著語詞的內涵可以分成「自然」與「人生」兩類的意象。自然的意象主要是取材於自然界的物象，如「玄谷」、「玄夕」、「玄風」等語彙，就是在大自然的山谷、芳草與風等景物之前加上「玄」字。人生的意象主要取自人類的社會活動，屬於這一類的意象有「玄聖」、「玄思」、「玄運」、「玄篇」等。大致而言這一類的語彙都蘊含神妙的意味，都深受老莊與佛教的影響。如「玄中經」是指佛經，這與東晉以後玄風盛行，談玄之名士與僧侶的往來日益密切有關，佛理引入玄談之中，用佛學之細緻的思辨方法闡釋玄學的義

〔註3〕見《大正藏》，第八卷，般若部四，223號。

理。而且東晉時的佛學大師，如道安與慧遠以般若闡述老莊之學，均富有玄學的意味，故以「玄中經」稱佛經是很自然的事。

在六朝僧侶詩中有一些語彙，具有一定的象徵意義，如「海漚鄉」、「滄浪」、「波浪」、「浮漚」等。這些語彙都是借用自然界的現象來說明人世間的紛擾與多變。在傳大士的〈浮漚歌〉中，由「浮漚」的特質「浮漚自有還自無」、「浮漚聚散無窮已」，而觀察到浮漚生滅變化非常迅速，進而體悟到人生的虛幻不實，以及人間的盛衰流轉之迅速。「海漚鄉」、「滄浪」、「波浪」、「浮漚」，本來都是自然界的現象，後來都轉化成佛教的用語，喻指人世間的紛紛擾擾以及人生的變化不定，這亦是六朝僧侶詩的語言特色。

隨著外來僧侶將佛經由梵語翻譯成漢語，對中國傳統思想以及文學造成很大的影響。六朝僧詩中，引用佛教用語是一大特色，這在六朝以前的詩歌作品中是未曾見到的情形，六朝僧侶詩中之所以引用佛典的情況，與當時佛經的傳譯有著密切的關係。

佛教在中國的弘傳，一方面靠僧團的傳教活動，另一方面則靠佛經的傳譯與流通。兩晉以後，佛教廣泛而深入的流傳到中國文人之中，文人研習佛典漸成風氣，對於知識份子而言，佛典精密的義理以及恢宏的想像力以及審美表現，是相當具有吸引力的。所以佛典對於中國文人以及僧侶而言，影響是非常深遠的。

佛經的翻譯，使得漢語中出現大量與佛教相關的詞語，而這些語彙又隨著佛教的傳播，逐漸由專門用語融入到人們的日常生活中。六朝僧侶在詩作中引用佛典用語是很頻繁的現象，最早出現的僧詩康僧淵〈代答張君祖詩〉，單這一首詩就用了「生死」、「有情」、「無生」、「大慈」、「菩薩」、「摩詰」等佛教用語。所以在六朝有一特殊現象，即能詩文的僧侶進行創作時，必然會在詩作中表現對佛教教義的認識。在創作詩歌時自然會在詩歌中宣傳佛教的義理，同時佛家是從根本上來說佛理，又是關懷人生的問題，所以詩歌在闡述佛理之外，也有現世的生命關懷，而詩作中就常會引用佛教語彙。

佛經中常見到關於佛陀說法的記載，佛陀說法多用譬喻的方式，為了使眾生，易於理解教義，常借用現成的故事或是舉出事例。一般而言，譬喻大多是舉示現今的事實，也有舉示假設之例證。

同時佛經自傳入中國以後，以「好大不經，奇譎無已」〔註4〕帶給中國人

〔註4〕見《後漢書》，卷八十八，〈西域傳論〉。

極大的震撼。如《妙法蓮華經》的〈譬喻品〉中有「火宅喻」，文中對宅屋的朽壞以及火蔓延的情況，還有長者的利誘逃出火宅，作相當細膩與誇張的描寫。以幻設與鋪排的手法，使得整個場景顯得完整而生動，類似這樣的描述，在中國古代文學中是未曾見的，所以當佛經譯成漢文之後，自然對中國文學的內容產生一定的影響。

六朝僧侶詩與文士的詩作有何異同之處，兩者之間有那裡是相同的，在內容的表現以及詩歌語言方面，其中的差異情況如何？這是將來值得研究的課題之一。

再者，僧侶詩歌在文學史上的定位如何？這個問題必須從整個文學發展史的角度來看，尤其僧侶以宗教者的身份來從事文學的創作，因為僧侶本身對佛典研讀以及對佛教教義的深研，加上過去的儒典外學的薰陶，所以表現在詩歌作品上，自然而然會將佛家的思想以及佛典的用詞引到詩歌中，因此在佛教玄言詩或佛理詩的內容中，帶有非常濃郁的佛教色彩，是過去文人的文學作品中未曾見到的現象。甚至於僧侶所創作的山水詩以及豔情詩的內容與詞彙乃至表現方式，都和文士所創作的詩歌迥然不同，這顯然與僧侶的身份有密切關切，而且是與佛教傳入中國更是息息相關的。因此僧侶詩歌的定位，應該是放在「宗教文學」與「宗教詩歌」的位置來看待的。它雖然承襲中國文學的形式來表現，但是就文學本身的表現來觀察，僧侶詩基本上是以弘傳佛教教義為主，抒情達理是其次。

因此，六朝僧詩是僧侶作詩的開端，其作品仍未成熟，僧詩的創作必須到唐代寒山以後才較成熟，所以未來希望可以繼續對其它時期的中國僧侶作品作深入的研究，藉以補充文學史上闕如的部份，同時賦予僧詩適當的定位。